I0597859

PROTEGGERE FIONA

Armi & Amori, Book 3

SUSAN STOKER

SENZA TITOLO

Riconoscimenti

Credo che molte persone ritengano che scrivere un libro sia un'attività solitaria, quando in realtà essa si svolge con l'aiuto e il sostegno di molte persone. Vorrei ringraziare alcune di quelle persone qui, con il vostro permesso.

Patrick. Mio marito è molto bravo a lasciarmi sola quando sto scrivendo e mi permette di... scrivere e basta. Grazie per essere il mio militare.

Amy. Santa polenta, cosa farei senza di te? Sei la mia cheerleader, la mia "lettrice di recensioni da 1 stella", la mia cassa di risonanza, la mia beta reader e mia amica. Grazie, donna. #nonhaiidea

I miei amici su Facebook. Davvero. Mi basta dire: "Ho bisogno di una mano," per avere a disposizione un sacco di persone disposte ad aiutarmi, a darmi suggerimenti e a far sì che il mio cervello si metta al lavoro nella direzione giusta. Per cui, grazie a tutti coloro che mi sono vicini on-line.

Michele. Grazie per avermi lasciato "rubare" il nome di tuo figlio per il mio libro. Non appena mi hai detto come lo avresti chiamato, ho subito capito che avrei dovuto usarlo. Spero che un giorno Hunter leggerà questi riconoscimenti e saprà di essere stato "famoso" prima ancora di nascere!

Papà. Ti adoro perché non hai paura di portare in giro romanzi rosa con uomini quasi nudi sulla copertina e darli come "mance" a cameriere, parrucchiere e chiunque altro ti capiti di incontrare. Grazie per essere uno dei miei più grandi fan.

Kathleen Murphy. Grazie per il tuo aiuto nel processo di documentazione. Adoro quando fra gli amici degli amici scatta qualcosa.

Chris. Il mio graphic designer. Tutte le volte che qualcuno vede qualcosa da te realizzato, mi dice quanto sono fortunata ad avere un grande designer. Per una persona che non aveva *mai* disegnato nulla per un'autrice di storie romantiche, sei entrato in un mondo nuovo e te la sei cavata benissimo.

Missy. La mia editor, che mi fa sentire bene con il suo desiderio di "prendere a pugni in gola" le donne crudeli dei miei romanzi persino una settimana dopo averli letti! E che mi dà ottimi consigli. Grazie.

Ai miei lettori. Grazie per il vostro interesse nel mio

mondo di omoni militari. Un mondo dove le cose più importanti delle vite di costoro… sono le loro donne. Se solo vivessimo in un mondo dove ogni uomo la pensa in questo modo. Auguro a tutte voi di trovare il vostro "protettore" e di vivere per sempre felici e contente.

UNA NOTA SPECIALE DALL'AUTRICE

PROTEGGERE FIONA è la storia immaginaria di due donne che sono state rapite e portate all'estero con l'intento di costringerle alla prostituzione. Sebbene si tratti di una storia immaginaria, la stessa cosa accade giorno dopo giorno in tutto il mondo. Lo sfruttamento sessuale è una realtà e ci sono milioni di donne e bambini che non hanno alcuna speranza di essere salvati.

L'Organizzazione Internazionale del Lavoro stima che al mondo vi siano 4,5 milioni di persone sottoposte a sfruttamento sessuale.

Almeno 20,9 milioni di adulti e bambini sono acquistati e venduti in tutto il mondo e costretti a subire violenze sessuali, ai lavori forzati e alla schiavitù.

Donne e ragazze costituiscono il 98% delle vittime del traffico di esseri umani a scopo di sfruttamento sessuale.

Circa l'80% di tutte le persone oggetto di traffici sono usate e sfruttate come schiavi sessuali.

Queste statistiche *non* vanno bene.

Sebbene, in questa storia, Julie e Fiona vengano salvate, ci sono milioni di altre donne e bambini là fuori che vengono sessualmente sfruttati e che non verranno mai salvati. Informatevi e approfondite l'argomento. Forse non crederete di poter fare nulla, personalmente, ma se tutti la pensassero allo stesso modo, come potremmo vivere in un mondo sicuro e rispettoso della legge?

Non importa quale sia il Paese in cui vivete: lo sfruttamento sessuale e il traffico di esseri umani esistono tutto attorno a noi. Si tratta di una realtà orribile, con statistiche ancora più orribili come quelle che ho citato sopra.

Attenzione: Riprendersi da una violenza sessuale non può succedere da un giorno all'altro. Occorrono anni di terapia e l'aiuto e la comprensione di parenti e amici. Sebbene questo libro non descriva nel dettaglio alcun genere di stupro o violenza sessuale, leggerlo potrebbe provocare emozioni e pensieri sgradevoli nei lettori che hanno subito traumi di natura sessuale.

PROLOGO

Sei uomini sedevano attorno a un tavolo a bordo dell'aereo militare, intenti a studiare attentamente una mappa della campagna messicana. Erano stati chiamati a svolgere un incarico speciale. La figlia di un senatore era stata drogata e rapita durante una festa con degli amici a Las Vegas e trasportata oltre il confine prima che qualcuno si accorgesse della sua scomparsa. Non era giunta nessuna richiesta di riscatto, la qual cosa significava che i rapitori erano probabilmente trafficanti sessuali. Volevano una bella donna da vendere come schiava sessuale nei meandri del Messico o chissà dove.

Wolf, Dude, Abe, Mozart, Benny e Cookie erano tutti membri della squadra SEAL che era stata scelta per compiere una ricognizione e verificare se fosse possibile scoprire dove era stata portata la donna... e riportarla a casa.

Il settimo membro non ufficiale della squadra, Tex,

si trovava in Virginia, intento a fare miracoli coi suoi contatti e il suo computer. Nel mondo moderno, nessuno era completamente introvabile. Persino terroristi e rapitori usavano mezzi elettronici per comunicare gli uni con gli altri. Non appena fossero andati su Internet o avessero usato un cellulare, Tex li avrebbe trovati.

"Benny, tu e Dude vi occuperete dell'estrazione. Aspettate con l'elicottero e siate pronti per il segnale," ordinò Matthew "Wolf" Steel.

Gli uomini annuirono. Benny e Dude erano quelli con più esperienza nel pilotare l'elicottero ed erano la scelta migliore per condurre l'aeromobile del valore di svariati milioni di dollari. Wolf era il capo non ufficiale del loro gruppo. Tutti gli uomini gli portavano un rispetto immenso e lo avrebbero seguito fino all'inferno, se lui lo avesse chiesto.

"Ehi, tu e io ci dirigeremo verso il villaggio più vicino e vedremo cosa riusciamo a scoprire dalla gente del posto. Cookie, tu e Mozart dovrete controllare entrambi i possibili luoghi di prigionia che abbiamo individuato. Dovrà essere una missione di tipo 'dividi e conquista.' Non abbiamo il tempo di accertarci del luogo in cui è tenuta prigioniera la ragazza. Se la trovate, chiamate Benny e Dude: loro faranno rapporto a noi e ci incontreremo tutti alle coordinate che abbiamo discusso. Assicuratevi di avere i vestiti di ricambio che ha mandato suo padre e viaggiate leggeri e veloci. Non possiamo permetterci di fare cazzate, e non solo perché 'papi' è un senatore."

Tutti quanti annuirono solennemente. A loro non fregava nulla di cosa pensassero il governo o il senatore: ciò che importava era la donna. Se non l'avessero trovata presto, lei sarebbe sparita, probabilmente per sempre, diventando parte di un'altra orribile statistica.

"D'accordo, atterriamo fra circa venti minuti. Se dovessi avere notizie da Tex, ve le comunicherò. Diamoci una mossa."

Tutti gli uomini annuirono, ma nessuno disse molto. Erano concentrati sulla missione imminente.

Hunter "Cookie" Knox fece scrocchiare il collo e ripeté a mente il suo ruolo nell'estrazione. Era diretto verso uno dei due possibili accampamenti nei quali supponevano fosse prigioniera la donna. Avevano saputo che la feccia che di solito si rintanava laggiù era in comunicazione con alcuni noti trafficanti di esseri umani. Purtroppo, nella stessa zona c'era *un altro* gruppo, che trasportava droga e che era noto per vendere occasionalmente anche qualche donna. Quel gruppo era stato attivo di recente e la squadra indagava anche su di loro.

Mozart si sarebbe occupato di un gruppo e Cookie dell'altro. Cookie sperava con tutto se stesso che avrebbe trovato la donna. Gli ordini erano di prenderla e allontanarsi subito, ma non gli sarebbe dispiaciuto far fuori qualcuno di quegli stronzi. Chiunque pensasse che fosse accettabile rapire e vendere donne meritava una morte lenta e dolorosa.

La squadra SEAL aveva partecipato a una quantità incalcolabile di missioni di salvataggio, per cui, sfortunatamente, non c'era nulla di nuovo in tutto ciò; ma per qualche motivo, Cookie aveva i nervi a fior di pelle. Era troppo teso. Non vedeva l'ora di posare gli stivali a terra e levare la donna dai guai.

L'aeroplano cominciò a scendere. Era giunto il momento.

CAPITOLO UNO

COOKIE STAVA ATTRAVERSANDO in silenzio la giungla, controllando ogni tanto il GPS attaccato al suo LBV, *load bearing vest*[1], per assicurarsi di essere ancora diretto nella direzione giusta. Sentiva il sudore che gli grondava dalla fronte e se lo asciugava costantemente mentre continuava a chinarsi e a schivare alberi e ostacoli sulla sua strada. Riusciva a coprire una buona distanza oraria, ma sapeva che non ne sarebbe più stato in grado una volta che Julie sarebbe stata con lui... se Julie sarebbe mai stata con lui.

Sebbene le informazioni a disposizione della squadra dicessero che era probabile che la donna fosse prigioniera in uno dei due accampamenti, Cookie sperava davvero che la dritta fosse veritiera. Il traffico sessuale non seguiva schemi specifici. A volte, un gruppo tratteneva una donna per settimane, mentre un'altra poteva rimanere prigioniera solo per qualche ora. Dipendeva tutto dalla destinazione e dal compratore.

Sebbene Cookie badasse a dove metteva i piedi, si ritrovò comunque a inciampare su radici e fango. La giungla non era certo un posto per piacevoli escursioni e lui sapeva che il ritorno al punto di estrazione con Julie non sarebbe stato facile. Per la miseria, non era facile per lui, che era addestrato ed equipaggiato a dovere.

Il senatore aveva dato loro degli abiti per sua figlia, ma persino una maglia a maniche lunghe e un paio di pantaloni non avrebbero potuto tenere le zanzare lontano dai loro occhi o impedire al calore di permearli fino alle ossa mentre tornavano al punto di estrazione. Cookie sapeva che non avrebbe mai più dato per scontata l'aria condizionata.

Rallentò il passo quando si avvicinò al bersaglio. L'accampamento era rumoroso e fervente di attività. Gli uomini stavano consumando grandi quantità di alcolici ed era palese che stessero festeggiando qualcosa. Cookie si inginocchiò nell'oscurità fornita dalla giungla e prese tempo. Avrebbe voluto correre all'edificio più papabile, un po' distanziato rispetto agli altri, ma si costrinse ad aspettare. Aveva una sola possibilità di fare le cose per bene e Julie contava su di lui per portarla fuori da lì. Cookie avrebbe dovuto attendere il momento giusto. Poi avrebbe fatto la sua mossa.

———

Fiona sedeva nell'oscurità, sforzando la vista. Non dormiva bene, come sempre, e aveva ascoltato i suoi rapitori festeggiare per tutta la notte. Si erano tranquillizzati circa un'ora prima e lei sapeva che stava arrivando il mattino. Fiona stava pensando a quanto silenzio c'era ora che gli uomini avevano probabilmente perso conoscenza, quando le parve di udire qualcosa. Non sapeva se fosse la sua immaginazione o le droghe che l'avevano costretta ad assumere, ma non pensava che nessuna delle due alternative fosse vera. Fiona conosceva ogni scricchiolio e ogni lamento di quella catapecchia e il suono che udiva era insolito.

Julie, l'altra donna, finalmente taceva. Aveva pianto senza sosta per due giorni. Non che Fiona avesse un cuore di pietra, ma Julie non le dava retta e non voleva saperne di lasciarsi consolare. Lei cercò di ripensare a quando l'avevano portata lì, ma era impossibile. Era passato troppo tempo. Immaginò che dovevano essere trascorsi circa tre mesi, ma non poteva esserne sicura. Aveva cercato di tenere traccia del tempo, ma sapeva di aver trascorso alcuni giorni priva di conoscenza a causa delle droghe che i rapitori l'avevano costretta ad assumere. Novanta giorni, cento giorni... era comunque una vita.

Ecco. Un piccolo raggio di luce nell'angolo. Fiona sapeva che non erano le guardie: non si sarebbero mosse furtivamente e di certo non si sarebbero limitate a usare una torcia tascabile. Chi era? Cos'era? Fiona aveva paura a sperare.

Sapeva che nessuno sarebbe venuto a cercarla. Non aveva parenti a casa, e i suoi amici erano più che altro dei conoscenti. Sapeva come funzionavano quelle cose. Quando una persona veniva rapita, la sua famiglia faceva tutto il possibile per recuperare il caro scomparso... ma lei non aveva nessuno. Era alla mercé dei rapitori, lo era da tre lunghi mesi, e nessuno sarebbe venuto a salvarla.

La sua mente per poco non tornò a rivivere l'inferno che aveva passato per mano dei rapitori, ma lei la fermò. Non poteva farlo. Non sapeva se sarebbe mai riuscita a farlo. Il suo nuovo mantra era sopravvivere una giornata alla volta, ma persino quella piccola ribellione contro i suoi rapitori era a rischio. Fiona aveva lentamente imparato un po' di spagnolo durante la sua prigionia e le parole che era riuscita a tradurre – vale a dire "droga", "morte", "troia" e "rifiuto" – non la rendevano esattamente ottimista. Ma avrebbe preferito affrontare la morte piuttosto che soffrire ciò che quegli uomini avevano in mente per Julie. Non c'era dubbio.

————

Cookie era stato depositato a sette chilometri e mezzo da Dude e Benny con l'elicottero. Il piano era recuperare la donna e tornare indietro attraverso la giungla. Cookie era pronto a tutto, o così credeva. Ridacchiò fra sé. Perdiana, loro *cercavano* di essere pronti a tutto, ma l'esperienza insegnava loro che il piano A non sempre funzionava, nel qual caso tipicamente il piano B diventava il nuovo piano A. Ogni tanto, la squadra improvvisava un piano C quando gli altri piani andavano FUBAR, *fucked beyond all recognition*[2].

Cookie raggiunse furtivamente la catapecchia all'estremità dell'accampamento. Era prima mattina e c'era buio pesto. Lui aveva osservato gli uomini nell'accampamento ubriacarsi e barcollare di qua e di là. Alcuni erano caduti a terra e i loro cosiddetti compari li avevano lasciati a smaltire la sbornia dormendo.

C'era un motivo per cui avevano festeggiato; quel genere di uomini non aveva denaro da sprecare ubriacandosi tutte le sere. Cookie sperava dannatamente di essere nel posto giusto. C'era la possibilità che quegli uomini stessero festeggiando la vendita della donna che era venuto a cercare. Sperava che non fosse troppo tardi. Se avevano già venduto Julie, sarebbe stato difficile per la squadra recuperarla. La donna sarebbe svanita, proprio come centinaia di altre ogni anno.

Cookie accese la torcia tascabile per un momento, in modo da orientarsi. Dal piccolo edificio rettangolare non provenivano rumori. Le informazioni in suo possesso dicevano che la donna poteva essere lì e il comportamento degli uomini all'esterno sembrava confermare l'ipotesi. Mozart era a una ventina di clic a nord della sua posizione, intento a controllare un secondo potenziale sito. I circa diciotto chilometri che li separavano avrebbero anche potuto essere un centinaio. Mozart era troppo lontano per fornirgli assistenza e lo stesso valeva per lui.

Se l'edificio era vuoto, Cookie sarebbe tornato nella giungla senza farsi notare e si sarebbe incontrato con Wolf ed Abe, che attendevano nel paese più vicino, per conoscere i risultati delle loro indagini.

La donna che erano venuti a cercare, Julie, era scomparsa da cinque giorni. Cinque giorni d'inferno. Cinque giorni di troppo, secondo il parere di Cookie. Perdiana, *un* giorno era troppo.

Cookie e i suoi fratelli SEAL avevano già visto tutto ciò in passato. Lui non si sarebbe mai abituato al fatto che degli esseri umani fossero venduti come schiavi sessuali. Era qualcosa di barbaro. Cookie pensò alle donne dei suoi commilitoni in una situazione di quel tipo e gli venne la pelle d'oca. Caroline e Alabama erano due delle donne più forti che lui conoscesse. Caroline aveva salvato due volte la vita di Wolf. Cookie sapeva che le donne, in generale, erano più forti di quanto dessero loro credito gli uomini.

Ma quello, essere rapite e consapevoli di essere sul punto di venire vendute per vivere un'esistenza di abusi e depravazione sessuale che sarebbe durata per sempre, era qualcosa alla quale Cookie non sapeva come si potesse sopravvivere con la salute mentale intatta.

Julie era la figlia di un senatore e probabilmente una delle poche ragioni per cui Cookie e la sua squadra erano in Messico. Se si fosse trattato di chiunque altro, di un padre meno ricco e influente, la famiglia avrebbe dovuto cercare di collaborare con la polizia locale o con degli investigatori privati e non sarebbe riuscita a cavare un ragno dal buco. Cookie pensò nuovamente che nessuna donna, nessun *essere umano*, avrebbe dovuto passare quello che senza dubbio aveva passato Julie da quand'era stata rapita. Forse, l'avevano violentata ripetutamente per sottometterla. Probabilmente era affamata e terrorizzata. Cookie sapeva che, quasi certamente, Julie avrebbe avuto bisogno di anni di terapia per tornare alla normalità... sempre che lui riuscisse a trovarla e a portarla sana e salva fuori dalla giungla.

Se Julie si fosse rivelata in grado di camminare, ciò avrebbe reso più semplice il suo lavoro, ma Cookie era pronto a portarla di peso, se necessario. Sapeva che si trattava di una donna piccola, sul metro e cinquantasette e con un peso attorno ai cinquanta chili. Probabilmente aveva perso peso nella settimana trascorsa in cattività, per cui lui sapeva che non avrebbe avuto alcun problema a trasportarla di peso attraverso la giungla, se necessario.

Lo zaino che Cookie era solito portare in missione pesava circa quanto Julie, ma in quel momento lui viaggiava leggero. Trasportava solo il minimo necessario per la scarpinata di ritorno attraverso il folto degli alberi. Voleva essere in grado di muoversi velocemente e in modo silenzioso, e ciò sarebbe stato più facile avendo meno peso da trasportare.

Cookie aveva inoltre il kit di pronto soccorso, così da aiutare Julie sotto qualunque aspetto medico se ciò si fosse rivelato necessario, e verosimilmente lo sarebbe stato. I trafficanti di esseri umani non erano noti per il loro essere persone gentili. Il cambio d'abiti della taglia di Julie che lui aveva portato l'avrebbe protetta dagli insetti e dalle piante durante l'attraversamento della giungla fino al punto di estrazione. Cookie aveva con sé dell'acqua e delle razioni di cibo extra, sufficienti a entrambi per un paio di giorni.

Cookie raggiunse silenziosamente l'edificio e fece brillare per un istante la luce sull'angolo. Bingo. Le assi erano marcite per colpa del caldo e dell'umidità della giungla. Sarebbe stato facile rimuoverle. Cookie sapeva che i rapitori si trovavano negli altri edifici e che erano per la maggior parte privi di conoscenza, ma non intendeva correre rischi. Voleva prendere Julie e andarsene a gambe levate senza che nessuno se ne accorgesse. Se la fortuna era dalla sua, lui e Julie sarebbero stati ben lontani prima che rapitori si rendessero conto della fuga della ragazza.

Cookie rimosse due assi, il minimo necessario a intrufolarsi, e si infilò nella stanza, senza sapere cosa avrebbe trovato. Non voleva semplicemente accendere la torcia per illuminare l'interno, perché se quella non era la prigione in cui era custodita Julie, lui avrebbe potuto ficcarsi nella merda.

Fiona trattenne il fiato. Sentiva che qualcuno stava agendo sul muro nell'angolo. Aveva pensato molte volte che, se solo fosse riuscita a raggiungere le pareti, avrebbe potuto scappare nella giungla... ma dato che era incatenata al pavimento, non poteva nemmeno avvicinarsi. Vide un uomo, o almeno pensava che fosse tale, entrare nella stanza.

L'unica luce era quella della luna che penetrava dal buco che l'uomo aveva fatto nel muro, ma dato che gli occhi di Fiona erano abituati all'oscurità, lei riusciva a vedere sorprendentemente bene. L'uomo era massiccio e aveva un grosso zaino in spalla. Era vestito completamente di nero e concentrato su Julie, che giaceva sul pavimento dal lato della stanza in cui si trovava lui. Dato che si trovava dall'altra parte dell'edificio rettangolare, Fiona non credeva che l'uomo potesse vederla attraverso la profonda oscurità della notte.

Cookie cercò di respirare col naso. L'odore della stanza era disgustoso. Puzzava di urina, sudore, sangue e paura. Qualcuno avrebbe inarcato le sopracciglia nell'udire che lui sentiva l'odore della paura, ma Cookie era stato in abbastanza luoghi infernali e aveva visto abbastanza schifezze nella sua carriera da sapere che la paura aveva un puzzo. Non sarebbe stato in grado di spiegarlo con semplicità, ma chiunque fosse stato in combattimento e avesse visto le cose che aveva visto lui avrebbe capito subito cosa intendeva.

Era stato in parecchi brutti posti con la sua squadra SEAL, ma quello era uno dei peggiori. Cookie non aveva creduto che i trafficanti avessero trattenuto la donna a sufficienza perché la situazione degenerasse a tal punto, ma probabilmente tutto era possibile. Tutti reagivano in maniera diversa alle brutture della vita e poiché Julie veniva da una famiglia ricca e potente,

Cookie pensò che forse non aveva i meccanismi difensivi di altre persone.

Cookie vide una sagoma sul pavimento; doveva essere Julie. Le sue pulsazioni schizzarono ancora più in alto. L'adrenalina gli attraversò il corpo. L'aveva trovata. Grazie a Dio.

"Julie," le mormorò, toccandola brevemente su una spalla.

La donna rotolò supina, sollevò lo sguardo e inalò una gran quantità d'aria. Sapendo ciò che stava per accadere, Cookie le coprì rapidamente la bocca con una mano per zittire il suo grido. Subito cercò di rassicurarla.

"Mi chiamo Cookie, sono un Navy SEAL americano. Sono qui per portarti a casa." Le sue parole erano basse e prive di tono. Attraversarono a malapena i pochi centimetri di distanza dalla sua bocca alle orecchie di lei, ma la giovane le udì comunque.

Julie annuì affannosamente e si mise a piangere. "Grazie," mormorò con voce rotta dopo che lui le ebbe tolto la mano dalla bocca.

Cookie non sprecò tempo cercando di rassicurarla ulteriormente, mettendosi invece al lavoro per liberarla. Era incazzato. Julie era incatenata al pavimento con una corta catena fissata alla sua caviglia. Aveva una certa libertà di movimento, ma non molta. Nelle vicinanze c'era un secchio, probabilmente da usare per i suoi bisogni.

"Riesci ad alzarti? Riesci a camminare?" le chiese,

ancora una volta con un tono di voce privo di inflessione.

Julie annuì, ma barcollò nell'alzarsi. Cookie frugò nello zaino e tirò fuori la maglietta a maniche lunghe che aveva portato per lei. La ragazza era piccola, quasi delicata, e dall'aspetto fragile. Cookie la aiutò a infilare le braccia nelle maniche. Poi tirò fuori i pantaloni cargo neri. Valutandone la corporatura, pensò che forse erano un po' troppo larghi, ma sperava che sarebbero andati bene.

"Julie, togliti i pantaloncini e indossa questi, per favore." Cookie non era noto per essere un uomo gentile e non era colpa sua se suonava brusco. Sapeva che il tempo non era dalla loro: dovevano uscire da lì e svanire nella giungla prima che rapitori tornassero sobri e venissero a portare via Julie per consegnarla al suo nuovo proprietario.

"Cosa?" disse stizzita lei. "Non posso, con te qui..."

Cookie la zittì mettendole di nuovo una mano sulla bocca. "Senti, vuoi uscire da qui o no? Non puoi entrare in quella giungla coi pantaloncini. Mettiti queste maledette braghe."

Cookie si voltò parzialmente, per concedere a Julie quanta più privacy possibile. Non amava il tono piagnucoloso della voce di lei, ma si sforzò di concederle il beneficio del dubbio. La giovane era terrorizzata. Lui, dal canto suo, poteva anche impegnarsi di più a essere gentile. Cercò di immaginare Caroline o Alabama nei panni di Julie. Il pensiero lo spinse ad ammorbidire il tono di voce. "Mi dispiace, non volevo essere così brusco. Fammi sapere quando sei pronta."

"Per favore, andiamo e basta," fu la risposta di Julie. Cookie si voltò e vide che la ragazza aveva indossato i pantaloni e teneva ferma la vita con una mano. I pantaloni le calzavano, ma a malapena. Cookie la sostenne quando lei barcollò mentre si incamminava verso l'angolo della stanza dal quale lui era entrato. La mano di Julie gli afferrò la maglietta mentre si incamminavano verso l'uscita.

Mentre Cookie faceva per lasciare la stanza, passò un ultimo sguardo nel lungo ambiente, si immobilizzò e strinse gli occhi. Gli sembrava di aver visto qualcosa all'altra estremità. Aveva le allucinazioni? Inclinò la testa e tese le orecchie. Stavano per essere sorpresi? Era uno degli uomini? Cookie afferrò il coltello che portava alla vita e attese, tutti i muscoli pronti a scattare in azione.

CAPITOLO DUE

FIONA GUARDÒ SPASSIONATAMENTE mentre l'uomo che si era intrufolato nella loro prigione aiutava Julie a indossare una maglietta a maniche lunghe. Non mosse un muscolo. Era palese che l'uomo era venuto a recuperare la donna minuta e non lei. Nonostante Fiona avesse sperato e pregato che qualcuno la trovasse, era doloroso che egli fosse venuto per Julie e non per lei. Fiona era una ragazza grande; era sopravvissuta a tutto quello che le avevano fatto fino a quel momento e sarebbe sopravvissuta anche a quello.

Si limitò a guadare la scena impotente. Non avrebbe pianto, non avrebbe implorato. Pensò di attirare l'attenzione dell'uomo, ma era palese che questi stava cercando di non fare rumore e l'ultima cosa che lei voleva era allertare i rapitori di quello che stava succedendo, cioè che qualcuno stava salvando la loro ultima schiava.

Fiona guardò l'uomo voltarsi per dare a Julie un po' di privacy per indossare i pantaloni che le aveva portato. Non riuscì a sentire quello che lui le disse: la sua voce era troppo bassa per attraversare la stanza. Fiona non aveva conosciuto molti uomini rispettabili, ma sembrava che quel soldato fosse uno di essi; se non altro, capiva che Julie poteva essere troppo imbarazzata o traumatizzata per togliersi i pantaloncini di fronte a lui, dopo tutto ciò che aveva passato.

Fiona guardò i due che cominciavano ad allontanarsi attraverso le assi ora mancanti nell'angolo. Trattenne il fiato. Cercò di convincersi che era un miracolo che almeno una di loro sarebbe sfuggita a quell'orrore. Magari, Julie avrebbe detto a qualcuno di lei una volta che fosse stata lontana e al sicuro.

Proprio mentre i due facevano per andarsene, l'uomo si voltò per dare un'ultima occhiata alla stanza. Fiona lo vide immobilizzarsi completamente, mentre al tempo stesso sembrava guardare proprio lei. Sapeva di non aver fatto alcun rumore. O no? Forse si era mossa inconsciamente, o aveva fatto qualcosa per attirare l'attenzione? Lui l'aveva vista? Come faceva a sapere che lei era lì?

Cookie mise una mano sul braccio di Julie e mormorò: "Aspetta qui. Mi sembra di aver visto qualcosa."

"Cosa fai?" gracchiò a bassa voce Julie, afferrandolo disperatamente per un braccio. "No, non andare laggiù... Dobbiamo andarcene; per favore, voglio andare subito!"

Cookie sollevò una mano per zittirla e si staccò la sua mano dal braccio. "Silenzio. Vuoi che tutto l'accampamento venga a vedere perché stai facendo tanto baccano?" Quando Julie scosse velocemente la testa, proseguì: "Ecco. Ora aspetta un attimo qui; io torno subito."

Cookie si infilò nell'oscurità, diretto verso l'altra estremità della stanza. Gli era parso di vedere qualcuno. Tenne pronto il coltello. Se era uno dei cattivi, avrebbe dovuto farlo fuori. Non poteva lasciare testimoni di ciò che era accaduto a Julie. Non appena ebbe formulato quel pensiero, lo liquidò. Non poteva essere uno dei rapitori: se così fosse stato, quello si sarebbe sicuramente fatto avanti. Cookie era confuso: se c'era un altro prigioniero, perché quella persona non aveva detto nulla? Gli erano forse venute le allucinazioni? Se c'era un'altra persona, perché Tex non aveva detto nulla riguardo alla presenza di un secondo prigioniero? Tex aveva monitorato illegalmente la zona tramite satelliti governativi altamente sensibili; avrebbe dovuto sapere della presenza di una seconda persona assieme a Julie.

Cookie e la sua squadra erano sempre pronti a tutto, ma se c'era *davvero* un'altra persona, oppure – Dio non volesse – più di una, quel salvataggio era appena diventato due volte più complicato. Non avevano fatto i conti basandosi su altri che non fossero Julie; persino il piano B non aveva previsto più di una persona. Cookie cercò di fare un riassunto mentale dei rifornimenti che aveva portato con sé e delle procedure di estrazione mentre si incamminava silenziosamente verso l'altra estremità del lungo spazio vuoto. Tutto avrebbe dovuto essere modificato a seconda di ciò che avrebbe scoperto.

Cookie percorse silenziosamente la parete diretto verso il punto in cui gli sembrava di aver notato qualcosa. Mentre si muoveva, il puzzo si fece più forte. Se c'era qualcun altro, era lì da molto più tempo di Julie, a giudicare dall'odore. Cookie cercò di non vomitare, di reagire, mentre si avvicinava. All'improvviso, si fermò. Porca troia. C'era *davvero* un'altra persona, un altro prigioniero. Si trattava di una donna.

Aveva un aspetto orribile. Anche lei era incatenata al pavimento, ma per il collo, invece che per la caviglia come nel caso di Julie. Sedeva con le gambe di sbieco sul pavimento, sollevata su una mano. Era coperta di terra e di sporcizia. Cookie riusciva a vedere il bianco dei suoi occhi che brillava attraverso la lordura sul viso. La luce era quasi inesistente in quel punto, ma Cookie riuscì a vedere fin troppo chiaramente in che condizioni versava la donna.

Indossava una maglietta lacera, pantaloncini di jeans che avevano visto giorni migliori, e posate accanto a lei sul pavimento c'erano un paio di infradito. Lo stava fissando in silenzio.

Fiona guardò l'uomo avvicinarsi a lei. Come aveva immaginato, si trattava di una specie di soldato. All'improvviso, ebbe l'orrido pensiero che egli non fosse venuto a salvare Julie, ma invece a sottrarla ai suoi rapitori per venderla lui stesso. Trasse un respiro profondo. No, doveva credere che l'uomo fosse venuto a salvare Julie, non a farle passare un nuovo inferno.

Fiona vide che l'uomo la squadrava con una singola occhiata. Poteva solo immaginare il suo aspetto. Sapeva di essere lurida e di avere un odore terribile. I rapitori non le avevano permesso di fare la doccia e l'unico modo che aveva per scaricarsi era il secchio, che non veniva svuotato da troppo tempo.

L'avevano torturata accorciandole la catena e attaccandogliela al collo invece che alla caviglia, per cui non aveva molta libertà di movimento. Fiona aveva spazio a sufficienza per alzarsi solo se stava ingobbita e poteva muoversi orizzontalmente di appena mezzo metro. Indossava ancora gli stessi abiti di quando l'avevano rapita. Era disgustosa, lo sapeva. Prima non se ne era preoccupata, pensando giustamente che ciò avrebbe contribuito a ridurre al minimo gli abusi, ma ora... ora gliene importava.

Fiona non sapeva cosa dire all'uomo. Era imbarazzata e avrebbe voluto disperatamente andarsene da lì, ma sapeva che nessuno lo aveva pagato per portare via *lei*, solo l'altra donna. Forse avrebbe potuto convincerlo a dire al governo, o all'Esercito, o a *qualcuno*, che lei era lì, in modo che liberassero anche lei. Sapeva che non c'era verso che quell'uomo portasse anche lei con sé. Ma andava bene così, cercò di convincersi.

Cookie non riuscì a non essere sconvolto. E non era

facile sconvolgerlo. Il genere di missioni che lui e la sua squadra avevano svolto era discretamente orribile. Sebbene alcune avessero avuto esiti positivi, non avrebbe voluto riviverne nessuna. Quella era la peggiore di tutte.

La donna era seduta sul pavimento, circondata da sporcizia, incatenata a terra, e non faceva altro che guardarlo. Cookie non credeva che avesse detto una parola da quando era entrato. Lui se n'era quasi andato senza accorgersi della sua presenza.

"Parli inglese? Come ti chiami?" chiese a bassa voce, mentre si inginocchiava accanto a lei ed estraeva il coltello.

"Fiona," mormorò lei, senza un accento distinguibile.

Americana, pensò fra sé Cookie, *probabilmente del Midwest.*

"Dobbiamo sbrigarci, Fiona," le disse distrattamente. Lo disse tanto per lei quanto per se stesso. Non stava pensando particolarmente a lei, in quel momento; la sua mente era troppo occupata a formulare un nuovo piano per portare sia la donna che Julie fuori dalla giungla sane e salve. Non aveva vestiti per lei. Aveva pianificato solo per Julie. Pensò a ciò che aveva nello zaino. Avrebbe potuto darle la maglietta extra che aveva portato per sé, ma non poteva fare nulla per le sue scarpe o per i pantaloncini. *Merda, sarebbe stata dura.*

Mentre pensava a un nuovo piano di fuga, Cookie rammentò inoltre il comportamento di Julie. La donna era stata pronta a lasciare che loro uscissero dalla stanza senza dire nulla dell'altra persona imprigionata con lei. Avrebbe lasciato che quella donna, Fiona, morisse, o che perlomeno continuasse a vivere l'inferno. Cookie aveva conosciuto delle persone egoiste in vita sua, ma non avrebbe mai pensato che qualcuno potesse essere tanto insensibile quanto lo era appena stata Julie. Cercò di tornare a concentrarsi su Fiona e di non pensare a Julie, per il momento.

Fiona allungò una mano per toccare l'uomo, poi cambiò idea e se la rimise in grembo. Era stupita che il soldato volesse cercare di rompere la sua catena, ma l'uomo non aveva davvero tempo. Dovevano andarsene da lì prima di essere scoperti.

"Va tutto bene, signore," disse Fiona a voce più bassa possibile. "So che è qui per lei." Gesticolò verso Julie, che era una massa scura all'altra estremità della stanza, intenta ad aspettare impaziente vicino all'angolo, "e che non ha tempo per me. Ma se potesse magari dire all'Esercito, o alla polizia, o a *qualcuno*, quando arriverà a casa, che io sono qui, gliene sarei grata."

Cookie si immobilizzò e guardò la donna. Aveva capito bene? "Prego?" chiese prima di riuscire a trattenersi.

Per poco Fiona non si mise a piangere. L'uomo sembrava furioso. Lei non voleva farlo infuriare. Balbettò qualcosa in risposta e abbassò ulteriormente la voce. La imbarazzava che Julie sentisse quanto lei fosse patetica. "N-n-non ho denaro per assumerla per salvarmi, per cui, se quando se ne andrà potesse dirlo a qualcuno..." Si interruppe, l'uomo continuava a fissarla.

Alla fine, il soldato disse in tono secco: "Se credi che io ti lascerò qui, sei pazza."

Quando Fiona aprì la bocca, lui la zittì velocemente e si mise al lavoro sulla catena attorno al suo collo.

Cookie era incazzato. Ma che diavolo? Perché mai quella donna si era fatta venire in mente che lui l'avrebbe lasciata lì? Portarla con sé sarebbe stato scomodo, ma non impossibile. Nulla era impossibile: tutti i SEAL si erano visti inculcare quel concetto sin dal primo giorno di addestramento. Cookie non poteva trasportare di peso quella donna e Julie, per cui sperava che una delle due fosse in grado di camminare da sola. Fiona era spaventosamente magra, ma alta. Quando Cookie si chinò verso di lei, cercò di respirare con la bocca. La puzza era tremenda, ma lui sapeva che lei si sarebbe imbarazzata se lui vi avesse accennato, consciamente o meno.

"Mi dispiace di puzzare," gli disse a bassa voce Fiona, come se potesse leggergli nel pensiero.

Cookie la zittì silenziosamente ancora una volta. Non sapeva in che altro modo reagire. Non poteva negare che la donna puzzasse, ma non voleva nemmeno dire che la cosa non gli creava fastidio. Non aveva tempo da dedicare a tutto ciò che avrebbe voluto dirle e chiederle.

Si concentrò maggiormente sulla catena. Sapeva che il tempo non era dalla loro. Alla fine, disse alla donna:

"Non ce la faccio a toglierti il collare, adesso, ma posso rompere la catena."

Fiona si limitò a dire: "Okay," come se il pesante collare di metallo attorno al suo collo fosse una splendida e delicata collana d'oro piuttosto che un marchingegno di tortura che di certo le provocava dolore.

Quando la catena, finalmente, ricadde libera, Cookie la posò con delicatezza a terra in modo che non sferragliasse. Tornò rapidamente allo zaino e scavò a fondo fino a trovare la sua maglietta extra. Aveva le maniche lunghe ed era nera, proprio come quella che indossava. La mostrò a Fiona.

"Non ho dei pantaloni in più, ma ho una maglietta. Ti andrà larga, ma dovrebbe esserti utile. È meglio di niente."

Fiona annuì, assurdamente felice di avere almeno quella. "Grazie. Davvero, io... andrà benissimo."

Cookie continuò a parlare. "Non ho scarpe della tua misura, né pantaloni in più," le disse, esprimendo ad alta voce le sue preoccupazioni.

Fiona sapeva che attraversare la giungla coi pantaloncini e le infradito sarebbe stato uno schifo, per usare un eufemismo, ma non aveva intenzione di lamentarsi. Il collare attorno al collo le faceva male. Le aveva scorticato la pelle e lei credeva di stare sanguinando, ma ancora una volta, si sarebbe offerta di tenerlo addosso per sempre se ciò avesse significato uscire da quel buco infernale.

"Posso cavarmela anche solo con la maglietta,

grazie," disse in tono onesto all'uomo. Di fronte alla sua occhiata incredula, che lei fraintese, raddrizzò la schiena un poco e promise: "Non la rallenterò. So che lei non è qui per me, ma giuro che farò silenzio e terrò il passo. Farò qualunque cosa lei mi dirà. Farei qualunque cosa pur di andarmene da qui."

Cookie guardò stupito Fiona. La donna continuava a stupirlo. Avrebbe potuto essere isterica, e invece manteneva una pacata dignità. Avrebbe voluto potersi prendere il tempo per capire meglio cosa diavolo le fosse successo e come avesse fatto ad arrivare lì, ma stava esaurendo rapidamente il tempo.

"È buono a sapersi, Fiona. Parlami mentre andiamo," le disse Cookie. "Farò tutto il possibile per aiutarti, ma se tu non mi dici che qualcosa non va o che hai bisogno di aiuto, io non posso darti una mano."

Fiona annuì e gli disse: "Se dovessi rallentarvi troppo, andate avanti senza di me. Vi raggiungerò, oppure potrete mandare qualcuno a prendermi più tardi."

Cookie non fece altro che scuotere la testa. "Assolutamente no, Fiona," le disse. "Ce ne andremo tutti insieme."

Cookie si alzò e allungò una mano per aiutare la donna a tirarsi su. La afferrò per l'avambraccio. Non avrebbe dovuto stupirsi di quanto fosse fragile al tocco, ma lo fece. La pacata forza d'animo da lei dimostrata mentre parlavano lo aveva distratto dalle sue vere condizioni fisiche.

La sentì barcollare un poco, ma lei si riprese e si raddrizzò in fretta. Cookie la sentì inalare rapidamente, per poi tacere. Guardò Fiona barcollare goffamente fino alle infradito e infilarsele. La donna annuì, con un certo impaccio per via del collare di metallo, come per dirgli che era pronta a partire.

Cookie le afferrò la mano e strinse, cosa che non era tenuto a fare e che normalmente non faceva, ma voleva far capire a quella donna che sarebbe andato tutto bene. C'era qualcosa, in lei, che gli faceva venire voglia di rassicurarla. La squadra aveva imparato che durante le operazioni di salvataggio dei civili da situazioni incerte, non si doveva toccarli, a meno che non fosse necessario. Non avevano idea di cosa avessero passato quelle persone e il gesto avrebbe potuto scatenare in loro reazioni incontrollate. L'ultima cosa di cui la squadra aveva bisogno era che qualcuno perdesse la testa o reagisse nel modo sbagliato nel bel mezzo di una situazione difficile.

Cookie non aveva idea se tutto sarebbe andato bene o meno; erano ben lungi dall'essere al sicuro e lei era ben lungi dall'essere salva, ma aveva bisogno di far capire a Fiona che era rimasto colpito da lei. Voleva trasmettere tante cose con quella piccola stretta di mano. Non conosceva la storia della giovane, ma presto l'avrebbe appresa. Doveva solo portarli fuori da lì tutti interi.

Fiona scacciò le lacrime. Cristo, doveva calmarsi. Il piccolo segno di approvazione e di incoraggiamento da parte dell'uomo era tutto ciò di cui aveva bisogno per voler cadere fra le sue braccia e non lasciarlo andare mai più. Non poteva permettersi di fare nulla che distraesse o irritasse quell'uomo. Lui era la sua unica possibilità di tornare libera.

Si trascinò dietro di lui il più silenziosamente possibile mentre si dirigevano di nuovo verso il buco nell'angolo della stanza. Fiona sussultava ogni volta che le sue scarpe emettevano un tonfo a ogni passo. Le infradito non erano esattamente silenziose. Cominciò invece a trascinare i piedi e il rumore si quietò.

Fiona guardò il soldato sdraiarsi sul ventre e scivolare fuori dal buco per primo. L'uomo aveva detto a lei e a Julie di aspettare fino a quando non avesse controllato la zona per assicurarsi che fosse sicura. Lei approfittò del momento per sedersi per terra a riposare. Cristo, persino la breve camminata attraverso la stanza l'aveva stancata. Non aveva idea di come avrebbe fatto a cavarsela nella giungla, ma avrebbe fatto del proprio meglio il più a lungo possibile.

Come se le avesse letto nel pensiero, Julie si chinò su di lei e le afferrò il braccio con una presa sorprendentemente forte, affondando le unghie. "Farai meglio a non rovinarmi tutto. Il mio papi lo ha mandato a salvare *me*, non il tuo culo sfigato."

Fiona liberò il braccio dalla presa di Julie e strisciò lontano dall'altra donna. Non disse nulla. Non poteva. Ciascuna delle orribili parole uscite dalla bocca di Julie era vera e non poteva essere confutata.

Cookie trovò l'accampamento come lo aveva lasciato quando era entrato nell'edificio in cui erano state tenute prigioniere le donne. Non c'era nessuno sveglio; erano tutti addormentati o svenuti. Non c'era molto tempo prima che il sole cominciasse a sorgere; per allora, loro tre avrebbero già dovuto essersi allontanati. Cookie rientrò nell'edificio e aiutò Julie a scivolare fuori dal buco. Le fece segno di accovacciarsi vicino al muro, quindi si voltò per aiutare Fiona.

Dopo che entrambe le donne furono uscite, Cookie rimise le assi di legno nelle loro posizioni originali. Un'ispezione ravvicinata avrebbe rivelato che erano state spostate, ma lui sperava che i rapitori non fossero così intelligenti e che ci avrebbero messo parecchio tempo a capire come avevano fatto le loro prigioniere a fuggire, dando loro un buon vantaggio.

"Forza, signore, leviamoci di torno."

Sotto lo sguardo di Cookie, entrambe le donne annuirono con entusiasmo e tutti insieme entrarono nella giungla spietata.

CAPITOLO TRE

Fiona si trascinò in silenzio al seguito del soldato e di Julie. Si era ripromessa di non fare nulla per rallentarli e stava facendo del suo dannatissimo meglio per mantenere la promessa. Fuori era ancora buio, ma il sole aveva appena cominciato a salire al di là dell'orizzonte. Lei riusciva a malapena a vedere Julie di fronte a sé. L'altra donna si teneva aggrappata allo zaino del soldato come a un'ancora di salvezza. Non aveva permesso a Fiona di avvicinarsi all'uomo; lo aveva rivendicato per sé.

Il soldato aveva stabilito un ritmo abbastanza intenso e Fiona si rendeva conto di stare respirando troppo forte e troppo rumorosamente. Aveva smesso da un po' di cercare di scacciare gli insetti che le ronzavano intorno alle gambe: era inutile e privo di senso. Non appena ne scacciava uno, altri due si posavano su di lei. Sapeva che sarebbe stata ricoperta da morsi di insetto, ma se non altro sarebbe stata viva. Anche i piedi le facevano male. Aveva sbattuto più volte le dita contro dei tronchi e altre cose sul fondo della foresta, ma non intendeva lamentarsi. Si rifiutava di fare la piagnucolosa. Era uscita da quel buco e avrebbe sopportato tutto il necessario per uscire dal Paese.

Fiona *era* preoccupata per l'astinenza a cui sapeva sarebbe andata incontro. Il suo corpo aveva cominciato a tremare e lei sapeva che era solo questione di tempo prima che il desiderio delle droghe che i suoi rapitori l'avevano costretta ad assumere si aggravasse. Non aveva idea di cosa diavolo le avessero iniettato, ma aveva odiato ogni secondo dell'esperienza. La sensazione di avere chissà quale cocktail ficcato nelle vene era orribile. Aveva lottato contro i rapitori come un gatto selvatico tutte le volte che quelli erano entrati con un'altra siringa. Loro si erano limitati a tenerla ferma mentre le ficcavano l'ago nel braccio. Fiona aveva sperimentato l'astinenza diverse volte da quando avevano cominciato a drogarla e i rapitori non avevano fatto altro che ridere. L'avevano guardata in attesa che cominciasse a implorare le droghe, ma Fiona si era rifiutata di farlo. Non c'era verso che pregasse quelle teste di cazzo di iniettarle ulteriore veleno in corpo. Finalmente, quelli si erano stancati del gioco e avevano cominciato a iniettarle la droga a intervalli regolari, senza curarsi del fatto che lei si opponesse tutte le volte.

Fiona doveva distrarsi dalle droghe e dalla reazione del suo corpo, così fece quello che aveva fatto mentre era incatenata al pavimento: cominciò a contare lentamente all'indietro partendo da mille. *Mille, novecento novantanove, novecento novantotto.*

Quando lei arrivò attorno al trecento, il soldato si fermò. La luce mattutina faceva capolino fra gli alberi, ora, scaldando rapidamente la zona.

"Ci fermeremo qui per fare una pausa," disse l'uomo.

Julie si sedette subito. "Per favore," disse con voce lamentevole. "Sto morendo di fame. Hai del cibo?"

Cookie guardò la donna seduta ai suoi piedi. Era normale che avesse fame, ma lui aveva voluto portarle il più possibile lontano dal complesso prima di fermarsi. Ripensò al tugurio in cui aveva trovato Julie e a come ella avrebbe voluto lasciare là Fiona. Cercò di trattenere la rabbia. In fondo, Julie era stata rapita.

"Ma certo, Julie. Ho delle barrette."

Julie esclamò: "Tutto qui? Solo delle barrette? Lo sai da quanto non mangio del cibo *vero?*"

Cookie si fermò nell'atto di infilare una mano nello zaino e si limitò a fissare la donna. Cominciava a incazzarsi. Julie diceva sul serio? Ma certo che diceva sul serio. Cercò di non perdere la calma.

"Sì, tutto qui. Presto sarai lontana e potrai consumare un pasto completo. Non è una buona idea mangiare abbondantemente ora, quando il tuo stomaco non è abituato. È meglio cominciare lentamente e riabituarsi a pasti regolari. Ho anche dell'acqua. Tutte e due," proseguì, includendo Fiona nel gesto che fece, "avete bisogno di bere."

La bocca di Fiona si riempì di acquolina. Era in

disparte rispetto Julie e all'uomo, appoggiata a un albero. Non aveva voluto sedersi, sapendo che, se lo avesse fatto, non sarebbe più riuscita a rialzarsi. E poi, indolenzita com'era, era fantastico stare dritta in piedi, come non era riuscita a fare a lungo. La catena attorno al collo glielo aveva impedito. Le doleva la schiena per la camminata e l'esercizio a cui non era abituata, ma era così bello stare in piedi e all'aria aperta che lei non intendeva lamentarsi.

E le barrette. Dio. Era trascorso un sacco di tempo dall'ultima volta in cui Fiona aveva mangiato del cibo vero, proprio come aveva detto Julie. Certo, "molto tempo" per lei significava ben più di quanto significasse per Julie. A volte, i rapitori le avevano portato delle patatine o qualcosa di simile, ma di solito si erano limitati a lanciarle un pezzo di pane duro. Fiona non sapeva quanto tempo fosse trascorso dall'ultima volta in cui aveva mangiato qualcosa che non fosse ammuffito o stantio.

E l'acqua fresca? Le sembrava di essere in Paradiso. Era incredibile come le piccole cose diventassero molto più importanti quando mancavano. Lei beveva acqua putrida da più di quanto potesse ricordare. All'inizio, era stata malissimo per aver bevuto quella schifezza che le portavano i rapitori, ma alla fine il suo corpo si era abituato ai batteri e a chissà quali altri organismi nuotavano nell'acqua. A volte le doleva ancora lo stomaco a causa dei parassiti che verosimilmente sguazzavano dentro di lei, ma se non altro non aveva più costantemente la nausea. Avrebbe voluto saltare addosso all'uomo, afferrare il cibo e ficcarselo in bocca il più velocemente possibile. Ma non poteva. Non sapeva quanto cibo avesse portato il soldato e lei era un bagaglio in più. Se aveva aspettato così a lungo, avrebbe atteso ancora un po' per avere qualcosa da mangiare, se non ce n'era abbastanza... forse.

Cookie raggiunse il punto in cui si trovava Fiona, appoggiata a un albero. Se prima gli era parso che avesse una brutta cera, alla luce dell'alba il suo aspetto gli parve ancora peggiore. Non era riuscito a vedere molto bene nell'edificio e da quel momento in poi avevano camminato al buio, ma ora che aveva l'occasione di guardarla davvero, non sapeva come facesse a stare in piedi.

Il collare metallico era parzialmente nascosto dalla sua maglietta nera, ma Cookie vedeva bene che la pelle di Fiona attorno alla sommità di esso era arrossata e aveva l'aria di fare molto male. Cookie non vedeva sangue, ma non si sarebbe stupito se avesse scoperto che la giovane sanguinava nel punto in cui il collare si era conficcato nella carne del collo. Le gambe della donna erano luride e lui vedeva chiaramente che erano coperte di segni lasciati dai morsi degli insetti. I piedi nelle infradito erano davvero disgustosi, le gambe coperte di fango e incrostate di roba nera fino alle ginocchia. A un certo punto, la donna si era scostata i capelli dal viso e li aveva legati con una liana presa da uno degli alberi accanto a cui erano passati. I capelli erano fibrosi e afflosciati e avevano un forte bisogno di shampoo. Anche il volto e le mani della donna erano coperti di sporcizia e rivoli di sudore le scorrevano lungo le tempie.

Era anche molto magra, troppo. Era palese che non mangiava a sufficienza da troppo tempo. Cookie prese una salviettina che aveva tirato fuori dallo zaino e gliela offrì senza dire una parola.

Fiona guardò l'uomo e la salviettina che questi le tendeva. Avrebbe voluto afferrarla e crogiolarsi nella sua pulizia, ma esitò.

Cookie notò l'esitazione della donna e disse a bassa voce, fraintendendo la sua reticenza: "So che non è molto, ma fino a quando non riusciremo ad allontanarci di più, non possiamo correre il rischio di fare un bagno completo." Fiona annuì. Era sciocco, ma non voleva essere parzialmente pulita. Se avesse pulito solo una parte del proprio corpo, ciò le avrebbe solo ricordato quanto fosse sporco e puzzolente il resto.

Come se potesse leggerle nel pensiero, lo splendido uomo di fronte a lei disse: "Pulisciti almeno le mani, Fiona. In questo modo, potrai mangiare senza preoccuparti dei germi."

Fiona rise senza umorismo. "Non credo di dovermi preoccupare dei germi. Non voglio prenderti l'ultima salviettina," disse onestamente.

"Ne ho parecchie," le disse Cookie, continuando a tendere l'oggetto.

Finalmente, Fiona allungò piano una mano verso la salvietta, imbarazzata per quanto tremava. Cercò di sorridere all'uomo, sperando che questi non se ne accorgesse. Ma naturalmente, lo fece.

"Va tutto bene?" disse a bassa voce Cookie, stringendo gli occhi. "Ti tremano le mani."

Fiona si concentrò sul pulirsi le mani e non volle guardare l'uomo negli occhi mentre cercava di levarsi di dosso tre mesi di sporcizia. "Va tutto bene. Sono solo davvero pronta ad andarmene da qui."

Cookie guardò la donna che aveva di fronte. Santa polenta. Da dove prendeva tutta quella forza? Lui conosceva molti uomini in grado di sopportare grandi sofferenze e che avevano una resistenza incredibile. Lo aveva visto più e più volte nei suoi compagni di squadra. Ma mentre stava lì a guardare quella donna che, con noncuranza, cercava di pulirsi le mani e ignorava la fame e il fatto di essere appena fuggita da una prigionia durata chissà quanto... Cookie pensò che doveva essere una delle donne mentalmente più forti che lui avesse mai conosciuto, compresa la donna di Wolf, Caroline.

Quasi si dimenticò di averle portato una barretta di cereali, ma alla fine se ne ricordò. "Ricordati di restituirmi la salviettina quando avrai finito. Meglio non lasciare tracce del nostro passaggio." Guardò Fiona annuire, ancora una volta senza guardarlo. "Poi potrai mangiare la tua barretta e riprendere il cammino."

Cookie la vide finalmente rialzare lo sguardo a quelle parole, non verso di lui, ma verso il cibo che le tendeva. Lo sguardo di Fiona era fisso sul cibo nelle sue mani, come se esso potesse svanire se lei avesse sbattuto le palpebre. Riusciva quasi a vederla sbavare. Il muscolo nella sua mascella guizzava mentre stringeva i denti e Cookie la vide deglutire diverse volte. Esteriormente, la donna poteva anche comportarsi come se non le importasse di mangiare o meno, ma lui le vedeva negli occhi il desiderio disperato del poco cibo che lui le tendeva. Il respiro della donna era accelerato e lui riusciva quasi a vedere il cuore che le batteva nel petto. Fiona deglutì due volte, in lotta con se stessa.

Voleva quella barretta più di quanto avesse mai voluto qualunque altra cosa, forse con l'esclusione dell'uscire da quella giungla. Abbassò lo sguardo e fece spallucce, cercando di mostrare disinteresse. Riportò lo sguardo sulle sue mani, sfregandole distrattamente, e disse: "Va bene così. Non ho fame. Puoi conservarla per dopo."

Cookie riuscì a malapena a non spalancare la bocca. Quella donna era tutta pelle e ossa, sapeva di avere fame – anzi, di essere terribilmente affamata – e rifiutava il cibo? Che diavolo?

"Fiona, hai bisogno di forza per proseguire. Devi mangiare."

Proprio mentre Fiona apriva la bocca per rispondere, Julie la interruppe. "La mangio io, se lei non la vuole."

Fiona deglutì a fatica e cercò di non mettersi a piangere. Il suo stomaco si ribellava all'idea di rinunciare alla barretta, ma lei si controllò e si costrinse a mormorare a

Cookie: "La lascio volentieri a Julie. A me basta un po' d'acqua."

Eh no. Cookie prese Fiona per un braccio e la portò leggermente in disparte, voltando la testa per intimare severamente a Julie: "Torniamo subito. Resta dove sei."

"Cosa ti prende?" chiese Cookie a Fiona, in tono poco paziente. Non aveva tempo per quello. Ecco il motivo per cui non aveva una ragazza fissa: anche se fosse campato cent'anni, non avrebbe mai capito i giochi a cui giocavano le donne. "Devo portarvi entrambe al punto di estrazione. Ho bisogno che tu cammini; non posso trasportare te *e* lei contemporaneamente," la rimproverò in tono duro. "Posso trasportarne solo una alla volta."

"Non avrai bisogno di trasportarmi. Te l'ho detto: non vi rallenterò. So di essere un bagaglio inaspettato e di troppo. Non vi starò fra i piedi, non vi rallenterò e non mangerò, così ci sarà cibo a sufficienza. Tu hai pianificato solo per due, non per me."

Cookie si calmò. Dunque, era quello il problema. Fiona non stava cercando di giocare con lui, né di giocare in generale: stava cercando di tenere un basso profilo. Cookie avrebbe preferito non far scoppiare la sua bolla, ma l'alternativa non stava funzionando.

"Ascolta," cercò di rassicurarla, appoggiandole per un attimo una mano sulla spalla, "il punto di estrazione non è molto lontano. Ho cibo in abbondanza per tutti, anche se non mi aspettavo te. Una barretta non svuoterà le mie risorse. Volevo dirlo a tutte e due assieme, ma è evidente che devo informarti subito. Faccio parte di una squadra di Navy SEAL che è stata depositata qui per salvare Julie. I miei compagni sono nelle vicinanze. Ci incontreremo al punto di estrazione e ci leveremo di torno. Non dire più che saresti 'di troppo', d'accordo? Ora, per favore, hai bisogno di energia e di calorie, Fiona. Prendila."

Fiona non sembrava credergli, né sull'imminente arrivo dei soccorsi né sulla quantità di cibo che lui aveva a disposizione per loro, ma stava letteralmente morendo di fame. Cookie quasi ridacchiò di fronte alla palese indecisione sul suo viso, ma colse all'istante il momento in cui la donna si convinse.

Fiona non riuscì a costringersi ad allungare la mano verso la barretta quando l'uomo gliela tese di nuovo, ma sapeva di doverlo fare se voleva essere in grado di proseguire. Sollevò lo sguardo sull'uomo, senza sapere come i suoi occhi gli implorassero di alleggerirla dal peso di quella decisione.

Cookie si allungò e prese delicatamente una delle mani tremanti della donna, trattenendola quando Fiona fece per ritrarla. Attese che lei lo guardasse. "Te lo giuro, Fiona: tu *non* sei un bagaglio extra. Certo, ci hanno mandati qui per Julie, ma io sarei venuto di mia spontanea iniziativa se avessi saputo che eri qui. Sarei venuto per *te*."

Fiona si limitò a fissarlo, cercando di trattenere le lacrime. Dopo tanto tempo trascorso senza udire una parola buona, quelle dell'uomo erano come un balsamo per la sua anima tormentata. Il soldato non avrebbe mai saputo quanto fosse stato importante ciò che le aveva appena detto.

Cookie avrebbe voluto dire dell'altro. Avrebbe voluto dire che la ammirava, che era sbalordito da lei, ma sapeva che non era né il momento né il luogo adatto e lasciò cadere la mano, e Fiona si ritrovò a stringere la barretta. Cookie la guardò cercare di aprire lo snack. La plastica era troppo spessa e lei non riusciva a stringerla con forza sufficiente per lacerarla. Cookie prese la barretta e lacerò l'involucro per lei, per poi restituirgliela senza di esso.

Fiona diede un piccolo morso e chiuse gli occhi. Era la cosa migliore che avesse mai mangiato, *punto*. Cercò di assaporarla e di non masticare troppo in fretta. Alla fine, finì il primo boccone, deglutì e riaprì gli occhi per dare un altro piccolo morso e incrociò gli occhi dell'uomo. Fiona voltò la testa in preda all'imbarazzo. Dio, era davvero stupida. Avrebbe dovuto semplicemente mangiare quella stupida barretta e farla finita, ma era trascorso tanto di quel tempo che voleva assaporarla il più possibile.

Cookie ingoiò la rabbia. Era furioso. Non nei confronti di Fiona, ma di quelle persone disgustose che l'avevano tenuta prigioniera tanto a lungo. Il piacere provocato in lei da quel piccolo morso lo colpiva duramente. Lui non era mai stato affamato al punto da rimanere estasiato per un singolo boccone di cibo. Certo, durante l'addestramento e il BUD/S, lui e i suoi compagni avevano *creduto* che sarebbero morti di fame, ma a giudicare dall'espressione di Fiona, si rendeva conto che non c'erano nemmeno arrivati vicino.

Si voltò per concedere alla donna un po' di privacy e tornò al punto in cui aveva lasciato Julie a riposare. Cookie si rese conto di suonare più duro di quanto volesse quando, poco dopo, disse alle donne che era giunto il momento di riprendere il cammino. Julie gemette e piagnucolò, dicendo che le faceva male tutto, ma si alzò, si aggrappò allo zaino di Cookie e furono pronti a ripartire.

CAPITOLO QUATTRO

FIONA TACQUE MENTRE CAMMINAVANO. Si concentrò sul far durare il più a lungo possibile la barretta. Mangiò piccoli bocconi e contò ogni masticazione. Non solo ciò fece durare più a lungo il cibo, ma distrasse la sua mente dalla sua orribile sofferenza.

Aveva mal di stomaco, ma sapeva che doveva continuare a mangiare. Aveva avuto la pancia vuota così a lungo che mangiare le provocava dolore fisico. L'acqua che il soldato le aveva dato era la migliore che lei avesse mai avuto. Guardò Julie trangugiare la sua, ma assaporò la propria. Non era nemmeno lontanamente fredda e non era di marca, ma era pulita ed era enormemente meglio di ciò che lei aveva bevuto negli ultimi tempi. Non sentiva sabbia nella bocca dopo averla bevuta e, sebbene l'acqua avesse un leggero sapore metallico dovuto alla tavoletta purificatrice che il soldato aveva usato per assicurarsi che fosse pulita e bevibile, era comunque buonissima.

Era più facile, per Fiona, prendersi il suo tempo a mangiare la barretta quando Julie e l'uomo non osservavano ogni sua mossa. Lei non aveva idea di come si chiamasse lui; non glielo aveva detto. Avrebbe tanto voluto chiamarlo, nella sua testa, in un modo diverso da "l'uomo" o "il soldato", ma pensò che sarebbe stato maleducato chiederglielo esplicitamente. All'improvviso, le venne in mente una cosa. Se lui era un Navy SEAL, probabilmente non era corretto chiamarlo "soldato". Quella gente non chiamava se stessa "marinai", o forse era "fanti di marina"? Cribbio, le faceva male la testa. Se l'uomo avesse voluto dire loro come si chiamava, lo avrebbe fatto. Forse non aveva nemmeno il permesso di farlo. Forse, la segretezza impediva ai SEAL di presentarsi a coloro che salvavano.

Fiona sapeva che il suo cervello stava volando da un'idea all'altra senza soluzione di continuità, ma non poteva farci nulla. La sua sanità mentale era appesa a un filo. Tutto ciò che avrebbe voluto fare sarebbe stato lasciarsi cadere a terra e raggomitolarsi in posizione fetale, chiudere gli occhi, agitare il naso e ricomparire nel suo appartamento di El Paso... ma non poteva. Ovviamente non poteva. Fiona aveva giurato al soldato che non avrebbe recato fastidio. Poteva tenere duro ancora per un po'... forse.

Le tremavano ancora le mani e il suo corpo desiderava ancora le droghe che le avevano somministrato, ma fintanto che poteva concentrarsi su qualcosa che non fosse avere di nuovo quel cocktail tossico iniettato nel corpo, sarebbe riuscita a tenere a bada l'astinenza ancora per un po'. Fiona non voleva che l'uomo capisse cosa stava succedendo. Se così fosse stato, l'avrebbe certamente abbandonata. Il militare doveva riportare Julie negli Stati Uniti. O magari avrebbe deciso che, se lei si fosse fermata e basta, il gruppo non avrebbe dovuto continuare e ciò non era accettabile. Lei voleva andarsene da quella giungla. Poteva resistere ancora per un po'. Non mancava molto per raggiungere il luogo in cui l'uomo aveva detto sarebbero venuti a prenderli.

Avevano camminato per quello che sembrava un intervallo di tempo molto lungo, ma dopo un po' l'uomo si fermò e fece segno a lei e a Julie di accovacciarsi in mezzo a una macchia d'alberi. Fiona ebbe la sensazione che qualcosa non andasse. Osservò attentamente il soldato. Non aveva detto nulla, ma sembrava teso. Era accovacciato accanto a loro e appena al di là degli alberi c'era una sezione spianata di foresta. La zona non era tranquilla – c'erano troppi rumori di animali perché si potesse dire che ci fosse silenzio nella foresta – ma Fiona trovava comunque l'atmosfera inquietante... e, palesemente, lo stesso valeva per il soldato.

L'uomo continuava a guardare l'orologio e poi il cielo. Fiona capì che il mezzo di trasporto era in ritardo, o che forse, addirittura, non sarebbe mai arrivato. Si grattò distrattamente un morso sulla gamba con dita tremanti. I sintomi dell'astinenza stavano peggiorando.

Se non se ne fossero andati da lì, l'uomo se ne sarebbe accorto. Fiona non sapeva come avrebbe reagito. L'avrebbe abbandonata? Sarebbe rimasto disgustato? Se la sarebbe presa con lei? Non poteva correre il rischio di dirglielo. Avrebbe semplicemente dovuto sopportare, come aveva sopportato tutto il resto.

"Cosa stiamo aspettando?" piagnucolò a bassa voce Julie. "Mi fa male il sedere e voglio tornare a casa."

Cookie sospirò. Merda. Quando le cose andavano male, lo facevano in grande stile.

Si voltò verso le donne. Julie aveva lacrime di coccodrillo che le scorrevano lungo il viso e Fiona si limitava a fissarlo come se avesse capito che lui era sul punto di dire che qualcosa non andava.

"Cambio di programma," disse bruscamente lui, che aveva preso una decisione. "L'elicottero non si è fatto vedere e io non riesco a raggiungere i miei commilitoni. Dobbiamo spostarci sul punto di estrazione secondario."

Cookie sapeva che alcune persone avrebbero dato per scontato che la squadra fosse semplicemente in ritardo, ma i SEAL non erano mai "in ritardo." C'era qualcosa che non andava ed era ora di passare al piano di riserva che avevano rivisto prima dell'inizio della missione. Cookie non disse di proposito alle donne qual era il punto di estrazione secondario, ma Julie non parve accontentarsi delle sue vaghe spiegazioni.

"Ma dov'è? Quanto dobbiamo camminare ancora? Pensavo che sarebbero venuti a prenderci qui."

La voce di Julie era piagnucolosa e la pazienza di Cookie era al limite. Fece una fatica immensa a non alterarsi. Era abituato a usare la sua squadra come cuscinetto. Quando una persona salvata diventava insopportabile, loro facevano a turno a starle accanto. Gli mancava la sua squadra. Cookie preferiva sempre lavorare coi suoi amici che non da solo. Era così che operavano normalmente le squadre SEAL e quella missione stava rendendo chiaro, ancora una volta, il perché a Cookie. Stava facendo fatica a rapportarsi a Julie.

Sospirò e si massaggiò il viso con una mano. "È un po' lontano, ma non dobbiamo per forza arrivarci oggi. Abbiamo qualche giorno…"

Julie lo interruppe. "Qualche giorno?" strillò, troppo forte nella giungla silenziosa. "Cosa diavolo stai dicendo? Pensavo che fossi venuto qui a salvarmi! Dobbiamo andarcene da mmf…"

Cookie si muoveva velocemente per un uomo con un grosso zaino sulle spalle. La sua mano era sulla bocca di Julie prima che ne uscisse l'ultima sillaba.

"Shhhhh," ordinò furiosamente. "Gli uomini che vi hanno rapite potrebbero essere dappertutto. E poi, questa giungla brulica di trafficanti di droga e di altri uomini che di sicuro non vogliamo incontrare. Non siamo al sicuro qui. Devi ricordartelo e tenere bassa la voce." Cookie guardò Julie annuire impaurita, gli occhi spalancati.

Fiona capì che il soldato era arrabbiato. Il salvataggio era stato pieno di sorprese, e non belle. L'ultima delle quali era la sua presenza. E ora, a quanto pareva, il loro passaggio non era arrivato. Avrebbe voluto rassicurare l'uomo, ma non sapeva esattamente cosa dire, per cui rimase in silenzio.

Cookie tolse lentamente la mano dalla bocca di Julie. "Ecco il piano. Marceremo verso sud, nella direzione del fiume, poi torneremo sui nostri passi e ci dirigeremo verso ovest. Quella gente penserà che vogliamo seguire il fiume, per cui faremo il contrario. Stammi vicina e andrà tutto bene," disse a Julie, sapendo che non era necessario dire a Fiona di non allontanarsi. Sapeva che lei lo avrebbe fatto o sarebbe morta provandoci.

Cookie lanciò un'occhiata a Fiona. La donna non gli aveva tolto gli occhi di dosso e qualcosa si allentò dentro di lui di fronte alla sua tranquilla accettazione della situazione. Se non altro, Cookie non avrebbe dovuto gestire due donne isteriche. Rivolse a Fiona quello che sperava fosse un rassicurante cenno del capo e disse: "Andiamo."

Cookie non aveva idea di dove fosse Mozart, non riusciva a raggiungerlo con la radio satellitare e palesemente qualcosa era andato storto con l'elicottero, o Dude e Benny sarebbero già arrivati. Poteva darsi che si fossero visti costretti ad andare a recuperare Mozart perché questi si era cacciato nei guai. Qualunque fosse la ragione, Cookie non sprecò tempo soffermandosi su di essa. La squadra aveva stabilito un punto di prelievo alternativo proprio per quella ragione. A volte, le cose non andavano secondo i piani e i piani stessi andavano rivisti.

Il terzetto rientrò nella giungla. Avevano ancora parecchia strada da fare prima di essere al sicuro.

Julie aveva finalmente smesso di lamentarsi, circa un'ora prima che si fermassero per la notte. Cookie si disse che la donna aveva il diritto di essere stanca, ma erano tutti sulla stessa barca... anzi, no. Lanciò un'occhiata a Fiona. Era da un pezzo che non le sentiva dire nulla. La donna aveva mantenuto il silenzio e tenuto il loro passo, come promesso. Cookie non poté far altro che rimpiangere che Julie non avesse la stessa resilienza.

Non sapeva quanto tempo Fiona avesse trascorso in cattività, ma era certo che fosse molto più di quanto ci era rimasta Julie. Sapeva che c'era qualcosa di strano in lei, ma non aveva avuto il tempo di pensarci su... fino a quel momento.

Si erano fermati e Julie si era immediatamente seduta per terra, portandosi le ginocchia al petto e circondandole con le braccia. Aveva appoggiato la testa alle ginocchia e non si era mossa mentre lui allestiva il campo improvvisato per la notte. Non era molto: non poteva permettersi di accendere un fuoco e di allertare della loro presenza chiunque si trovasse nascosto nella giungla buia. Cookie ripensò alla breve conversazione che aveva avuto con Fiona mentre si rilassavano. Lei gli aveva chiesto se potesse aiutarlo in qualunque modo. Lui l'aveva ringraziata, ma le aveva detto in tutta onestà che il suo aiuto lo avrebbe solo rallentato. La giovane non aveva messo il broncio né si era intristita; si era limitata ad annuire, come se si fosse aspettata quella risposta, e si era seduta contro un albero vicino, fuori dai piedi.

Ora che si erano fermati per la notte, Cookie avrebbe parlato con lei. Non c'era voluta molta fatica per preparare tre ripari invece dei due che aveva progettato. C'era abbondanza di materiale – foglie e rami – nella giungla. Cookie viaggiava leggero e non aveva tende con sé. Tanto per cominciare, non aveva pensato che ne avrebbero avuto bisogno, ma anche se avesse programmato di trascorrere diverse notti nella giungla, preferiva tenere lo zaino il più leggero possibile e le tende avrebbero aggiunto parecchio peso. Cookie aveva dato un'altra barretta a ciascuna delle donne e aveva scaldato due razioni militari. Avevano diviso tutti il cibo, con Fiona che mangiava molto poco, sostenendo che lo stomaco le dolesse per quel cibo pesante a cui non era abituata, e ora entrambe le donne stavano riposando.

Cookie guardò Fiona. Era ancora appoggiata all'albero, con le braccia attorno alle gambe. Aveva la testa appoggiata sulle ginocchia e gli occhi chiusi. Era più o meno nella stessa posizione che aveva assunto in precedenza Julie, ma in qualche modo sembrava più vulnerabile dell'altra.

Cookie ripensò a cosa ci fosse di "sbagliato" in Fiona. Si trattava dei suoi piedi? Erano piuttosto malridotti. Era stata ferita dai rami e dalle schifezze che avevano attraversato? Non indossava pantaloni lunghi. Forse gli uomini le avevano fatto del male la sera prima, prima del suo arrivo. Merda, sicuramente era stata violentata e probabilmente la presenza di Cookie le incuteva paura.

L'ultimo pensiero lo fece sussultare visibilmente e gli provocò una nausea fisica. Gli era già capitato di interagire con vittime di stupro, ma per qualche motivo, questa volta era diverso. Forse perché i suoi commilitoni non c'erano. Forse perché Fiona si stava impegnando molto per essere coraggiosa. Qualunque fosse la ragione, Cookie sapeva solo che qualcosa dentro di lui si ribellava completamente all'idea di lei che veniva violata in quel modo.

Sfortunatamente, avevano ancora circa sedici chilometri da percorrere prima di raggiungere il secondo punto di estrazione. Sedici fottuti chilometri. Avevano due giorni di tempo, il che significava due giorni di marce forzate. Se qualcuno gli avesse detto che gli sarebbe toccato convincere due donne rapite a camminare per oltre sedici chilometri nella giungla messicana, lui avrebbe detto alla persona in questione che era pazza. E invece, eccoli lì. Cookie non sapeva se una o entrambe le donne potessero farcela e ciò lo preoccupava.

Julie era la più forte delle due, ma era una mollacciona. Non era abituata agli sforzi fisici e si lamentava a ogni passo. Era palese che, nella sua "vera" vita, ogni qual volta c'era qualcosa di "duro", le era permesso di tirarsi indietro. Cookie non riuscì a escludere un pensiero cattivo dalla sua testa: non era sicuro che *lui* sarebbe riuscito a tirare avanti due giorni se avesse dovuto ascoltare le lamentele incessanti di Julie.

Fiona avrebbe dovuto farcela, ma lui non ne era sicuro. Se la donna fosse stata al cento per cento delle forze, lui non dubitava che avrebbe fatto sembrare facile la marcia di sedici chilometri. Perdiana, probabilmente avrebbe potuto percorrere quella distanza in un giorno. Ma lei *non* era al cento per cento. Perdiana, probabilmente non era nemmeno al cinquanta per cento. Era stata prigioniera molto più a lungo rispetto a Julie e non aveva una bella cera. Ma non si era arresa. Aveva stretto i denti per tutto il giorno, senza pronunciare una singola parola di lamentele. Cookie era fottutamente colpito.

Le infradito che Fiona indossava lo preoccupavano. Merda, ma chi voleva prendere in giro? Tutto, di lei, lo preoccupava. La mancanza di pantaloni lunghi, il collare attorno al collo, le mani tremanti, la disidratazione, la fame palese... Cookie avrebbe dovuto scoprire quella sera cosa avesse, in modo da prendere decisioni migliori per tutti.

Una volta che Julie si fu coricata, Cookie si recò nel punto dov'era seduta Fiona. La donna era ancora appoggiata in silenzio contro l'albero. Se lui non avesse visto la sua schiena muoversi leggermente, avrebbe temuto che fosse morta. Mentre le si avvicinava, lei aprì gli occhi, ma per il resto rimase immobile. Cookie si sedette accanto a lei.

"Come va?" le chiese a bassa voce.

"Bene," gli disse Fiona. "Non vi rallenterò."

Cookie annuì e le disse: "Lo so. Finora ti sei comportata benissimo." Fece una pausa, quindi proseguì. "Non credo di essermi ancora presentato. Mi chiamo Cookie." Non si prese la briga di offrirle la mano da stringere. Erano al di là delle formalità.

"Cookie?" Fiona fissò il bell'uomo seduto accanto a lei che stava cercando di chiacchierare. Aveva voglia di piangere. Lui stava cercando di farla sentire normale e lei lo apprezzava più di quanto potesse dire a parole.

"Sì, tutti i membri della mia squadra hanno un soprannome. Ci sono Dude, Mozart, Wolf, Abe, Benny e io... Cookie."

"Mi dici perché ti chiamano Cookie?"

"Se te lo dico, tu riderai?"

Fiona adorava quello spigliato scambio di battute. Perdiana, anche solo avere qualcuno che le parlava in inglese era fantastico. "Probabilmente. Soprattutto perché tu sembri riluttante a dirmelo."

Cookie ridacchiò. Sapeva che era inappropriato, ma quella conversazione lo stava divertendo moltissimo, soprattutto dopo la tensione e le lamentele costanti di Julie. Aveva palesemente impiegato troppo tempo a rispondere, perché Fiona continuò a parlare.

"Vuoi continuare a lasciarmi in sospeso?"

"Non lo indovineresti mai, Fee."

Fiona sollevò di scatto la testa dalle ginocchia per guardarlo. Come l'aveva chiamata?

"Perché? Pensi che *riusciresti* a indovinare?" Cookie aveva notato la sua reazione e capito che era dovuta al fatto che lui l'aveva chiamata "Fee." Non sapeva come gli fosse venuto in mente, ma nella sua testa suonava bene. Lei aveva l'aria della Fee.

"Ehm, vediamo; tua madre ti mandava biscotti tutte le settimane durante l'addestramento di base?"

"Sono andato al *campo* di addestramento, non all'addestramento di base, ma no. Primo tentativo fallito." Cookie guardò Fiona stringere gli occhi. Era palese che la donna aveva un carattere competitivo. Avrebbe dovuto ricordarsene e sfruttarlo per incoraggiarla in seguito, se necessario.

"Quando eri piccolo, hai mangiato troppi biscotti a Natale e hai vomitato l'anima?"

Una bassa risata sorpresa sfuggì dalle labbra di Cookie prima che lui riuscisse a trattenerla. "Wow, questo sì che fa male. No, hai sbagliato ancora. Ti resta un solo tentativo."

Non c'era centimetro del corpo che non le facesse male, era più esausta e assetata di quanto ricordasse essere mai stata, ma per qualche motivo si stava divertendo. Quell'uomo l'aveva stupita. Lei aveva creduto che sarebbe stato estremamente burbero e professionale, ma le piaceva quel lato di lui. Vediamo... come poteva aver fatto una persona a ricevere il soprannome di Cookie? Fiona decise di prenderlo in giro. Dopotutto, non aveva niente da perdere.

"Eri vergine quando ti sei arruolato in Marina e

dopo il *campo di addestramento* i tuoi amici ti hanno portato in città e hanno pagato una prostituta ottantenne di nome Cookie per deflorarti."

Cookie cominciò a ridere, sottovoce, e non riuscì a fermarsi. Trascorsero diversi istanti prima che potesse parlare.

"Cristo, Fee, ricordami di non farti incazzare. In primo luogo, sono stato *deflorato* quando avevo quattordici anni, dalla diciassettenne con cui sono andato al ballo della scuola. Per cui, hai sbagliato anche l'ultima volta. Anche se devo dire che le tue ipotesi sull'origine del mio soprannome sono molto più creative della realtà. Io sono stato l'ultimo a entrare a far parte della squadra. Di solito, i novellini sono chiamati 'nugget', FNG o 'Cookie'. Cookie è rimasto."

Rimasero in silenzio per un momento a guardarsi.

Non sapendo cosa fosse un "FNG", Fiona decise di non approfondire l'argomento. Tanto, non aveva importanza. "Ce l'hai un nome vero?" Non sapeva perché volesse conoscerlo, ma così era.

"Hunter. Hunter Knox."

"Dici sul serio?"

"Assolutamente sì. Perché?"

Fiona non riusciva a credere che quello fosse davvero il nome dell'uomo. "Perché è un nome da spogliarellista o da supereroe." Arrossì immediatamente. Porca miseria. Lo aveva davvero detto ad alta voce? Cristo, era *davvero* stupida.

"Credo che lo prenderò come un complimento, Fee, anche se preferisco spogliarmi per una persona sola."

"Ignorami, ti prego. Non so cosa sto dicendo. Lascia che ci riprovi." Fiona sollevò lo sguardo. Era imbarazzata, ma decisa a dire quello che doveva dire. "È un piacere conoscerti, Hunter. No, è fottutamente *fantastico* conoscerti. Non sono mai stata più felice di conoscere qualcuno in tutta la mia vita."

Lo sguardo di Cookie perse il suo buonumore e l'uomo si fece all'istante serio. Capiva quello che la donna stava dicendo. "Sono più felice di aver conosciuto te di quanto sia mai stato felice di conoscere qualcuno in tutta la vita, Fee." Cadde fra loro un silenzio amichevole. Fiona tornò ad appoggiare la testa sulle ginocchia e richiuse gli occhi.

Notando che aveva le nocche sbiancate da tanto forte stringeva le mani, Cookie le chiese finalmente ciò che aveva in mente di chiedere da tutto il giorno. "Devo sapere cosa sta succedendo, Fee." La guardò sussultare. "Non so cosa ti passa per la testa, ma non ti lascerò sola. Non mi arrabbierò; devo solo sapere, in modo da essere certo che riusciremo a tornare tutti a casa. Se ti fanno male i piedi, posso avvolgerteli con del nastro per aiutarti. Merda avrei dovuto farlo prima. Possiamo coprirti le gambe di fango per proteggerle un po' di più. Vedo che hai un sacco di segni di insetti. Mi dispiace di non avere un paio di pantaloni in più per te."

Fiona non disse nulla, limitandosi a continuare a

stare seduta accanto a lui in silenzio. Cookie era frustrato. Avrebbe voluto aiutarla, ma non poteva farlo se lei non gli parlava. Alla fine, pensò di aver capito cosa doveva dire a Fiona perché lei si aprisse a lui. Sapeva che era una donna testarda e dura dopo un solo giorno di compagnia e perché era sopravvissuta alla dura prova del rapimento. Pensò a cosa avrebbe potuto dire per fare presa su di lei. Alla fine, capì. Era la stessa cosa che, se detta a lui, lo avrebbe spinto ad aprirsi e a essere onesto.

Cookie abbassò la voce e parlò dal profondo del cuore. "Sul serio, Fiona, la mia vita dipende da te. Io *non* ti abbandonerò. Se non so cosa ti sta succedendo e tu rimani indietro o non ce la fai più a continuare, potrei rimanere ferito anch'io, perché rimarrei con te e cercherei di aiutarti. Ti ho portata fin qui e non ti lascerò certo andare ora. Ti tocca restare con me. A qualunque costo."

Cookie aspettò. Pensò che Fiona si fosse addormentata, o che avrebbe rifiutato di parlare con lui.

Alla fine, la donna parlò a bassa voce, senza aprire gli occhi. "Sono in astinenza."

CAPITOLO CINQUE

Cookie si aspettava qualunque risposta, tranne quella.

"Cosa?" chiese, in tono più brusco di quanto avrebbe voluto. La sua mente era in preda al caos. Come aveva fatto a non accorgersene? Non ci credeva. Beh, era buio nella stanza dove l'aveva trovata e Fiona indossava ora una maglietta a maniche lunghe, per cui lui non era mai riuscito a vederle chiaramente le braccia.

Fiona tenne gli occhi chiusi e proseguì. "Mi iniettavano qualcosa. Non so esattamente cosa. Non abbastanza da farmi perdere la testa, ma abbastanza da controllarmi, da tenermi tranquilla. Penso che credessero che avrebbero potuto farmi fare quello che volevano se mi avessero resa dipendente, che avrei fatto qualunque cosa per un'altra dose. Ma io ho rifiutato di implorare o di comportarmi come volevano loro. Era da un po' che non mi davano più niente; non so esattamente da quanto. Giuro che, se dovesse diventare troppo forte, se dovessi rallentarvi, vi lascerò andare avanti. So che non hai chiesto tutto questo o me... Mi dispiace. Mi dispiace tanto. Avrei dovuto dirtelo prima che uscissimo da quella capanna." La voce di Fiona sfumò. Aveva tenuto gli occhi chiusi durante l'intera confessione. Attese che Hunter si alzasse e si allontanasse in preda al disgusto. Non solo lei era disgustosa, lurida e puzzolente, ma era anche una drogata.

Cookie deglutì una volta. Dovette deglutire di nuovo prima di riuscire a parlare. Da un lato, era sollevato che non si trattasse di qualcosa di più grave, ma dall'altro sapeva che, a volte, la cosa peggiore della droga era uscirne. Sapeva che ciò che avrebbe detto ora sarebbe stato importante.

"Posso vedere?" Cookie attese e, quando Fiona annuì leggermente, si spostò per inginocchiarsi di fronte a lei. Le separò delicatamente le mani, ne prese una e intrecciò le dita con quelle della donna. Attese che Fiona aprisse gli occhi, in modo che lei vedesse quello che stava facendo.

Mantenne il contatto visivo con la donna mentre le sollevava la manica del braccio destro fino a sopra il gomito. Solo allora abbassò lo sguardo. Strinse i denti alla vista dei segni degli aghi all'interno del gomito. Li vedeva chiaramente, anche nella luce fioca della sera. Abbassò la manica e sollevò l'altra, trovando la stessa cosa. I lividi sulle braccia indicavano quanto lei avesse lottato contro i rapitori e come questi non fossero stati gentili quando le avevano iniettato la droga.

Cookie riabbassò le maniche e prese entrambe le mani della donna nelle sue. Fiona, ora, lo guardava sospettosa. Lui riusciva a sentire il fremito delle sue mani.

Incrociò lo sguardo della donna e disse: "Fee, mi dispiace tanto. Mi dispiace di non essere arrivato prima. Mi dispiace di non aver saputo di te. Mi dispiace e basta, porca miseria."

Quando Fiona prese fiato per dire qualcosa, Cookie la interruppe. "No, non dire niente, e *non* scusarti più, cazzo. Ascoltami. Ti conosco solo da un giorno, ma tu sei una delle persone più forti che io conosca. Non solo la *donna* più forte che io conosca, ma una delle *persone* più forti. Non mi hai detto quanto tempo hai trascorso in quel maledetto edificio, ma so che è stato parecchio. Hai camminato un sacco oggi, da sola, senza lamentarti. Non so quanto tempo sia passato da quando hai mangiato o bevuto qualcosa di decente. L'unica cosa di cui ti importa è questa missione e di non interferire. Tu *non* stai interferendo. Se ci fossero state dieci donne in quel buco, io le avrei salvate tutte, anche se me ne aspettavo una sola."

Cookie si fermò e lasciò che il suo commento facesse presa, quindi proseguì. "Ci attendono ancora due giorni di marcia dura. Abbiamo solo due giorni prima che arrivi il momento del prelievo successivo. Evidentemente, non ho nulla da darti per aiutarti con l'astinenza. Senza sapere di certo quali droghe ti davano, non voglio correre il rischio di iniettarti la cosa sbagliata. Ho degli antidolorifici nello zaino, ma non è una buona idea mescolarli con stupefacenti sconosciuti. Sebbene non abbia nulla per contrastare i sintomi dell'astinenza, posso certamente aiutarti a distrarti o a fare qualunque altra cosa tu creda possa aiutare. Va bene? Non chiuderti in te stessa." Poi, Cookie ridacchiò e implorò a bassa voce, con parole cariche di umorismo: "Ti prego, non costringermi a conversare solo con Julie."

Fiona sorrise alle sue parole, ma tornò subito seria, fissandolo con gli occhi spalancati, l'ansia e la preoccupazione chiaramente visibili.

Cookie proseguì. "Non sono uno psicologo e non posso immaginare quello che hai passato, ma se hai bisogno di qualcuno con cui parlare..."

Fiona annuì, zittendo Hunter. Sapeva che non gli avrebbe mai raccontato quello a cui era sopravvissuta. Era già stato abbastanza brutto viverlo; non avrebbe sopportato che l'uomo la compatisse ancora di più. Hunter le piaceva. Le piaceva davvero. Non conosceva molti militari, ma aveva sempre immaginato che fossero tutti stronzi grugnenti e affamati di sesso o teste di cazzo che si credevano più importanti di tutti coloro che li circondavano. Chiaramente, Fiona aveva esagerato, perché Hunter non apparteneva a nessuna delle due categorie. O almeno, lei non pensava che lo fosse. Sembrava davvero preoccupato per lei. Quella preoccupazione era meravigliosa.

Cookie le strinse la mano. "Cerca di dormire un po', Fee. Domani partiremo presto. Voglio mettermi in marcia prima che cominci a fare troppo caldo. E ricordati: se hai bisogno di parlare, io ci sono."

Fiona gli strinse di rimando la mano, poi la lasciò cadere per agganciare di nuovo le mani alle gambe. Non poteva fare affidamento su di lui. Sapeva che, probabilmente, avrebbe perso la testa entro breve e doveva concentrarsi sul mantenere il controllo. Si infilò sotto il piccolo riparo costruito da Hunter per lei senza dire altro e si raggomitolò in posizione fetale. Sapeva che stava peggiorando. I rapitori non l'avevano mai lasciata a secco così a lungo. Hunter aveva detto che l'avrebbe aiutata, ma non poteva farci nulla. Fiona aveva bisogno di distrarsi; ricominciò a contare alla rovescia partendo da mille.

Alle quattro di mattina, Cookie svegliò le donne. Ciascuno di loro ebbe un'altra barretta, dopodiché lui controllò la loro acqua. Osservò sospettoso Fiona. La donna non aveva un bell'aspetto. Si rifiutava di guardarlo negli occhi e il tremore delle mani era peggiorato, anche se lei cercava di nasconderlo. Era anche molto pallida. Mangiò la barretta con lo stesso gusto del giorno prima, proprio come Julie mangiò la propria con lo stesso disgusto. Quando ebbero finito e si furono scaricati nei cespugli vicini, partirono.

Il caldo era brutale. Il fatto che non camminassero nelle vicinanze del fiume significava che non dovevano preoccuparsi troppo degli animali venuti ad abbeverarsi, ma anche che dovevano conservare l'acqua. Significava inoltre che faceva caldo; più caldo di quanto avrebbe fatto se loro avessero potuto rinfrescarsi con un tuffo occasionale nell'acqua che scorreva rapida.

Julie non parlava molto, ma quando lo faceva era per lamentarsi della distanza da percorrere e del caldo. Inoltre, si lamentava dei piedi che le dolevano, degli insetti, delle foglie che la colpivano in faccia... era un elenco infinito. Ma Fiona era taciturna. Troppo taciturna. Si trascinava dietro a Julie senza dire una parola. Cookie si guardava spesso alle spalle per controllare e vedeva che la donna ce la stava facendo... a malapena. Lui sapeva che era debole, ma ora che sapeva che i rapitori l'avevano costretta ad assumere delle droghe, era ancora più preoccupato.

Quando si fermarono per una breve pausa per mangiare qualcosa, Fiona, in un comportamento che non era da lei, si sdraiò all'ombra di un albero e si raggomitolò, in quella che ora era la sua posa da riposo preferita. Cookie era occupato con lo zaino e non se ne accorse fino a quando Julie non gemette con sarcasmo: "Fantastico. Ora sì che non arriviamo più."

Cookie vide Fiona che cominciava a sedersi nell'udire le parole di Julie. La raggiunse e le appoggiò una mano sulla schiena.

"Tranquilla. Riposati. Ripartiamo fra poco." Guardò Julie e disse con voce dura, senza prendersi la briga di essere gentile: "Anche tu dovresti sdraiarti e fare un pisolino. Abbiamo ancora della strada da fare oggi."

Fiona guardò Hunter con la mestizia negli occhi quando questi si voltò verso di lei. "Mi dispiace."

Cookie la zittì. "Non pensarci nemmeno. Cazzo, Fiona, non sei superumana. Riposati un po', poi ripartiremo. E prima che tu lo dica, non ci stai facendo perdere tempo. Abbiamo bisogno tutti di fare una pausa e qui è abbastanza sicuro."

Fiona annuì e serrò di nuovo le palpebre. Udì Hunter allontanarsi. Sapeva che, probabilmente, l'uomo stava mentendo per il suo bene, ma al momento non riusciva proprio a farselo interessare. Si sentiva malissimo. Tutto il suo corpo si ribellava contro di lei. Avrebbe voluto che quei maledetti rapitori fossero lì per darle la droga. Ora sì che era pronta a implorare. Era finalmente arrivata al punto in cui sarebbe stata disposta a fare qualunque cosa per averla. Fiona era consapevole che quella era robaccia, pur non sapendo esattamente quali schifezze le avessero iniettato, ma avrebbe fatto qualunque cosa per liberarsi del formicolio sotto la pelle e di quell'orribile nausea.

I brividi erano sopportabili, ma la sensazione di avere degli insetti che le zampettavano addosso era orribile. Provava anche un prurito spaventoso, ma cercò di resistere all'impulso di grattarsi. Sapeva che, una volta cominciato, non avrebbe mai smesso. Per la miseria, probabilmente la metà del prurito era dovuta ai morsi degli insetti e non alle droghe, ma al momento la cosa non aveva importanza. Il prurito era prurito.

Fiona trattenne un singhiozzo. Perché non l'avevano

uccisa? Perché? Ne avevano avuto la possibilità. Più di una volta. Non riusciva a pensare lucidamente. Trasse un respiro profondo. Doveva smetterla di fare quei pensieri. Sapeva che Hunter non l'avrebbe abbandonata nella giungla e se lui non l'avesse abbandonata, nessuno di loro sarebbe uscito da lì presto, forse mai. Non poteva vivere con quell'idea sulla coscienza. Fiona trasse un respiro profondo per rimettersi insieme e per non cedere alla disperazione che cercava di risucchiarla verso il basso e cominciò a contare alla rovescia... partendo da duemila, questa volta.

Cookie guardò Fiona. La donna non dormiva. Vedeva le sue labbra muoversi. Alla fine, si rese conto che stava contando. Più o meno nello stesso momento in cui lui se ne rese conto, udì Julie dire con cattiveria: "Non faceva altro quand'eravamo in quell'edificio di merda. Contava alla rovescia. Mi ha quasi fatto impazzire."

Cookie guardò incredulo Julie. Non poteva essere davvero così spietata, o sì?

"Cosa c'è? È vero!" ribatté piccata Julie dopo aver visto l'espressione sul volto di Cookie; ma l'occhiata fulminante di lui la zittì.

Sì, poteva essere davvero così spietata. Cookie sapeva che non potevano aspettare ulteriormente. Era giunto il momento di muoversi. Si alzò e stava per andare ad aiutare Fiona, ma la vide mettersi a sedere di conto suo. La donna lo aveva sentito muoversi e sapeva che era giunto il momento di andare. Il loro pietoso gruppetto raccolse le loro cose e si incamminò nuovamente.

Un paio d'ore dopo, Fiona cominciò ad avere conati a secco. Non aveva davvero del cibo nello stomaco che potesse rigettare, con l'eccezione di qualche boccone di barretta, ma il suo corpo cercava comunque di liberarsi di qualunque cosa ci fosse. Si fermò nel bel mezzo del sentiero e cominciò a vomitare. Cercò di trattenersi, ma era impossibile. I rumori dei conati erano spaventosi.

Julie strillò e balzò via gridando: "Che schifo!"

Sebbene a Cookie non dispiacesse di aver salvato Julie – la donna era un essere umano, per di più femmina – avrebbe tanto voluto che stesse zitta per un cazzo di secondo. Era palesemente viziata e non stava reagendo bene agli aspetti logistici del salvataggio. Cookie non si soffermò più di tanto ad analizzare i propri pensieri. Probabilmente, altri ex-prigionieri si erano comportati peggio di Julie, ma quando paragonava le azioni di Julie a quelle di Fiona, era difficile provare molta simpatia nei confronti di Julie.

Cookie andò da Fiona. Lei tese una mano come per trattenerlo, ma lui si limitò a prenderle la mano e ad andare avanti. La condusse lontano da dove si trovava Julie e la sorresse mentre il suo stomaco era scosso dagli spasmi.

Fiona era terribilmente imbarazzata. Non avrebbe voluto far altro che sdraiarsi in mezzo alla giungla e morire, ma non poteva. Trasse un respiro profondo e, con l'aiuto della forza di Hunter, si raddrizzò.

"Va tutto bene," mormorò. "Dobbiamo proseguire."

"Cristo, Fee, riposati un attimo. Ci sono qui io."

Fiona avrebbe pianto se avesse avuto dei liquidi da sprecare in corpo. Si alzò tremando, il fianco appoggiato ad Hunter. L'uomo la stava sorreggendo di lato, nel caso lei dovesse vomitare di nuovo, ma Fiona sapeva di aver finito... per il momento.

Cookie si staccò un poco, per chinarsi e guardare Fiona negli occhi. "Vorrei davvero potermi accollare questo peso per te.

Fiona riuscì solo a mormorare: "Non lo augurerei al mio peggior nemico."

Cookie passò la mano sulla testa di Fiona e le lisciò i capelli. Senza dire una parola, si abbassò per baciarla delicatamente sulla sommità del capo prima di chiedere a bassa voce: "Pronta?"

Fiona annuì brevemente, concludendo che non era in grado, in quel momento, di affrontare le conclusioni dovute alla comprensione delle azioni di Hunter. Magari, più tardi, avrebbe ripensato al suo tocco e al suo bacio e li avrebbe analizzati. Ma per il momento, doveva concentrarsi sul rimanere in piedi e mobile. Per Hunter.

Cookie sapeva che Fiona aveva ragione quando aveva detto che dovevano proseguire, ma non ne era felice. La donna aveva bisogno di cure mediche immediate. Ma per quello ci sarebbe voluto del tempo. Non era stata sua intenzione baciarla, ma non era riuscito a trattenersi. Avrebbe voluto prenderla fra le braccia e portarla via, ma era impossibile. Si era consolato con la carezza e con quel breve bacio.

Quando ripresero il cammino, Cookie rimase accanto a Fiona, questa volta tenendole un braccio attorno alla vita. Dovette fermarsi con lei per diverse volte quando fu colta da conati a secco. Finalmente, Cookie calcolò che avevano percorso una distanza sufficiente per la giornata. Erano per lo più puntuali secondo la tabella di marcia, così lui si fermò per lasciare che tutti si preparassero per la notte. Avevano raggiunto l'obiettivo da lui stabilito di otto chilometri, ma in segreto Cookie aveva sperato che si sarebbero spinti più in là, così da avere meno distanza da percorrere l'indomani.

Una volta fatta sistemare Julie – grazie a Dio la donna non gli si appiccicò addosso ed era soddisfatta dalla loro relativa sicurezza – andò da Fiona. Lei non si era mossa molto da quando lui l'aveva aiutata a stendersi e Cookie era preoccupato.

Fiona non aveva mangiato nulla, non volendo – parole sue – "sprecare" il cibo vomitando subito dopo mangiato. Cookie non sapeva cosa lo spingesse a voler restare al fianco di Fiona... o meglio, lo sapeva benissimo. Erano il coraggio e la forza interiore di lei.

Cookie li aveva già visti in passato, con Caroline. Quando la donna di Wolf era stata rapita da dei terroristi e gettata fuori bordo nel bel mezzo dell'oceano coi piedi legati e appesantiti, era stato lui a raggiungerla e a somministrarle l'ossigeno salvavita mentre Wolf e la squadra abbattevano i terroristi. Cookie era rimasto meravigliato dalla tenacia e dalla forza di Caroline e lo era ancora. Prima di Fiona, non aveva mai conosciuto nessuno come lei.

Cookie si era ripromesso che, se avesse conosciuto una persona come Caroline, se la sarebbe tenuta stretta e non l'avrebbe lasciata andare mai più. Quando aveva fatto quella promessa silenziosa a se stesso, non si era aspettato di trovare davvero una donna da ammirare quanto ammirava Caroline. Ma non era esattamente ammirazione il sentimento che provava per Fiona.

Cookie aveva partecipato a missioni di recupero di ostaggi decisamente peggiori di quella. Le situazioni peggiori erano quelle in cui volavano le pallottole, ma di solito a rendere le cose difficili era la mancanza di forza interiore della persona o delle persone salvate. Cookie e la squadra non biasimavano mai i prigionieri – dopotutto, venire rapiti non era mai una bella esperienza – ma il fatto che quella donna avesse resistito più a lungo di chiunque altro lui avesse mai salvato, che stesse vivendo l'astinenza da chissà quale droga e sapesse che la stavano salvando solo perché avevano mandato a prendere qualcun altro... lo spingeva a rispettarla. Rispetto e orgoglio. Ecco cosa provava nei confronti di quella donna.

C'erano ben poche persone nella vita di Cookie che lui rispettasse davvero. Il fatto che conoscesse Fiona da soli due giorni e che la rispettasse significava molto. Inoltre, era fottutamente orgoglioso di lei. Fiona se la stava cavando nel bel mezzo di una situazione orribile. Meritava una cazzo di medaglia. Cookie si sedette accanto a lei.

Fiona era sdraiata su un fianco, raggomitolata in posizione fetale, come al solito. Puzzava terribilmente, era coperta di sporcizia e luridume e portava un collare metallico al collo. Nonostante tutto ciò, Cookie voleva starle il più vicino possibile per darle conforto. Farle sapere che non era sola. Forse non avrebbe dovuto, soprattutto con Julie che lo guardava storto da lontano, ma non riusciva a non offrire conforto a quella donna.

Fiona sentì Hunter stendersi a terra accanto a lei e avvolgerla in un abbraccio. Il petto di lui contro la sua schiena. Non cercò di farla muovere – lei era ancora raggomitolata in una posizione difensiva – ma Fiona si adattava all'incavo del suo corpo meglio di quanto avesse pensato potesse mai fare con un uomo. Era piuttosto alta per una donna, sul metro e settantacinque, e non aveva mai trovato un uomo che le "calzasse" come Hunter.

Fiona sapeva che Hunter la sentiva tremare, ma non riusciva a trattenersi.

Cookie si sentiva impotente. Era un Navy SEAL. Era in grado di risolvere quasi qualunque problema venisse lanciato nella sua direzione. Poteva affrontare i malvagi più crudeli, attraversare a nuoto l'oceano più ampio, cadere dal cielo e rialzarsi sparando, ma non poteva fare nulla per la donna che gli tremava fra le braccia. Un cazzo. L'unica cosa che poteva fare era parlare con lei.

"Te la stai cavando bene, Fee."

Fiona scosse la testa in un gesto di diniego. "Non credo di farcela, Hunter," mormorò, temendo che, se lo avesse detto a voce troppo alta, in qualche modo lo avrebbe fatto diventare vero.

"Stai scherzando? Ce l'hai già fatta."

"Cosa stai dicendo? Hai mangiato un fungo allucinogeno, oggi?" cercò di scherzare Fiona. Se non avesse fatto una battuta, probabilmente si sarebbe messa a piangere.

Cookie passò una mano sulla testa di Fiona, tergendole, già che c'era, il sudore dalla fronte. "Che divertente. Voglio dire che sei già riuscita a sfuggire a quella gentaglia. Era *quello* il difficile. *Questa* è una passeggiata."

Fiona chiuse gli occhi e mormorò la sua più grande paura. "E se perdessi la testa e ti facessi ammazzare?"

Per poco il cuore di Cookie non gli si spezzò nel petto. La donna non aveva detto: "E se perdessi la testa e mi riportassero indietro?" Si preoccupava di più per lui. Cristo santissimo, cazzo.

"Tu non perderai la testa, Fee."

"Non puoi saperlo."

Cookie le voltò leggermente la testa e si sollevò su un gomito per guardarla negli occhi. "So che ci siamo appena conosciuti, ma ti conosco. Resisterai fino a quando non saremo al sicuro. *So* che lo farai." Cookie guardò Fiona chiudere gli occhi, ma proseguì comunque, tenendole una mano sul viso, perché gli piaceva la connessione che ciò gli dava con lei. "E anche se tu non riuscissi a resistere e perdessi *davvero* la testa, tu non mi farai ammazzare e io non permetterò a quella gente di riprenderti. Te lo giuro."

"Non farti male per me, Hunter. Sei molto più prezioso di me."

Cookie non ce la faceva più. Tutte le volte che cercava di rassicurare Fiona, lei rivoltava il discorso e diceva qualcosa di devastante.

"Shhh, Fee. Riposati. Sei al sicuro. Rilassati e basta."

Giacquero sul terreno ancora per un po'. Cookie sapeva che Fee non stava dormendo. "Fino a quanto conti?" le chiese inaspettatamente.

"Come?" balbettò Fiona, sentendosi imbarazzata. Non si era resa conto che Hunter l'avesse sentita contare. Era la cosa che più di tutte l'aveva mantenuta sana di mente nella catapecchia in cui l'avevano tenuta prigioniera, ma ora era l'*unica* cosa che le impediva di avere una crisi isterica a causa dell'astinenza.

"So che conti per distrarti," disse a bassa voce Cookie. "Lascia che ti aiuti."

"Davvero, Hunter," obiettò Fiona, "dovresti riposare... Io puzzo terribilmente e tu hai altre cose di cui preoccuparti..."

Cookie la interruppe. "Fino a quanto conti?" Le sue parole erano dure e inflessibili.

Fiona sorrise fra sé. Non sapeva come avrebbe fatto Hunter a distrarla contando, ma alla fine glielo disse.

"Di solito comincio da mille e conto alla rovescia, ma negli ultimi tempi ho cominciato a partire da duemila."

Cookie non disse nulla, ma si chinò a baciarla sulla tempia, soffermandosi per un momento con le labbra sulla sua pelle. Poi le portò le labbra all'orecchio e cominciò a contare a bassa voce. "Duemila, mille e novecento novantanove, mille e novecento novantotto..."

Fiona contò a mente con lui, adorando il suono basso e tonante della voce di Hunter. Era profonda, tenera e distensiva. Il suo corpo esausto cadde presto in un sonno tormentato, col suono della voce di Hunter che ancora le contava nella testa.

CAPITOLO SEI

IL MATTINO DOPO, Cookie si svegliò ancora una volta presto. Gli piaceva la sensazione di Fiona fra le braccia, nonostante la situazione attuale non fosse delle migliori. Detestava svegliarla e il fatto che li attendesse un'altra giornata dura di camminata nella giungla. Fiona gli aveva quasi spezzato il cuore la sera prima, con le sue parole. Stava cercando disperatamente di tenere duro e di essere coraggiosa, ma Cookie si rendeva conto che faceva fatica.

La situazione non era ideale. La donna non era al suo meglio – alla faccia dell'eufemismo – ma Cookie era comunque attratto da lei. Nonostante puzzasse, fosse sudata, coperta di sporcizia e soffrisse di astinenza da chissà quali droghe, lui la trovava fantastica. Si sollevò delicatamente da terra e tolse il braccio dalla vita della donna, per poi alzarsi. Le scostò una ciocca di capelli della guancia e gliela ravviò delicatamente dietro l'orecchio, per poi cominciare a prepararsi per la giornata. Sapendo che li attendeva ancora una giornata di duro viaggio prima di raggiungere il punto di estrazione, Cookie voleva lasciare che le donne dormissero più a lungo prima di svegliarle.

Dopo aver procrastinato il più possibile, Cookie finalmente le svegliò. Julie era irritabile e non si fece problemi a renderglielo noto. Si lamentò del terreno duro, della mancanza di cibo gustoso, persino del fatto che non c'era un maledetto bagno. Lui la ignorò il più possibile. Gli restava ancora un giorno da sopportare prima che lei diventasse il problema di qualcun altro. Era terribile pensare una cosa del genere dopo quello che la donna aveva passato, ma lui non poteva farne a meno. Una volta che Fiona fu in piedi e mobile, Cookie trovò che aveva una cera leggermente migliore rispetto al giorno prima, ma comunque non buona. Vedeva che le tremavano ancora le mani. La donna riuscì a trattenere una barretta nello stomaco e Cookie pensò che era un buon segno. Il cibo cominciava scarseggiare, ma con un po' di fortuna, dopo quella sera non avrebbe fatto più alcuna differenza. Non avrebbe mai fatto sapere a Fiona che gli restava solo una barretta. Lei avrebbe insistito perché la mangiassero lui o Julie, quando era palese che era Fiona quella che aveva più bisogno di nutrimento.

Fiona era felice di essere riuscita a mangiare qualcosa senza rigettarlo immediatamente; sperava di essere in via di guarigione dai peggiori sintomi dell'astinenza, ma non era sicura. Aveva ancora un odore terribile e molto probabilmente somigliava a una rifugiata da un Paese del terzo mondo. Era felice di non essersi vista allo specchio. Non credeva di voler vedere il suo riflesso nel futuro prossimo. Ed era anche coperta di morsi di insetto. Le prudevano terribilmente. Anche i suoi piedi non se la stavano cavando bene nelle infradito, ma da quel punto di vista sapeva di non avere scelta. Hunter aveva cercato di avvolgerle nel nastro il giorno prima, prima della partenza, ma il nastro aveva una durata limitata. Fiona aveva le vesciche fra l'alluce e l'illice di entrambi i piedi, per via dello sfregamento con la plastica, ma onestamente, quello era l'ultimo dei suoi problemi. Lei non aveva chiesto di proposito ad Hunter quanto ancora avrebbero dovuto camminare in giornata; non voleva saperlo.

Dopo la pausa per il pranzo, Cookie disse alle donne che stava per cominciare la parte più pericolosa del viaggio. C'era un motivo per cui quello era il piano B. In primo luogo, la zona era molto più lontana dall'accampamento dei rapitori, ma in secondo luogo si trovava in una zona più popolata e vicino al rifugio di un noto trafficante di droga. Dovevano mantenere tutti il silenzio e non parlare a meno che non fosse assolutamente necessario. Cookie disse loro di guardare dove mettevano i piedi e di cercare di fare il meno rumore possibile. Non credeva che avrebbero dovuto preoccuparsi che i rapitori li trovassero, così lontano, ma l'ultima cosa che voleva era incappare nei trafficanti di droga mentre fuggiva dai trafficanti sessuali.

Alla fine, dopo due lunghe e silenziose ore di camminata, Cookie si fermò. "Va bene, signore, ecco il piano," disse a bassa voce. "L'elicottero dovrebbe arrivare fra circa un'ora. Dobbiamo stare fermi ad aspettare. Potete riposare e riprendere le forze il più possibile. Quando l'elicottero arriverà a portata, siate pronte a tutto. Se succede qualcosa, e intendo *qualunque* cosa, voi due dovete salire su quell'elicottero a qualunque costo. Io vi coprirò e farò in modo che ci arriviate. Va bene?"

Julie, senza sorprendere nessuno, annuì con entusiasmo, dichiarandosi pronta a tutto pur di uscire da quella giungla. Fiona non fu altrettanto lesta a concordare. Chissà perché, Cookie aveva immaginato che avrebbe obiettato.

Fiona aveva cominciato a sentirsi meglio, ma riprese a tremare quando si fermarono ad aspettare l'elicottero. Non gli piaceva quello che stava dicendo Hunter e glielo disse senza mezzi termini. "No, non va bene," disse in tono ribelle.

"Sta' zitta," sibilò crudelmente Julie, senza aspettare che Cookie dicesse qualcosa. "Lui è qui per *me*. Se non fosse stato per *me*, nessuno ti avrebbe salvata. Per cui, lascia che ci salvi e chiudi quella bocca."

Fiona guardò incredula Julie. "Hai ragione: se non

fosse stato per Hunter, *tu* saresti ancora in quel bunker puzzolente o in viaggio verso il tuo futuro padrone. Sei disposta a lasciare che lui *muoia* per te?"

Senza attendere risposta a quella che era palesemente una domanda retorica, Fiona si rivolse ad Hunter. "Non siamo arrivati fino a questo punto per abbandonarti qui. Dicci a cosa dobbiamo stare attente e noi potremo darti una mano."

Cookie scosse la testa e usò un tono di voce tranquillo, ma fermo. Non poteva negare che fosse piacevole vedersi difeso da Fiona, anche se non ne aveva bisogno. Erano poche le donne ad avere il coraggio di schierarsi per lui. Perlomeno, lui non ne ricordava nessuna nel passato recente.

"No, Fiona, non è così che funziona. Sono io il professionista, non tu. Tu seguirai i miei ordini e salirai su quell'elicottero senza fare domande. Io posso affrontare qualunque situazione si verifichi qui. Sono un Navy SEAL, un militare professionista. Se saprò che siete al sicuro, potrò concentrarmi al massimo, e comunque me la caverò meglio senza di voi qui."

Le parole di Hunter erano dolorose, ma Fiona sapeva che egli non aveva detto altro che la verità. Tuttavia, non voleva rinunciare alla sua argomentazione.

Di fronte all'occhiata cocciuta nello sguardo della donna, Cookie abbassò leggermente la voce. "Fee, questa non è la mia prima missione. So cosa sto facendo. Anche se, per qualche motivo, non riuscissi a salire sull'elicottero, saprei cosa fare. Mi trincererei e terrei duro fino a quando la mia squadra non tornerebbe a prendermi. E loro *tornerebbero* a prendermi. Un SEAL non abbandona mai un SEAL. Sarebbe molto più facile per me nascondermi e aspettarli di quanto lo sarebbe se dovessi anche prendermi cura di te o di Julie."

Fiona capiva quello che Hunter stava dicendo, ma ciò non le piaceva. Beh, Hunter poteva dire quello che voleva; lei non l'avrebbe abbandonato nella giungla se poteva evitarlo, anche se la sua squadra sarebbe tornata a prenderlo. Fiona sapeva com'era essere abbandonati e giurò che non avrebbe mai fatto passare quella situazione a nessuno, mai.

Il tempo trascorse lentamente. L'ora che dovettero aspettare fu una delle più lunghe della sua vita. Finalmente, *finalmente*, udirono il debole rumore di un elicottero.

"Forza," fu tutto quello che disse Cookie. Si incamminò attraverso la giungla, strappando via i rami dalla loro strada. Non stava cercando di essere silenzioso; stava cercando di farli arrivare tutti nella zona di atterraggio il prima possibile.

"Si trova a circa quattrocento metri attraverso gli alberi, in linea retta, da quella parte," aveva detto loro prima, indicando verso ovest. "Nessun problema."

Ma il problema c'era. Non appena loro udirono l'elicottero, divenne palese che lo avevano sentito anche i trafficanti di droga. Sebbene questi non sapessero esattamente dove il velivolo fosse diretto, potevano facilmente tirare a indovinare, dato che non c'erano molti posti in cui il mezzo poteva atterrare o avvicinarsi al suolo.

Quando Cookie, Julie e Fiona raggiunsero finalmente la zona dove avrebbero dovuto essere prelevati, si scatenò l'inferno. I trafficanti avevano raggiunto la zona nello stesso momento, li individuarono subito e aprirono il fuoco. Cookie non esitò e rispose al fuoco. Il frastuono degli spari spaventò Fiona.

Era un rumore fortissimo rispetto al silenzio nel quale avevano viaggiato. I commilitoni di Cookie nell'elicottero cominciarono a fare fuoco di copertura. Rivolsero segnali a Cookie, che indirizzò Julie e Fiona verso una piccola apertura fra gli alberi. Sarebbe stato difficile. Dovevano arrampicarsi su una scaletta, poi gli altri li avrebbero sollevati fino all'elicottero. Il velivolo non poteva atterrare e, mentre venivano issati a bordo, loro sarebbero stati bersagli immobili.

Julie andò per prima. Cookie e Fiona si inginocchiarono in mezzo ad alcuni fitti cespugli. Cookie stava sparando nella direzione in cui credeva fossero nascosti i trafficanti nella giungla attorno a loro. Si era tolto lo zaino per potersi muovere più liberamente.

Julie ci stava mettendo un po' ad afferrare la scaletta. Fiona avrebbe voluto mettersi a gridare per la frustrazione. Perché non afferrava quel maledetto arnese e non si levava di torno? Cookie cominciava a esaurire le munizioni; non aveva una scorta illimitata di proiettili. Sapevano entrambi che, se l'uomo avesse smesso di sparare, Julie avrebbe rischiato di essere ferita.

Rimase sorpreso – ma forse non avrebbe dovuto – quando sentì Fiona dire "Prendi," e la donna gli porse la pistola che aveva usato per prima, di nuovo carica. L'aveva caricata mentre lui sparava con quella di riserva. Cookie non disse nulla; si limitò ad afferrare l'arma e ad aprire nuovamente il fuoco.

Fiona ricaricò la pistola che Hunter aveva appena svuotato. Le tremavano terribilmente le mani, per cui fece fatica, ma sapeva che Hunter doveva concentrarsi, o sarebbero morti tutti. Sapeva caricare e tirare con le pistole perché, nel suo mondo di El Paso, aveva deciso di prendersi cura della propria difesa personale. Viveva sola e aveva voluto essere certa di essere in grado di maneggiare un'arma per proteggersi. Aveva preso lezioni di sicurezza nell'ambito delle armi da fuoco e possedeva lei stessa una pistola. Quella semplice decisione, presa tanto tempo prima, ora si stava rivelando fondamentale.

Finalmente, Julie raggiunse la sicurezza dell'elicottero. Fiona non l'aveva guardata salire; si era concentrata sul caricare la pistola. E probabilmente, era meglio così. Se avesse guardato, era probabile che se la sarebbe fatta addosso.

All'improvviso, fu il turno di Fiona. Senza dire una parola, Cookie la spinse in avanti per farla salire, ma poi all'improvviso ricadde all'indietro.

Fiona abbassò inorridita lo sguardo. Hunter giaceva

immobile a terra, con del sangue che gli usciva da un punto nella zona superiore del petto. Era stato colpito!

Fiona si guardò rapidamente attorno e prese una decisione in una frazione di secondo. Hunter sarebbe sopravvissuto, maledizione. Non meritava di morire in mezzo a quella cazzo di giungla. Aveva rischiato la vita per Julie e per lei e Fiona non aveva alcuna intenzione di salvare se stessa lasciandolo lì. Sapeva che non sarebbe mai riuscita a perdonarsi se lo avesse lasciato morire dissanguato a terra. Aveva visto il modo in cui Julie si era avvolta la scaletta attorno e probabilmente avrebbe potuto fare la stessa cosa per Hunter... ma aveva bisogno della collaborazione dell'uomo. Non poteva trasportarlo di peso.

Gli diede uno scossone disperato. "Alzati, Hunter, alzati!" Dopo qualche altro urlo, l'uomo finalmente si mosse, stordito.

Fiona continuò a cercare di farlo alzare e di metterlo in movimento. "Hunter, dobbiamo raggiungere l'elicottero. Ho bisogno del tuo aiuto." Fece appello al soldato che era in lui, a quella parte di lui che si guadagnava da vivere salvando persone. "Per favore, aiutami a raggiungere la scaletta," implorò, sperando che la disperazione che lei stessa udiva nelle sue parole lo avrebbe riscosso.

Così fu. Hunter si alzò vacillando, con l'aiuto di Fiona, e con il braccio di lei attorno alla vita, la seguì barcollando fino alla scaletta penzolante. Lei cercò di tenere fermo Hunter con una mano, mentre con l'altra sparava a casaccio con la sua pistola. Sapeva che non stava colpendo assolutamente nulla, ma sperava che i proiettili in volo avrebbero convinto i cattivi che non era il caso di sollevare la testa. I commilitoni di Hunter sull'elicottero stavano sparando disperatamente tutto attorno a loro, cercando di sopprimere il fuoco dei trafficanti di droga. Fiona sperava che fossero ottimi tiratori, come aveva sempre sentito dire. Dopo tutto quello che aveva passato, non le sarebbe proprio piaciuto morire colpita da una pallottola vagante.

Dopo quella che parve un'eternità, ma che probabilmente ammontava a circa dieci secondi, raggiunsero la scaletta. "Aiutami, Hunter," lo implorò ancora una volta Fiona. "Aggrappati alla scaletta e tienila ferma per me."

Fiona stava mentendo spudoratamente, cercando di spingere l'uomo ad avvicinarsi al primo piolo quanto bastava per legarlo. "Sali, Hunter." Lo guardò appoggiare alla cieca un piede sul primo piolo. Gli avvolse la corda di contenimento attorno alla schiena e la fissò nuovamente alla scaletta. Non era granché, e probabilmente non lo avrebbe sorretto se fosse svenuto durante l'ascesa, per cui lei pregò che sarebbe riuscito a tenersi aggrappato nel corso della breve salita.

"Resisti," lo implorò disperatamente. "Resisti per me. Non mollare." Hunter parve recuperare un po' di lucidità alle sue parole e, proprio mentre i suoi commilitoni lo sollevavano, cercò di afferrarle la mano.

Fiona fece un passo indietro per togliersi di mezzo e corse nuovamente verso l'apertura fra gli alberi dove si erano nascosti. Udì Hunter imprecare mentre veniva sollevato verso l'elicottero.

"Grazie a Dio," singhiozzò Fiona, mentre ancora cercava di sparare a casaccio con la pistola. Una volta sparato l'ultimo proiettile, si limitò a guardare mentre Hunter raggiungeva miracolosamente l'elicottero e veniva attirato al suo interno da diverse mani. I trafficanti di droga avevano finalmente cominciato a indietreggiare a causa della potenza di fuoco dell'elicottero.

Fiona non sapeva esattamente cosa avrebbero fatto gli uomini sull'elicottero. Sapeva che non si aspettavano di prelevare più di due persone. Non sapeva nemmeno se avessero spazio per lei. Ma dovevano averla vista aiutare Hunter a salire sulla scaletta. Dovevano aver visto che lei non era un nemico. Fiona avrebbe voluto vedere la scaletta gettata di nuovo verso il suolo, per lei, quasi quanto avrebbe voluto un pasto da tre portate, ma non aveva idea di quanto peso potesse trasportare l'elicottero, né tantomeno se fosse anche solo possibile che i commilitoni di Hunter salvassero anche lei.

Afferrò lo zaino di Hunter con l'intenzione di metterselo in spalla, come gli aveva visto fare diverse volte, e per poco non cadde all'indietro quando cercò di sollevarlo. Era pesantissimo! Non aveva idea di come avesse fatto l'uomo a trasportarlo per tutta quella distanza senza mostrare segni di fastidio. Fiona avrebbe voluto lasciarlo a terra dove l'aveva messo Hunter – onestamente, non si sentiva abbastanza forte da portarlo con sé – ma sapeva di non poterlo abbandonare laggiù. Probabilmente, conteneva parecchia attrezzatura elettronica e altri strumenti top secret.

L'altra ragione per cui non voleva abbandonarlo era che non sapeva se al suo interno ci fossero informazioni sensibili e l'ultima cosa che voleva era che uno spacciatore messicano scoprisse chi era Hunter e magari venisse a cercarlo negli Stati Uniti. Non aveva idea di quanto ciò fosse effettivamente probabile, ma d'altra parte non avrebbe mai pensato che sarebbe stata rapita e portata via per essere venduta sul mercato degli schiavi sessuali.

Fiona stese lo zaino per terra e vi si sdraiò sopra. Infilò le braccia nelle cinghie e cercò di raddrizzarsi. Allargò le gambe e cambiò posizione. Riuscì a fare leva sulle gambe e sfruttò un albero vicino per alzarsi dolorosamente in piedi. Cadde una volta, ma per fortuna c'era un albero a interrompere la caduta. Spostò il peso fino a quando non fu a suo agio a stare in piedi col pesante zaino sulle spalle.

Fiona guardò nervosamente l'elicottero sospeso in aria. Era giunto il momento della domanda da un milione di dollari: l'avrebbero lasciata lì? Avevano salvato il loro uomo e l'ostaggio originale. Avevano completato la missione. Avrebbero salvato anche lei? Oppure era un fattore troppo sconosciuto?

Trattenne il fiato. Se l'avessero lasciata lì... D'accordo, non poteva pensarci. Ma forse, solo forse... I secondi passarono. Proprio quando Fiona pensò che l'elicottero sarebbe andato via e l'avrebbe lasciata a se stessa nella giungla, la scaletta cominciò a calare di nuovo. Grazie a Dio! Per poco lei non singhiozzò per il sollievo, rendendosi conto di quanto l'aveva scampata bella. Quella scaletta, per lei, faceva letteralmente la differenza fra la vita e la morte. Fiona trattenne un singhiozzo: non era il luogo né il momento giusto per avere una crisi di nervi. Doveva ancora raggiungere l'elicottero e salire a bordo viva.

CAPITOLO SETTE

FIONA BARCOLLÒ verso la scaletta che ondeggiava all'impazzata a mezz'aria, mossa dalle pale dell'elicottero. Non riusciva a camminare in linea retta a causa dello zaino sulla schiena. Inoltre, stava continuando a cercare di sparare a casaccio in mezzo agli alberi, ma aveva quasi esaurito le munizioni. Sapeva di essere ridicola, ma tutto ciò di cui le importava era andarsene il più velocemente possibile da quella giungla.

Sollevò lo sguardo. C'erano degli uomini che si sporgevano dal portellone aperto, ancora intenti a sparare contro i trafficanti di droga, ma a lei pareva di avere le orecchie ovattate.

Manca poco, si disse, cercando di offrire un bersaglio il più piccolo possibile, la qual cosa era risibile, dato che aveva addosso uno zaino gigantesco ed era piuttosto alta.

Finalmente, Fiona afferrò la scaletta, raggiungendola

proprio mentre stava per cadere di faccia. Mise un piede sul primo piolo e si aggrappò forte. Non sarebbe mai riuscita ad avvolgersi la corda attorno con lo zaino, per cui si limitò a passare le braccia attorno ai lati della scaletta, chinare la testa e sperare fortemente che i commilitoni di Hunter l'avrebbero sollevata in fretta. Così fu.

Fiona sentì un proiettile colpire lo zaino che portava sulla schiena e le parve di sentire qualcosa che la colpiva alla gamba, ma incredibilmente, non sentì dolore. Non sentiva niente. Il suo corpo tremava per la scarica di adrenalina, come se fuori la temperatura fosse sotto lo zero piuttosto che di trenta e passa gradi. Ridotta com'era, non credeva che avrebbe sentito un proiettile nemmeno se l'avesse colpita alla testa.

Fiona aprì gli occhi per controllare i suoi progressi verso l'elicottero e vide che stavano volando via dalla radura ad alta velocità. Terrorizzata, ingollò aria e serrò le palpebre, pregando che avrebbe raggiunto presto l'elicottero.

Dopo quella che parve un'eternità, Fiona sentì delle mani sulle braccia che la sollevavano, gettandola praticamente di peso all'interno dell'elicottero. Il suo sguardo cercò subito Hunter. Il militare giaceva verso il fondo del piccolo spazio, con un uomo vestito completamente in mimetica che gli somministrava i primi soccorsi.

Fiona si guardò attorno in cerca di Julie; anche lei sembrava essersela cavata bene. Se ne stava tutta in disparte, con la testa sepolta nel petto di un altro uomo vestito con una mimetica.

I due uomini che l'avevano sollevata fino all'elicottero le indicarono di gattonare su un lato del velivolo, accanto all'uomo che stava dando conforto a Julie. Fiona gesticolò verso la propria schiena, sapendo che non sarebbe mai riuscita a muoversi con lo zaino di Hunter addosso. Uno degli uomini la aiutò a toglierlo, come se fosse pieno di piume invece che di almeno una cinquantina di chili di attrezzatura, e lei raggiunse il punto che le avevano indicato.

C'era troppo baccano per riuscire a parlare, e comunque nessuno sarebbe riuscito a sentirla se lei avesse provato a dire qualcosa. Fiona vide che tutti gli uomini indossavano degli auricolari, per cui probabilmente erano in grado di comunicare a vicenda nonostante il rumore. Vedeva le loro labbra muoversi, ma non riusciva a sentire nulla, se non il motore dell'elicottero. Non che la cosa avesse importanza. Fiona era fuori dalla maledetta giungla e tutti sembravano stare bene. Al momento, era l'unica cosa alla quale riusciva ad attribuire importanza.

Guardò mentre la spalla di Hunter veniva bendata da uno dei suoi compagni di squadra. L'uomo era privo di conoscenza, ma se non altro sembrava che gli altri fossero riusciti ad arrestare l'emorragia. Fiona si rese conto con un sussulto che non aveva mai avuto tanta paura in vita sua come quando aveva visto Hunter cadere e il sangue uscire dal suo corpo. Anche quand'era stata rapita e si era svegliata in... no, nemmeno allora. Guardare Hunter cadere dopo essere stato colpito era stato più spaventoso persino di quello. Fiona non avrebbe saputo dire il perché; era così e basta.

L'elicottero continuò a volare e, dopo quella che parve un'eternità, atterrò in una pista di fortuna in terra battuta. Fiona vide un piccolo aeroplano e immaginò che fosse il loro mezzo di fuga. Proprio quando lei trovò il coraggio di chiedere cosa stava succedendo, Julie cominciò a fare domande, evitando che fosse lei a farlo.

"Dove stiamo andando?" chiese l'altra donna in tono indisponente. "Pensavo che ce ne saremmo andati da qui. Perché ci fermiamo? Dov'è l'aereo del mio papi?"

L'uomo a cui Julie si era aggrappata rispose: "Non preoccuparti, Julie, presto sarai a casa. Tuo padre sarà felice di vederti."

A quelle parole, Julie riprese a piangere teatralmente.

Fiona si voltò. Incrociò lo sguardo di uno degli altri uomini. Non poté fare a meno di chiedere: "Come faremo a rientrare negli Stati Uniti senza passaporto?" Non voleva rovinare il momento proprio quando stavano per lasciare il Paese, ma era sempre stata una persona pratica fino all'eccesso. Aveva posto la domanda in maniera generica. Probabilmente, gli uomini avevano il passaporto di *Julie*, dato che si aspettavano di salvarla, ma non sapevano nemmeno chi fosse lei. Come avrebbe fatto *Fiona* a rientrare? Non l'avrebbero abbandonata all'aeroporto, vero? Non aveva idea di come funzionassero quelle faccende e avrebbe voluto che Hunter fosse sveglio. Sapeva che questi le avrebbe spiegato tutto e l'avrebbe fatta sentire meglio.

"Beh, non rientreremo per le vie consuete." L'uomo ridacchiò nel rispondere.

Di fronte all'espressione afflitta di Fiona, si affrettò a rassicurarla: "Non preoccuparti, andrà tutto bene."

Fiona si zittì. Bah. Era solo felice che ci fosse qualcun altro a occuparsi di quella faccenda; non credeva di essere in grado di restare in piedi ancora a lungo, figurarsi di pensare al da farsi. L'adrenalina cominciava a esaurirsi e le era tornata la nausea. Si sentiva malissimo, le faceva male la gamba, puzzava come un intero porcile e non riusciva a far smettere le mani di tremare. Ma era viva. Hunter era vivo. Al momento, non le importava nulla di altro.

Si trasferirono tutti su un piccolo aeroplano. Hunter fu steso nella parte posteriore dell'aereo su una brandina, mentre Julie e l'uomo dal quale non aveva intenzione di staccarsi presero posizione vicino alla prua del velivolo. Due degli uomini entrarono nella cabina di pilotaggio, mentre gli altri due si occuparono di Hunter per poi prendere posto a loro volta.

Fiona salì a bordo dell'aereo e si guardò attorno per decidere dove sedersi. Non voleva sedersi vicino a Julie – era sicura che il sentimento fosse reciproco – e non voleva star lontano da Hunter, in modo da assicurarsi che l'uomo stesse bene. Ma non voleva sedersi vicino a nessuno degli altri, perché sapeva di essere disgustosa.

Puzzava ed era coperta di sporcizia. Inoltre, la palese mascolinità dei SEAL la metteva a disagio. Trasudavano testosterone da ogni poro e ora che lei era fuori dalla giungla e dal pericolo immediato, non riusciva a non ricordare cosa le avevano fatto gli altri uomini durante il periodo di cattività.

Inoltre, sapeva di essere sul punto di avere un'altra crisi di astinenza. Proprio come l'ultima volta, non riusciva a controllare il tremito del suo corpo. Le faceva anche male la gamba, ma Hunter aveva bisogno di attenzioni più di lei. Non disse nulla. Ci avrebbe pensato più tardi.

Il tragitto, ovunque stessero andando, richiese circa tre ore. Hunter si svegliò una volta e Fiona lo sentì parlare all'uomo seduto vicino a lui. Non riuscì a sentire cosa si dicevano, ma ormai era talmente chiusa in se stessa che, anche se lo avesse fatto, la cosa non avrebbe avuto importanza.

Fiona non riusciva a smettere di tremare e aveva trascorso l'ultima ora a vomitare nell'apposito sacchetto nella tasca del sedile di fronte. Sapeva che gli uomini pensavano che avesse il mal d'aria e la cosa le andava bene. Pregò che Hunter non avrebbe detto nulla riguardo alle droghe. Lei era già abbastanza in imbarazzo. Se solo fosse riuscita a raggiungere un albergo o qualcosa di simile e a restare sola, ci avrebbe pensato personalmente. Prima o poi, i sintomi dovevano pur scomparire. Sarebbe bastato aspettare.

In coda all'aereo, Cookie si era svegliato. Cercò di sedersi e fu trattenuto da Wolf e Dude.

"Stai tranquillo, Cookie; va tutto bene," gli disse Wolf, con voce bassa e calma.

A Cookie faceva male tutto, ma c'era una cosa che doveva fare, qualcosa di cui doveva ricordarsi.

Wolf notò la sua confusione e cercò di rassicurarlo. "Le donne sono al sicuro, non temere. Le hai salvate. Non so chi sia la seconda tipa, ma stanno bene tutte e due. Solo tu potevi rimorchiare in mezzo alla giungla, Cookie!"

Ecco! Cookie afferrò il braccio di Dude quando questi si chinò su di lui per controllare la ferita alla spalla. Anche Wolf si chinò sul suo commilitone per sentire quello che aveva da dire.

Guardando ciascuno dei suoi compagni, Cookie disse con urgenza: "Fee. Aiutatela; non lasciatela sola." Fu tutto quello che riuscì a dire prima di svenire di nuovo.

Dude risistemò il braccio di Cookie contro il suo fianco, poi lui e Wolf si scambiarono un'occhiata, rendendosi conto che Cookie teneva alla seconda donna. Nessuno dei due sapeva cosa fosse accaduto nella giungla, ma Cookie aveva espresso preoccupazione per la donna che aveva chiamato Fee, non per Julie.

Sebbene Cookie non potesse sentirlo, Dude mormorò: "Non preoccuparti, Cookie. Ci prenderemo cura di lei per te fino a quando non potrai pensarci tu."

L'aereo atterrò con un sussulto e una scivolata. Fiona

trasse un respiro profondo. Era fatta. Era giunto il momento di riprendere a vivere. Non sapeva dove fossero, ma lo avrebbe scoperto. Trovava sempre una soluzione.

Julie e uno degli uomini scesero per primi dall'aereo, seguiti dai due piloti e da lei; poi, Hunter fu portato fuori dai due uomini che si erano presi cura di lui. Fiona sapeva che gli uomini erano la squadra di Hunter. Aveva riconosciuto i loro nomi, di cui Hunter le aveva parlato in un momento che ora sembrava molto lontano.

Uno degli uomini che si era trovato in coda all'aereo con Hunter era stato chiamato Wolf da uno degli altri. Fiona era davvero felice che Hunter fosse con la sua squadra. Si sarebbero presi cura di lui.

Strinse gli occhi quando emersero dall'aereo alla luce del sole. Erano sull'ennesima pista di atterraggio in terra battuta e deserta, ma questa volta c'era un furgone ad attenderli. Faceva caldo, ma era splendido avere il sole sul viso. Fiona non aveva visto direttamente il sole per mesi. E poi, stava gelando. Sapeva che non avrebbe dovuto, ma così era. Barcollò e Wolf la afferrò per un braccio.

"Tutto a posto?" chiese l'uomo.

Fiona non amava il modo in cui l'omone la stava fissando, per cui si limitò ad annuire e si allontanò. Voleva solo stare da sola.

Tutti e otto salirono sul furgone e gli stessi due uomini che avevano già aiutato Hunter in passato lo sistemarono su uno dei sedili e presero posto dietro di lui. Fiona riuscì a entrare senza aiuto e guardò Julie e gli altri prendere a loro volta posto. Nessuno disse una parola. Persino Julie aveva smesso di blaterare. Era strano, ma Fiona non aveva tempo per preoccuparsene. Non era più in Messico. Al momento, era interessata solo a quello. Imboccarono la strada e si allontanarono dal piccolo aereo.

Non importava dove stessero andando, solo che si stavano allontanando dalla giungla. I piedi le facevano un male d'inferno; sperava che non avrebbero dovuto camminare a lungo. Fiona non aveva idea di come avrebbe fatto a togliersi quelle dannate infradito. Hunter le aveva ricoperte di nastro adesivo nel tentativo di proteggerla.

Viaggiarono per un po', fino a raggiungere una catapecchia nel bel mezzo del nulla. Un altro furgone li attendeva. Ripeterono il procedimento di prima e tutti si sistemarono. Gli uomini, questa volta, misero Hunter in fondo al furgone, sdraiato sul sedile posteriore. Wolf era seduto accanto a lui per assicurarsi che andasse tutto bene. Fiona sperava che lo stessero portando in ospedale. Non le piaceva vederlo così silenzioso e immobile.

Finalmente, dopo un viaggio di una quindicina di minuti, Fiona cominciò a vedere segni di civiltà. Qualche casa sparsa qua e là, poi, finalmente, dei negozi. Alla fine, raggiunsero un altro piccolo aeroporto, questa volta con una vera pista d'atterraggio in cemento che si estendeva alle spalle del piccolo edificio. Fiona non aveva documenti, per cui non aveva idea di come avrebbe potuto prendere un volo di linea, ma ancora una volta mantenne il silenzio e attese che i SEAL le dicessero cosa stava succedendo e cosa avrebbe dovuto fare.

Quando il furgone si fermò, lei guardò mentre tutti gli uomini uscivano, con l'eccezione di Wolf, che stava tenendo d'occhio Hunter. Nessuno le fece cenno di restare ferma, per cui scese anche lei ma rimase vicino al furgone... e ad Hunter. Sapeva che prima o poi avrebbe dovuto lasciarlo, ma se non le avrebbero chiesto di farlo subito, lei non lo avrebbe fatto. Il solo stargli vicino le dava conforto. Sapeva che era perché l'uomo l'aveva salvata, ma credeva che ci fosse anche qualcosa di più. Non sapeva esattamente cosa... solo che qualcosa c'era.

Fiona vide una limousine fermarsi nei paraggi. Un uomo anziano scese dalla limousine e finalmente lei capì. Quello doveva essere il padre di Julie. E infatti, Julie strillò, corse verso l'uomo e lo abbracciò. Fiona vide l'uomo chiudere gli occhi e stringere fra le braccia la figlia. Per quanto fosse fastidiosa Julie, Fiona non riuscì a trattenere le lacrime. Se non fosse stato per quell'uomo e sua figlia, lei sarebbe rimasta in quella catapecchia, senza alcuna speranza di essere salvata.

Rimase incollata alla fiancata del furgone, osservando la scena che si svolgeva di fronte ai suoi occhi. Parte di lei avrebbe voluto ringraziare personalmente l'uomo, ma non se la sentiva proprio. Avrebbe dovuto allontanarsi dal furgone, attraversare lo spazio che separava furgone e limousine, presentarsi e... smise di pensarci. Non ne valeva la pena.

Fiona guardò uno degli uomini che li avevano salvati avvicinare il senatore e Julie. Il senatore ebbe una breve conversazione col militare, senza lasciare andare la figlia; poi i due si strinsero la mano, si scambiarono un cenno del capo e tutto finì lì. L'uomo portò via Julie. I due salirono sulla limousine e la portiera si chiuse alle loro spalle.

Fiona sospirò. Quella donna non le era mai piaciuta, ma era quasi imbarazzante vederla andarsene e basta, senza guardarsi alle spalle. Fiona rabbrividì, si levò Julie dalla testa e si voltò a guardare gli uomini mentre questi si incamminavano nuovamente verso il furgone. Non aveva idea di cosa sarebbe successo ora. Non dovette attendere a lungo per scoprirlo.

"Salta su, Fiona," chiamò Wolf dall'interno del furgone. Le tese la mano per aiutarla a risalire a bordo.

"Ma..." disse lei, spostando lo sguardo fra l'aeroporto e Wolf seduto a bordo del veicolo. Fece spallucce. Era palese che non sarebbe andata da nessuna parte in aereo, non con quell'aspetto o quell'odore, e di certo non senza documenti.

Risalì senza l'aiuto di Wolf. Quando il furgone ripartì, Fiona chiese infine: "Lo portiamo in ospedale?" gesticolando verso Hunter.

All'inizio, nessuno rispose. Alla fine, uno degli altri uomini nel furgone disse: "No, qui vicino c'è una struttura medica nostro. A volte, non è il caso di presentarsi negli ospedali locali con l'aspetto che abbiamo. Non preoccuparti; ci prenderemo buona cura di lui."

Fiona annuì come se la cosa avesse perfettamente senso, non sapendo che la fronte aggrottata tradiva la sua confusione. Nulla aveva senso. Non le avevano chiesto chi fosse, non le avevano chiesto da dove venisse, non avevano commentato il suo aspetto o il suo odore, non le avevano davvero chiesto nulla. Avevano semplicemente dato per scontata la sua presenza. Ciò la confondeva terribilmente e la sensazione, aggiunta a tutto il resto, non era piacevole. Era al sicuro con loro? E se l'avessero scaricata da qualche parte?

Proprio mentre cominciava a perdere la calma, Wolf disse: "Smettila di agitarti, Fiona."

Sentendosi chiamare per nome per la seconda volta, Fiona ebbe un sussulto.

Wolf se ne accorse e cercò di rassicurarla. "Cookie ci ha detto chi sei quando lo abbiamo trascinato in elicottero; beh, perlomeno ci ha detto il tuo nome. Bestemmiava come non so chi perché gli avevi disobbedito. Pensavamo che avesse le allucinazioni, fino a quando non ci ha detto il tuo nome quando si è svegliato per un attimo sull'aereo."

Risero tutti e Fiona abbassò lo sguardo sul proprio grembo. Sapeva che Hunter si sarebbe arrabbiato per il fatto che lei lo avesse ingannato per farlo salire a bordo dell'elicottero, ma onestamente, l'aveva fatto per lui.

Wolf proseguì in tono serio: "Inoltre, ci ha chiesto di prenderci cura di te fino a quando non si fosse ripreso.

Ma in verità, non importa chi tu sia o da dove venga, Fiona; gli hai salvato la vita. Questo ti rende una di noi. E noi ci prendiamo cura gli uni degli altri. Risolveremo tutto il resto a suo tempo, ma per ora ci prenderemo cura di lui e ci prenderemo cura di te."

Fiona fissò Wolf. "Cosa?" chiese stordita. Non riusciva a far funzionare il suo cervello a dovere. Era stanca, spaventata, nauseata e dolorante.

"Rilassati," mormorò Wolf, vedendo quanto era stressata. "Non ti faremo del male e presto avrai modo di riposare. So che sei confusa, affamata e stanca, e probabilmente anche spaventata. Lascia che ti presenti tutti, così magari ti sentirai meglio. D'accordo?"

Fiona annuì. Cos'altro avrebbe potuto fare?

"Io sono Wolf. Quello che guida è Benny. Dude e Mozart sono seduti di fronte a te e quello accanto a te è Abe. Probabilmente, saprai già che facciamo tutti parte della stessa squadra di Navy SEAL. Dicevo sul serio, prima: tu hai salvato la vita di Cookie. Fai parte di noi, ora."

Fiona annuì docilmente. Non aveva idea di cosa volesse dire Wolf. Le sembrava di essere su un altro pianeta. Lei non era una di loro. Non li conosceva nemmeno. Bah. Fintanto che si fossero presi cura di Hunter, a lei non importava cosa dicessero. Fiona avrebbe solo voluto che si sbrigassero ad arrivare ovunque stessero andando. Voleva... no, *aveva bisogno* di sdraiarsi.

CAPITOLO OTTO

FINALMENTE, il furgone si fermò di fronte a un cancello. Benny digitò un codice ed entrò, il cancello si chiuse automaticamente dietro di loro. Fiona osservò la scena con attenzione. Era forse un'altra prigione per lei? Non voleva crederci, ma l'astinenza cominciava a farle effetto. Si sentiva nervosa e irritabile e non poteva fidarsi del suo stesso giudizio. Le girava la testa e si sentiva paranoica. Santo Dio, aveva bisogno di restare da sola.

Fiona scese dal furgone non appena possibile dopo che si fu fermato. Si ritrovò di fronte a una splendida casa. Era un enorme edificio a due piani, il piano superiore circondato da finestre. C'era una veranda vecchio stile annessa alla facciata, con tre sedie a dondolo. La porta d'ingresso era dipinta di rosso scuro e lei vide tende rosse attorno alle finestre del primo piano. Non aveva idea di chi fosse il proprietario di quella casa.

Sembrava perfettamente innocua, ma per qualche motivo, la innervosiva terribilmente.

Fiona guardò gli uomini scendere dal furgone. Wolf e Dude entrarono in casa dall'ingresso. Lei diede un'ultima occhiata in cortile, prendendo nota del prato all'inglese e dei cespugli ben curati, dopodiché ciondolò lentamente dietro al resto degli uomini. Prima che Wolf imboccasse il corridoio seguendo Hunter, l'uomo la prese per un braccio e la condusse verso una porta.

"Fiona, questa è la tua stanza. Ha un bagno annesso. Per favore, fai con calma a cambiarti e pulirti. Fra poco porterò delle forbici per aiutarti a togliere quelle scarpe, se ne hai bisogno. E ti troverò dei vestiti da indossare dopo la doccia. Probabilmente saranno troppo grandi, ma sono puliti. Mangeremo una volta che sarai pronta." Wolf aprì la porta e guardò Fiona entrare nella stanza; le sorrise e chiuse la porta.

Porca miseria. Fiona non sapeva cosa stesse succedendo. Era passata da vivere in mezzo ai suoi stessi escrementi e a urinare in un secchio, al trovarsi nella stanza più bella che avesse mai visto. Era assolutamente splendida. Era enorme e la moquette era di un bianco immacolato. Fiona non voleva attraversarla per raggiungere la doccia. Sapeva che l'avrebbe sporcata. Com'era venuto in mente a Wolf di lasciarla lì?

Finalmente, si trascinò verso il bagno, ignorando la scia di sporcizia che sapeva di lasciarsi alle spalle. Entrò, quindi chiuse in silenzio la porta e fece scattare fermamente la serratura. Il bagno era bello come il resto della stanza. C'erano due lavandini e un enorme piano di marmo. C'erano una Jacuzzi e una doccia separata con almeno tre soffioni.

Fiona avrebbe ammirato il bagno con più attenzione, ma era arrivata al limite. Ne aveva passate tante e il suo corpo non ce la fece più. Si lasciò cadere sul pavimento accanto al lavandino, ebbe la presenza di spirito di scostare il morbido tappetino bianco, e cadde riversa. Il suo ultimo pensiero fu che si sentiva tanto male che sperava di morire.

———

Cookie riprese finalmente conoscenza. Wolf gli era rimasto seduto accanto per mezz'ora, assicurandosi che la flebo fosse aperta al massimo e che la ferita alla spalla fosse ben chiusa. Era stato Mozart a fare gli onori. Wolf sapeva che era il migliore: aveva ricucito la sua Caroline quando era rimasta ferita. Ormai, Wolf non riusciva quasi più a vedere la cicatrice sul fianco di Caroline. Mozart era davvero bravo.

Per fortuna, il proiettile aveva attraversato completamente la spalla di Cookie, per cui Mozart non aveva dovuto estrarlo. La fortuna aveva anche voluto che non avesse colpito nessuna arteria principale, pur lasciando due buchi nel suo braccio. Cookie era sotto fortissimi antibiotici, ma era un SEAL fatto e finito. Era lucido, nonostante i farmaci che gli scorrevano in corpo, soprattutto perché era preoccupato per Fiona.

"Raccontami cosa è successo," chiese Cookie al suo amico e commilitone. "Ricordo Julie che saliva la scaletta, dopodiché ho solo frammenti. Fee è riuscita a salire illesa?"

Wolf annuì. "In breve, ti hanno sparato, Fiona ti ha praticamente trascinato fino alla scaletta e ti ha legato, noi ti abbiamo tirato su mentre lei tornava a recuperare il tuo zaino. Lei ha sparato ai tango mentre noi riabbassavamo la scaletta. Ci è arrivata barcollando, appesantita dal tuo zaino; l'abbiamo tirata su mentre ci allontanavamo. Siamo saliti a bordo di un aereo, siamo atterrati qui in Texas, abbiamo mandato Julie a casa sua e ora siamo nel rifugio che ci aveva preparato Tex. Ora... *tu* dimmi cosa diavolo è successo là fuori."

Cookie sapeva cosa voleva dire Wolf. Non avevano sospettato la presenza di un secondo ostaggio. Cookie raccontò a Wolf tutto quello che sapeva, che non era molto. Non voleva ancora approfondire la condizione di Fiona, perché sapeva che essa metteva in imbarazzo la donna. Ma sapeva che, prima o poi, i suoi compagni di squadra avrebbero dovuto saperlo. Non potevano aiutarla ad affrontare l'astinenza se non ne erano al corrente. Cookie voleva saperne di più di Fiona e del posto da cui veniva, nonché di come avesse fatto a finire in quella catapecchia in cui lui l'aveva trovata prima di parlare con Wolf.

La porta della stanza di Cookie si aprì e Benny fece capolino sulla soglia.

"Ho portato le forbici e i vestiti di ricambio nella

stanza di Fiona; quando lei non ha risposto, sono entrato. Era in bagno e, quando ho bussato alla porta per dirle che le avevo portato delle cose, nessuno ha risposto. Ho bussato più forte e lei ancora non ha risposto. Non è nella doccia e io sono preoccupato."

Nell'udire le parole di Benny, Cookie fece subito per alzarsi. Se Benny era preoccupato, Cookie era fottutamente terrorizzato. Wolf lo fermò. "Ci penso io," gli disse, ma Cookie non stava ascoltando.

"Aiutami ad alzarmi," disse invece burberamente a Wolf. Non aveva la minima intenzione di starsene sdraiato se Fiona era ferita. Wolf non obiettò; si limitò a sospirare e ad aiutare Cookie a mettersi in piedi e incamminarsi verso la stanza di Fiona.

Abe era alla porta del bagno di Fiona quando gli altri uomini arrivarono. "Non volevamo entrare, nel caso fosse sotto la doccia," spiegò Abe, "ma non riusciamo a convincerla ad aprire la porta. Dice che sta bene, ma a me non sembra."

Wolf bussò nuovamente alla porta e, quando non giunse risposta, aiutò Cookie ad avvicinarsi. Wolf gli fece cenno di provare a convincere Fiona.

"Fiona?" chiamò Cookie. "Mi senti? Apri la porta, dolcezza." Il vezzeggiativo gli uscì senza che lui nemmeno ci pensasse.

Fiona non riusciva a smettere di tremare. Il suo corpo si stava ribellando contro di lei. Non riusciva a respirare molto bene e sapeva che qualcosa era seriamente sbagliato. Le parve di udire la voce di Hunter, ma non poteva essere. L'uomo era privo di conoscenza... giusto?

Cookie ritentò, questa volta in tono un po' più autoritario. "Fee, apri la porta o noi entriamo." Fece una pausa. "Sono preoccupato per te. Dai, apri la porta, così posso vedere che stai bene."

Fiona si riscosse. Era *davvero* lui. "Hunter?" disse flebilmente. "Stai bene?" Lo sentì ridere.

"Cribbio, Fee, io sto bene. Siamo preoccupati per *te*. Adesso apri la porta." Cookie pronunciò l'ultima frase in maniera un po' più brusca di quanto avrebbe voluto.

"Non posso venire ad aprire adesso, Hunter," cercò di spiegare Fiona, senza sapere davvero quello che stava dicendo. "Magari più tardi." Tornò ad appoggiare la testa sulle fredde mattonelle del pavimento e chiuse gli occhi.

Cookie rivolse un cenno a Benny. Questi era il migliore scassinatore della squadra. Tutti erano in grado di aprire qualunque porta e serratura, ma Benny era un maestro. Riusciva sempre ad aprire qualsiasi serratura molto più in fretta di tutti loro. E quella era decisamente una situazione in cui la rapidità era fondamentale. Benny aprì la porta nel giro di pochi secondi. La porta si spalancò e lo stomaco di Cookie precipitò sul pavimento.

Wolf raggiunse Fiona prima che Cookie potesse muoversi. La donna giaceva immobile sulle mattonelle, sporca come l'ultima volta in cui Cookie l'aveva vista. Era riuscita a entrare nel bagno, ma non a pulirsi. Era come se fosse entrata nella stanza e fosse caduta a terra subito dopo. Wolf sollevò con facilità il corpo privo di conoscenza di Fiona e si incamminò nuovamente verso l'infermeria, con Cookie che lo tallonava.

Wolf stese delicatamente la donna sul lettino dal quale si era appena alzato Cookie e si voltò verso Benny ed Abe. "Ho bisogno di acqua calda. Molta. Dobbiamo pulirla prima di fare qualunque altra cosa. Prendete anche le forbici, così le togliamo quelle scarpe."

Cookie osservò impotente la scena. Si sentiva debole ed era incerto sulle gambe.

Wolf interruppe le cure che stava prestando a Fiona per trascinare una sedia vicino al letto in cui lei giaceva e costrinse Cookie a prendervi posto. "Siediti, Cookie," gli disse severamente, "prima di cadere, testardo che non sei altro."

Abe e Benny tornarono con l'acqua, degli asciugamani e delle forbici. Si misero tutti a pulire Fiona, cercando di rimuovere quanta più sporcizia e luridume era possibile rimuovere senza un vero bagno o doccia. Agirono velocemente in maniera professionale. Fiona gemette, ma non protestò in alcun modo.

Benny cominciò a lavorare sui piedi. Tagliò via il nastro e tolse le infradito alla donna. I piedi di lei erano assolutamente luridi. Fiona aveva evidenti vesciche sul dorso dei piedi, dove la gomma delle scarpe sfregava contro la pelle. La quantità di lerciume sulle piante dei suoi piedi era quasi incredibile. Benny lasciò cadere a terra le scarpe e le tolse lentamente i pantaloncini. Non stava nemmeno prestando attenzione al suo aspetto; era del tutto concentrato sul dare una vaga ripulita alla donna, in modo da somministrarle qualunque altra assistenza medica di cui avesse bisogno.

Cookie guardò distrattamente i suoi commilitoni pulire Fiona. Non era arrabbiato perché la stavano toccando o perché Benny le aveva tolto i pantaloni; era troppo preoccupato per il fatto che Fiona fosse priva di conoscenza e perché c'era qualcosa di palesemente sbagliato in lei.

Abe e Wolf tagliarono la maglietta a maniche lunghe di Cookie di dosso a Fiona; non fu difficile, dato che le andava molto grande. Imprecarono quando intravidero per la prima volta il collare di metallo attorno al suo collo. Fino a quel momento, la maglietta lo aveva nascosto.

"Cristo," Cookie sentì mormorare sottovoce a Abe. Potevano vedere tutti quanto fosse rosso il collo della donna. Il metallo arrugginito le aveva scorticato la pelle. Verosimilmente, il collo era già gonfio prima della fuga, ma ora, dopo la folle corsa attraverso la giungla, era in condizioni molto peggiori. Era rosso e infiammato e la quantità di sangue secco attorno a esso era un po' preoccupante.

Abe continuò a toglierle la maglietta, sfilandogliela di dosso. Durante tutta l'operazione, Cookie tenne lo sguardo fisso sul volto di Fiona. La donna non si era mossa, non si era lamentata, non aveva pianto. Giaceva semplicemente sul letto, del tutto priva di conoscenza.

Gli uomini continuarono a pulirla. Avevano degli asciugamani caldi e li stavano usando per cercare di rimuovere il peggio dello sporco da Fiona. A ogni passata, gli asciugamani diventano sempre più sporchi e l'acqua in cui li avevano sciacquati era diventata praticamente nera a causa dello sporco che si staccava dal corpo della donna.

All'improvviso, nello stesso istante in cui Benny disse "Cribbio," Wolf esclamò "Merda."

Cookie distolse lo sguardo dal viso di Fiona per la prima volta, chiedendosi cosa avessero trovato gli altri. Aveva sentito chiaramente la nota tetra nella voce di ciascuno dei suoi amici.

Benny indicò la gamba della donna. Tutti videro ciò che non avevano notato prima. La terra e la sporcizia avevano nascosto il segno lasciato da un proiettile. Sembrava una ferita superficiale, ma ora stava gocciolando lentamente del sangue lungo la gamba della donna e sul lenzuolo. Era palese che l'asciugamano aveva rimosso la crosticina che si era formata sulla ferita, facendo sì che essa riprendesse a sanguinare.

Entrambi gli uomini guardarono Abe, chiedendosi cosa lo avesse allarmato. Questi si limitò a gesticolare verso le braccia della donna. L'interno dei gomiti di Fiona era coperto da lividi e segni bianchi. Cookie li aveva già visti, ma gli altri uomini erano palesemente rimasti sorpresi.

Nessuno fece domande a Cookie, né tantomeno si mostrò disgustato. Continuarono solo a lavorare in silenzio per cercare di ripulire i segni lasciati sul corpo di quella donna coraggiosa dal tempo trascorso all'inferno. Ed era chiaro che era stata un'esperienza infernale. Oltre ai segni degli aghi e alle condizioni igieniche del suo corpo, dei lividi apparvero mentre lo sporco veniva lavato via. Fiona aveva segni di dita in colori diversi sulle braccia e, ancora più allarmante, sulla vita. C'era un livido a forma di stivale sulla sua schiena, ma i più preoccupanti erano i lividi all'interno delle cosce, anche quelli di colori diversi, la qual cosa fece capire agli uomini che alcuni erano più vecchi degli altri.

I segni degli aghi sulle braccia erano brutti, ma a conti fatti non avevano alcuna importanza. Anche se Fiona avesse assunto le droghe spontaneamente – cosa che tutti loro sapevano non essere vera – quella donna aveva salvato la vita del loro commilitone. Aveva salvato la vita del loro *amico*. Avevano tutti degli interrogativi, ma avrebbero aspettato. La salute della donna aveva la priorità.

Tutto andò bene fino a quando Wolf non cercò di applicare una flebo al braccio di Fiona. Un attimo prima, lei era un peso morto fra le loro braccia, permettendo loro di muoverla in qualunque modo a loro necessario per spogliarla e pulirla, e quello dopo lottava come se la sua vita dipendesse da ciò.

"No no no *no*," gridò Fiona, opponendosi con tutte le sue forze. Scalciò, mancando per un pelo Abe, che si trovava vicino a lei. Stava palesemente rivivendo l'esperienza di essere drogata, o peggio ancora, violata.

"Levatemi le mani di dosso, stronzi," ruggì Fiona, continuando a contorcersi fra le mani degli uomini. Riuscì quasi a scivolare dal letto e cadere sul pavimento prima che Wolf e Benny l'afferrassero per braccia e gambe e la tenessero ferma, il che non fece che spingerla a lottare ancora più freneticamente.

Cookie si chinò subito sulla testa della donna. "Fiona, smettila," disse in tono duro, cercando di farsi intendere. Appoggiò la mano del braccio buono sulla sua fronte. Lei si immobilizzò. Cookie proseguì, chinandosi fino a quando non ebbe le labbra vicino all'orecchio di Fiona. "Sono io, Hunter. Sei al sicuro. Sei di nuovo negli Stati Uniti; non sei più in quella baracca. Mi senti?"

Fiona non rispose, ma nemmeno lottò.

"Sono qui con te e tu sei in ospedale con me. Non ti stiamo drogando. Ti giuro sulla mia vita che sei al sicuro. Mi senti? Stiamo cercando di metterti una flebo. Ti darà dei liquidi; ti farà sentire meglio. Non ti stiamo drogando. Te lo assicuro."

Fiona continuò a rimanere immobile. "Fidati di me, dolcezza," tentò nuovamente Cookie. "Per favore, fidati di me e basta."

Finalmente, Fiona sospirò e si voltò verso Hunter. I suoi occhi si aprirono di uno spiraglio, a malapena quanto bastava per vederci. "Hunter?" disse titubante. "Davvero stai bene?"

"Sì, sto davvero bene." Cookie si commosse come non si era mai commosso prima di fronte alla mancanza di egoismo della donna. Fiona doveva essere ferita e confusa, e tuttavia era preoccupata per lui. Le tolse la mano dalla fronte, portandogliela alla guancia. La pelle di lei era calda e sudata, ma Cookie la sentì appoggiare la testa alla sua mano mentre lui parlava. Il pensiero che, in mezzo al terrore, la donna fosse disposta a fidarsi di lui, gli stringeva lo stomaco in una morsa sconosciuta, ma non sgradevole. "Rilassati, Fee; va tutto bene. Sono qui e non vado da nessuna parte."

Fiona sospirò e annuì. Il suo sguardo corse a Wolf e agli altri uomini e, senza volerlo, lei impressionò fortemente i veterani che la circondavano. "Scusate, ragazzi. Cercherò di stare ferma. Ma non posso promettervelo."

Abe fu il primo a rispondere e lo fece ridacchiando sottovoce. "Non preoccuparti, Fiona. Ci prenderemo cura di te. *Nulla* ti farà del male, qui. Rilassati."

Wolf riuscì a inserire la flebo senza ulteriori incidenti, ma tutti e quattro gli uomini tennero d'occhio Fiona mentre serrava le palpebre e la sua fronte si imperlava di sudore. Finalmente, la donna cadde in un sonno febbricitante, senza aver detto un'altra parola.

Wolf si voltò verso Cookie, negli occhi la rabbia trattenuta a stento nei confronti degli sconosciuti che avevano drogato e violentato Fiona, e disse a denti stretti: "Vuota il sacco." Avevano tutti bisogno di udire la storia della donna. Era palese che c'era qualcosa sotto. Dovevano tutti sapere cosa stesse succedendo, anche perché avrebbero dovuto fare rapporto al loro comandante.

Cookie sospirò. "Speravo che il peggio fosse passato, ma a quanto pare mi sbagliavo. L'hanno drogata. Non ho idea di cosa le abbiano somministrato; forse dell'eroina, ma i sintomi non corrispondono perfettamente. Di solito, l'astinenza da eroina produce sintomi come agitazione, dolori muscolari, nausea e vomito. Lei li ha avuti tutti, ma spesso non si protraggono per più di trenta ore. Ormai, dovrebbe essere tutto passato.

"Ma se hanno mescolato all'eroina della metanfetamina, la combinazione può indurre psicosi. La qual cosa aggraverebbe l'astinenza. Ha dei sintomi tutti suoi, in particolare le allucinazioni. Fiona dice che l'hanno drogata per settimane. La cosa la imbarazza e, come potete vedere, sta lottando il più possibile, ma non basta. Temo che peggiorerà. Mi stupisce che abbia resistito tanto a lungo."

"Si vede che è una dura," disse Wolf a Cookie. "Ce la farà. Noi non l'abbandoneremo."

A quanto pareva, Wolf aveva adottato Fiona nel gruppo. L'aveva vista mettere in gioco la propria vita per uno dei suoi migliori amici. Nessun altro membro della squadra sarebbe potuto scendere in sicurezza dall'elicottero per aiutare a Cookie a salire. Fiona aveva letteralmente salvato le vite di entrambi.

"Dobbiamo capire il da farsi. Non possiamo restare qui per sempre. Gli amici di Tex ci permetteranno di usare questo posto al massimo per una settimana e mezza, e poi dobbiamo fare rapporto alla base. Chiamerò il comandante e lo informerò di quello che sta accadendo e che non torneremo subito. Dobbiamo capire chi resterà qui a prendersi cura di lei e chi se ne andrà."

"Io non la lascio, Wolf," disse Cookie, l'acciaio nella voce.

"Non pensavo che lo avresti fatto." Wolf lo disse con la massima tranquillità, come se non avesse nemmeno preso in considerazione l'ipotesi.

"Resto anch'io," disse loro Benny. Prima che anche Abe potesse offrirsi volontario, Benny proseguì. "Abe, tu devi andare a casa da Alabama. Sai quanto è stressata quando tu non ci sei. Wolf, probabilmente anche tu dovresti tornare a casa. Potrai parlare col comandante e mandare avanti la baracca; e poi, Caroline sarà ansiosa di vederti come Alabama di vedere Abe. Convincerò Dude a restare qui con noi."

"E Mozart?" chiese Abe, che evidentemente non aveva problemi col piano di Benny.

"Credo che probabilmente anche lui potrà tornare a casa. Se dovessimo avere bisogno di lui, lo contatteremo. Possiamo improvvisare."

"Cookie? Per te va bene?" Wolf voleva essere sicuro che Cookie approvasse la decisione collettiva; era palese che quella donna era importante per lui, anche se si erano appena conosciuti. Wolf non lo mise in discussione. Lui aveva stabilito un legame con la sua Caroline altrettanto rapidamente e, se Cookie provava la metà di quello che aveva provato lui quando aveva scoperto che Caroline era ferita, sapeva che Fiona faceva parte della loro affiatata squadra di SEAL, anche se non lei lo sapeva ancora.

Cookie passò una mano sulla fronte di Fiona, trovandola calda e umida. Si mosse lentamente e con delicatezza, perché la ferita gli faceva ancora male. "Sì. La aiuterò a riprendersi e vedremo cosa succederà." La sua voce si abbassò per il dolore. "Non so davvero nulla di lei. Non so se abbia una famiglia che si preoccupa per lei. Non so se sia sposata, se abbia dei figli..." Si interruppe.

L'atmosfera nella stanza si fece pesante. Cristo, non ci avevano pensato. Wolf si schiarì la voce. "La cosa più importante è aiutarla a riprendersi. Cookie, potrai pensare a tutto il resto una volta che sarà guarita."

Cookie annuì. "D'accordo. Voi andate pure. Benny e Dude possono restare qui con me. Wolf, se riesci a parlare con Tex e a fargli sapere che rimarremo chiusi qui ancora per un po', te ne sarei molto grato. Io manterrò il contatto e vi farò sapere come sta Fiona e quali saranno i prossimi passaggi."

Gli altri uomini uscirono dalla stanza, lanciando ciascuno un'ultima occhiata alla donna sul letto e al loro commilitone. Speravano tutti silenziosamente che lei se la sarebbe cavata e che fosse libera. Era evidente che Cookie considerava già "sua" Fiona e loro speravano, per il bene di entrambi, che la cosa funzionasse.

———————

CAPITOLO NOVE

———————

LA FEBBRE DI FIONA PEGGIORÒ. Cookie era nella stanza con lei quando cominciò ad agitarsi sul letto. Era molto calda al tocco. Lui le afferrò una mano per cercare di rassicurarla, ma ciò sembrò solo peggiorare la sua reazione, fino al limite estremo. La donna si strappò da lui e si mise seduta, in un palese tentativo di alzarsi e uscire dal letto.

"Duuuuude," gridò Cookie mentre cercava di tener ferma Fiona. Non fu un tentativo molto efficace, perché lui stesso aveva una spalla ferita. La porta si spalancò sbattendo e non solo Dude, ma anche Benny entrò nella stanza e presero rapidamente atto della situazione.

Dude afferrò Fiona per le spalle, Benny per gli stinchi. Cookie rimase vicino alla testa, cercando di tranquillizzarla col contatto fisico. Tutti e tre tacquero mentre guardavano Fiona contorcersi e lottare per liberarsi. Proprio come l'altra volta, gli sforzi della donna non fecero che affaticarla. Questa volta, quando Cookie cercò di tranquillizzarla con la voce, non servì a nulla. La sua voce non era in grado di tirarla fuori dallo stato confusionario indotto dalle droghe.

Finalmente, dopo quelle che parvero ore ma che nella realtà furono solo dieci minuti, Fiona si immobilizzò di nuovo. Aprì gli occhi e si guardò attorno stordita. Con occhi velati, piagnucolò: "Perché? Perché mi fate questo?" per poi tacere di nuovo.

"Porca miseria," esclamò bassa voce Benny. "Facci sapere quando si sveglia di nuovo," disse mestamente Cookie, consapevole che con probabilità quella non sarebbe stata l'ultima volta in cui ci sarebbe stato bisogno di loro. "Siamo qui accanto; arriveremo subito."

"Lo farò. Grazie, ragazzi. Spero che il sonno la aiuterà a riprendersi presto."

Annuendo, Benny e Dude lasciarono ancora una volta Cookie da solo con Fiona.

Nelle ventiquattro ore successive, Cookie dormì un sonno irrequieto. Si svegliava quando si svegliava Fiona, cercando di tranquillizzarla, chiamava Benny e Dude quando era necessario per evitare che la donna si facesse del male e cercava di dormire quando lei dormiva.

Erano stati costretti a farle indossare dei guanti, perché continuava a cercare di grattarsi. Lui immaginava che provasse la sensazione di avere degli insetti che le zampettavano sotto la pelle, ma era solo l'astinenza... d'accordo, quella e la moltitudine di morsi di insetto.

Cookie aveva assistito a un sacco di brutture in vita

sua, ma nulla lo aveva preparato alle grida e alle implorazioni da spaccare il cuore che uscivano dalla bocca di quella donna. Esse erano ancora più spaventose perché lui sapeva che, se lei si fosse resa conto di quello che stava facendo, si sarebbe sentita mortificata. Fiona aveva fatto tutto il possibile per sminuire la propria sofferenza quando erano nella giungla e non c'era dubbio che avesse sofferto.

Quando la donna fu abbastanza lucida, tutti cercarono di convincerla a mangiare qualcosa. Sapevano che non era disidratata, perché la flebo pompava senza sosta liquidi salvavita nel suo corpo, ma erano preoccupati per la sua assunzione di calorie.

La fecero alzare di frequente e lei riuscì ad andare in bagno. Cookie era sollevato, perché sapeva che Fiona non avrebbe *assolutamente* voluto che loro le inserissero un catetere. Erano tutti sbalorditi per la sua capacità di deambulazione. Cookie la attribuì alla sua testardaggine e alla sua forza di volontà. La donna non era ancora lucida, ma tutti loro speravano che presto il peggio sarebbe passato.

Tre giorni dopo il loro arrivo, Fiona aprì gli occhi e guardò Cookie, seduto vicino a lei su una sedia accanto al letto. Non disse nulla, ma attese che l'uomo aprisse gli occhi. Come se Cookie fosse in grado di percepire i suoi occhi su di sé, si svegliò e subito incrociò lo sguardo di Fiona.

"Come ti senti oggi, Fiona?" chiese sospettoso

Cookie, domandandosi di quale umore fosse la donna e quale effetto stesse avendo su di lei l'astinenza quel giorno. Aveva già visto Fiona aprire gli occhi in passato, in preda alla più totale confusione, senza sapere cosa stesse facendo o dicendo. Cookie sperava che quello sarebbe stato il giorno in cui si sarebbe ripresa e sarebbe tornata da lui.

Fiona si schiarì la voce prima di rispondere. "Meglio."

Cookie annuì e la tenne d'occhio. La donna aveva la voce molto roca, ma lui non era sorpreso, considerato quello che aveva passato. "Te la senti di alzarti per andare in bagno?"

Fiona arrossì e annuì.

Cookie si entusiasmò alla vista del rossore che si diffondeva sul volto della donna. Negli ultimi due giorni, lei si era comportata come una specie di zombie e di certo non aveva reagito con imbarazzo a nulla di ciò che i ragazzi le avevano fatto. Cookie la aiutò ad alzarsi, le sistemò l'asta della flebo e la accompagnò al bagno. Quando fece per entrare con lei, la donna lo fermò.

"Ce la faccio," disse in tono severo, senza guardarlo negli occhi.

Cookie era scettico, ma non voleva ferire i sentimenti di Fiona. "D'accordo. Se hai bisogno di una mano, dimmelo e arrivo subito," aggiunse indicando la porta. Lei annuì e chiuse silenziosamente la porta.

Cookie la sentì far scattare la serratura e si accigliò.

Non che una porta chiusa a chiave potesse ostacolare lui o uno degli altri; a turbarlo, più che altro, era la constatazione che Fiona avesse il bisogno di chiudere a chiave. Attese senza troppa pazienza che la donna finisse di fare quello che doveva fare, in modo da rimetterla a letto.

Fiona non si prese la briga di guardarsi allo specchio, non si prese la briga di andare al gabinetto; invece, si recò subito alla finestrella del bagno. Doveva andarsene da lì. Chissà cosa avevano intenzione di farle. Sapeva che a volte amavano comportarsi in maniera gentile con lei, per cercare di farle abbassare la guardia, e poi facevano qualcosa di orribile per annientare il suo spirito. "Mai più," borbottò fra sé. Voleva andarsene. Doveva fuggire.

Le tremavano le mani, si sentiva malissimo, ma si allungò comunque verso la finestra, notando per la prima volta la flebo al braccio. Disgustata – chissà cosa le stavano mettendo in corpo, ad esso –se la strappò via, senza curarsi di essere delicata o di farlo nel "modo giusto". Del sangue cominciò lentamente a scorrere lungo il suo braccio e a gocciolare sul pavimento, ma lei non vi prestò attenzione.

Fiona aprì lentamente la finestra e guardò fuori. Per fortuna, sembrava che fosse notte. Aveva perso completamente il senso del tempo e non sapeva nemmeno che giorno fosse. Quand'era stata rapita, aveva cercato di tenere il conto dei giorni, ma presto giorno e notte si erano confusi. Ma ora, l'oscurità l'avrebbe aiutata a fuggire. Fiona guardò di nuovo fuori. Sfortunatamente, non era al pianterreno... Guardò a destra. Una grondaia correva lungo il muro proprio accanto alla finestra. Non era la soluzione perfetta, ma avrebbe dovuto funzionare.

Fiona si fermò per un attimo. Qualcosa le rodeva in fondo al cervello, qualcosa riguardo al fatto che si trovava al primo piano e non al pianterreno. Lo ignorò. Il tempismo era fondamentale. Doveva fuggire. I rapitori avrebbero potuto accorgersi in qualunque momento della sua scomparsa. Il suo unico pensiero era la fuga. La fuga immediata. Fiona si arrampicò goffamente sul water per accedere meglio alla finestra e sollevò una gamba. Nonostante si sentisse debole e tremante, costrinse il suo corpo a collaborare e si portò con lentezza oltre il bordo della finestra. Afferrò la grondaia e vi si tenne aggrappata.

Benny stava dormendo quando sentì vibrare l'allarme silenzioso collegato al dispositivo che portava al polso. Tex aveva detto loro che la casa era completamente allarmata. Nessuno poteva entrare o uscire senza essere notato. Nessuno aveva pensato che avrebbero avuto bisogno dell'allarme durante la guarigione di Fiona, ma a tutti loro veniva naturale mantenere uno stato di vigilanza costante.

Stupito, Benny si alzò di scatto dal letto e spalancò la porta della sua camera, correndo lungo il corridoio fino alla sala controlli improvvisata. La sala principale si trovava più in basso, in una sorta di bunker nei sotterranei della struttura, ma loro avevano trascorso tanto di quel tempo di sopra con Fiona che avevano deciso di trasferire laggiù parte della strumentazione, per essere più vicini in caso di necessità.

Benny diede un'occhiata al monitor e imprecò. Merda. Si voltò di scatto e corse lungo il corridoio e giù dalle scale. Senza prendersi la briga di contattare uno dei suoi commilitoni o disabilitare l'allarme – dicendosi che esso avrebbe svegliato Dude proprio come aveva svegliato lui – Benny fece di corsa il giro della struttura, non sapendo esattamente cosa aspettarsi, nemmeno dopo averlo visto sui monitor, e sollevò lo sguardo. "Porca miseria," mormorò.

Fiona cercò di scivolare lentamente lungo la grondaia, ma aveva le mani insanguinate dopo essersi strappata la flebo e le mancava la forza. Scivolò sempre più veloce verso il suolo. Tutto ciò che doveva fare era tenersi stretta. Benny la afferrò un attimo prima che rovinasse a terra. Proprio mentre lui la prendeva, Dude girò attorno all'angolo dell'edificio, l'arma in pugno, pronto a tutto.

Fiona sentì qualcuno che la afferrava proprio mentre stava per fuggire. C'era arrivata davvero vicino, questa volta. Cercò di liberarsi dalle grinfie dell'uomo che la tratteneva, ma la presa di costui era troppo forte.

"Lasciami andare, lasciami *andare*," gli gracchiò, contro cercando di colpirlo e di cavargli gli occhi. Benny grugnì e se la strinse più vicino al petto. Dude riassunse rapidamente la situazione, sollevò lo sguardo sulla finestra e tuonò: "Cooookie."

Cookie sentì Dude che lo chiamava gridando e capì che qualcosa era andato molto male. Le grida non erano il loro consueto strumento di comunicazione, per cui, se Dude era fuori che urlava a pieni polmoni, qualcosa sicuramente non era andato per il verso giusto. Doveva raggiungere Fiona e proteggerla.

Quando lui diede una forte spallata alla porta del bagno, questa si spalancò come se la serratura non fosse mai scattata. Il cuore di Cookie precipitò a terra. Cercò di assimilare la stanza vuota, l'asta della flebo abbandonata e gli spruzzi di sangue sulla parete e la finestra... e, naturalmente, la finestra *aperta*.

Cookie si avvicinò alla finestra e guardò fuori. "Porca troia." Vide Benny che lottava per trattenere Fiona e Dude in ginocchio che cercava di tenerle ferme le gambe. La donna stava piangendo, lottando e cercando di liberarsi dalla presa dei due uomini. Parte di Cookie vide il sangue che le copriva le braccia, ma cercò di ignorarlo. Non disse una parola, ma si voltò e scese le scale per raggiungere Fiona.

Una volta uscito, Cookie vide che Benny si era seduto per terra e stava trattenendo la donna in una presa di lotta dalla quale lei non avrebbe mai potuto liberarsi. Le teneva un braccio in diagonale sul petto e l'altro bloccato dietro la testa, immobilizzandola, ma lasciandole spazio in abbondanza per respirare. Dude era inginocchiato accanto a loro, teneva Fiona bloccata a terra con le mani sulle gambe al di sopra delle ginocchia. Le braccia della donna erano intrappolate lungo i suoi fianchi dalla presa di Benny. Lei sollevò lo sguardo su di lui, gli occhi colmi al tempo stesso di lacrime e di fuoco.

"Lasciatemi andare, fottuti bastardi. Non potete tenermi qui. Lasciatemi andare, lasciatemi andare."

Benny guardò mestamente Cookie. "Mi sa che il peggio non è ancora passato."

Cookie annuì cupamente alle parole superflue del suo commilitone e si accovacciò con una certa goffaggine accanto a Benny, Dude e Fiona.

"Fiona, sono Hunter. È tutto a posto; va tutto bene. Sei in Texas." Doveva cercare di farla ragionare.

"Sta' zitto!" gridò con cattiveria lei mentre cercava al tempo stesso di liberarsi dalla presa inesorabile di Benny. "Non ti credo; sei uno stronzo e io ti ammazzerò. Ti strapperò le braccia e ti caverò gli occhi, vedrai." Fiona cercò di sputargli addosso, ma lo sputo ricadde a cinque centimetri dal suo fianco invece che addosso a Cookie.

"Non lo farò; non farò nulla di quello che mi dite di fare, avete capito? *Non lo farò*. Voi siete malati. Non potete *vendere* delle persone. Noi non siamo *schiave*. Stuprare e picchiare e drogare la gente per farle fare quello che volete è una merda." La donna fece una pausa; il fiato le si mozzò in gola, ma poi proseguì. "Non sarò *mai* una 'brava bambina' e non lascerò mai che nessuno mi sevizi. Avete sentito? Tanto vale che mi ammazziate subito. Fatelo. Fatelo, *cazzo*!"

Cookie si alzò. Era più arrabbiato di quanto ricordasse di essere stato da molto tempo. Non con Fiona, ma coi suoi rapitori. Erano stati *loro* a ridurla in quelle condizioni. Sapeva che lei stava rivivendo parte dell'inferno che le avevano fatto passare. Sapeva che Fiona credeva che loro fossero i rapitori. Cookie avrebbe voluto salire a bordo di un aereo, tornare in Messico e dare la caccia a quella gentaglia. Avevano fatto del male a Fiona. Le avevano fatto cose indicibili. Alla *sua* Fiona. Cookie voleva ucciderli. Sapeva di doversi controllare. Per quanto desiderasse uccidere quelle persone, per prima cosa doveva prendersi cura di Fiona. Lei sarebbe sempre venuta per prima, ora. Sempre. Lui non aveva idea di cosa il futuro avesse in serbo per loro, ma sapeva soltanto che voleva viverlo assieme a lei.

"Ci siete?" chiese Cookie a Benny a denti stretti. Avrebbe voluto essere lui a tenere Fiona, ma sapeva di non avere ancora recuperato completamente le forze e non voleva correre il rischio di lasciarla cadere o che lei fuggisse e si facesse del male.

Benny annuì e Dude lo aiutò ad alzarsi, dato che aveva le braccia occupate a trattenere Fiona. I quattro riuscirono goffamente a rientrare in casa e a salire le scale. Per tutto il tempo, la donna scagliò insulti e minacciò fisicamente tutti quanti.

Nessuno degli uomini disse una parola mentre si muovevano, come una sola persona, lungo le scale e verso la stanza di Fiona. Nessuno di loro era disgustato, nessuno di loro la compativa. Ciascuno di loro conosceva la storia della donna, ora; con le poche parole che aveva scagliato loro contro all'esterno, aveva rivelato tutto ciò che aveva vissuto. Loro sapevano leggere fra le righe. Le imprecazioni e gli insulti che lei continuava a gridare contro di loro mentre salivano le scale erano un prodotto delle droghe e delle esperienze che aveva vissuto. Tutti loro lo sapevano e capivano.

Le squadre di SEAL erano notoriamente affiatate; dovevano esserlo, perché in ciascuna missione ogni membro metteva la propria vita nelle mani degli altri. Tutto ciò veniva inculcato loro sin dal primo giorno del BUD/S. Ma quella, quella era un'esperienza nuova. Benny, Dude e Cookie non si erano mai sentiti affiatati come in quel momento. Nessuno disse nulla mentre Fiona veniva trasportata di nuovo a letto e legata. Quella donna aveva vissuto l'inferno, ma non si era spezzata. Non si era piegata. Stava combattendo fino all'ultimo respiro. Era debole e in inferiorità numerica, ma combatteva comunque. Era un'esperienza incredibile, che faceva sentire umili. I tre uomini avevano già assistito a dimostrazioni di coraggio in passato. Avevano visto Caroline subire percosse che avrebbero spezzato la maggior parte degli uomini. L'avevano vista gettata nell'oceano, con le caviglie legate insieme, e nonostante tutto lei aveva avuto la forza interiore per mantenere la calma. Ma quella era una situazione completamente diversa.

Volevano tutti vendetta per Fiona, pur sapendo che probabilmente non l'avrebbero mai avuta. Eppure tutti e tre giurarono in silenzio che avrebbero fatto tutto il necessario per assicurarsi che la donna tornasse a sentirsi al sicuro. In qualche modo, in qualche maniera, l'avrebbero fatta sentire al sicuro.

CAPITOLO DIECI

FIONA SI DIMENÒ DEBOLMENTE sul lettino. L'avevano legata di nuovo. Se non altro, non era più incatenata per il collo. E non era sul duro pavimento. Ancora una volta, pensò che c'era qualcosa che avrebbe dovuto ricordarsi... ma il pensiero svanì non appena le attraversò il cervello. Volevano farle del male, le *avevano fatto* del male. Volevano venderla. Volevano ucciderla.

Guardò uno degli uomini accanto a lei riempire una siringa. L'uomo le dava le spalle, ma Fiona sapeva cosa stava facendo. Oddio. Non di nuovo. Basta droghe. Lei non avrebbe implorato; lo aveva già fatto e non era servito a nulla, se non a farla sentire ancora più patetica.

"Non vi pregherò, teste di cazzo," esclamò spavalda, guardando gli altri due uomini presenti nella stanza. Sbatté le palpebre nel tentativo di schiarirsi la vista, ma proseguì, anche se non riusciva a vederli chiaramente. "Potete drogarmi quanto volete, ma non servirà a nulla.

Non farò quello che dite. Anche se non uscirò mai da qui, voi la pagherete tutti. Lo giuro su Dio. Non posso impedirvi di drogarmi, ma non vi aiuterò a vendermi. Farò in modo che chiunque mi compri se ne penta e si vendichi su di voi."

La voce di Fiona sfumò. Il ruggito nelle sue orecchie era violento. Riusciva a sentire il suo respiro, ma era tutto lì. Oddio, quell'uomo stava davvero per drogarla di nuovo. Chiuse gli occhi e voltò la testa di lato il più possibile. Non ce la faceva più a combattere. Gli uomini la tennero ferma e lei sentì la puntura dell'ago nel braccio. Merda. I suoi pensieri si fecero sempre più fangosi e lei accolse con gioia il nulla che la avvolse. Non voleva sapere cosa le avrebbero fatto, questa volta, mentre era priva di conoscenza.

Gli uomini sospirarono. Grazie a Dio. Grazie a Dio, il valium che le aveva somministrato Benny aveva fatto effetto velocemente. Nessuno disse una parola. Dude si tenne impegnato a mettere un'altra flebo al braccio di Fiona. Cookie cercò di pulirle il corpo dal sangue. Benny si mise al lavoro a pulire il bagno.

Fu Dude il primo ad andarsene per tornare in camera sua. Benny e Cookie si sedettero su entrambi i lati del letto di Fiona e la tennero d'occhio. La donna respirava un po' velocemente, ma per il resto sembrava tranquilla.

"Porca troia, Cookie," disse finalmente Benny. Cookie si limitò ad annuire. Entrambi stavano immaginando l'inferno che aveva passato Fiona. Il fatto che la donna non si fosse arresa, che ancora non si stesse arrendendo, la diceva lunga su di lei.

"Sai, quando ero sull'elicottero e ho visto che ti avevano sparato, per un attimo mi sono chiesto cosa cazzo avremmo fatto. Avevamo salvato un ostaggio, tu avevi un'altra persona – una sconosciuta – ed eri ferito. Per poco non l'ho fatta fuori."

Benny distolse lo sguardo dal viso di Fiona e lo portò su Cookie per la prima volta da quando aveva cominciato a parlare. "Non avevo idea della sua presenza e tutto quello a cui sono riuscito a pensare era che lei era sacrificabile e tu no. Avevo il dito sul grilletto ed ero pronto a sparare quando l'ho vista barcollare fuori da quel cespuglio con te. Ti ha portato a quella scaletta, un po' trascinandoti e un po' trasportandoti. Non appena ho visto che eri legato, ti abbiamo tirato su il più in fretta possibile. Persino allora ho pensato di andarcene e basta. Ancora non sapevamo chi lei fosse e avevamo te e l'ostaggio."

Benny fece una pausa, quindi trasse un respiro profondo e proseguì. "Ho aperto bocca per dire a Wolf di portarci via da lì quando l'ho vista che cercava di sollevare il tuo zaino. Fiona ha semplicemente sollevato lo sguardo verso l'elicottero e ha aspettato. Sapeva che avremmo potuto lasciarla lì. Non ha implorato, non ci ha fatto cenno di abbassare la scaletta, ha solo aspettato... e sperato. Dio, quella speranza. La vedevo dall'elicottero. Guardando lei, guardando noi, ho preso l'unica decisione possibile. Ho abbassato la scaletta. Ho praticamente *visto* il suo sollievo." Benny fece una nuova pausa.

Cookie annuì, sapendo quanto doveva essere stata dura quella decisione. Attese che il suo amico proseguisse.

"Adesso, conoscendo in parte che inferno ha passato Fiona – e, cazzo, sappiamo entrambi che ne conosciamo solo una piccola parte, ma comunque conoscendo *una parte* di quello che ha passato – mi sento terribilmente in colpa anche solo per aver *pensato* di lasciarla laggiù."

Il silenzio colmò la stanza, rotto solo dal leggero fischio che emetteva Fiona mentre continuava a dormire, ignara di quello che stava succedendo attorno a lei.

Cookie annuì al suo amico e commilitone. "Credimi, so cosa intendi. Avevo sistemato Julie ed eravamo a un passo dal lasciare la catapecchia in cui l'avevano tenuta rinchiusa quando qualcosa mi ha spinto a dare un'ultima occhiata. Non avevo sentito nulla; c'era solo *qualcosa* che mi ha spinto a dare un'altra occhiata. Quando penso a cosa sarebbe successo se avessi ignorato quella sensazione, quando penso a quanto sarebbe stato facile che Fiona rimanere laggiù..." La voce di Cookie venne meno.

Entrambi gli uomini sapevano che Fiona era una donna straordinaria. Non la biasimavano per ciò che era successo quella sera. In verità, biasimavano entrambi se stessi. Avrebbero dovuto sapere che Fiona non si era ancora ripresa; avrebbero dovuto stare più attenti. Ma mentre sedevano lì accanto a lei, dopo essere stati testimoni della sua angoscia, della sua forza e della sua voglia di vivere, fecero entrambi la promessa silenziosa che null'altro le sarebbe mai accaduto. Ovunque fosse andata e qualunque cosa avesse fatto, le avrebbero guardato le spalle. Non avrebbero potuto fare nulla di meno.

Due giorni dopo, Fiona rotolò su se stessa gemendo. Le sembrava di essere passata attraverso uno strizzatoio. Aveva male dappertutto. Le girava un po' la testa, ma trasse un respiro profondo e si guardò attorno. Vide Hunter seduto su una sedia vicino al suo letto. I piedi dell'uomo erano appoggiati sul materasso, le braccia incrociate sul petto, la sua testa inclinata di lato mentre russava piano. Fiona si chiese che ore fossero e perché l'uomo stesse dormendo lì.

Cookie si svegliò dal suo pisolino accanto al letto e vide che Fiona lo fissava.

"Ciao," mormorò, non sapendo se la donna fosse effettivamente consapevole di dove si trovava.

"Ciao," rispose lei. "Hai un aspetto di merda," gli disse in tutta onestà.

Lui ridacchiò. "Senti chi parla," ribatté con prudenza. Il sorriso gli abbandonò rapidamente il viso e lui si mise seduto. Si sporse in avanti e appoggiò la mano sulla fronte di Fiona. Lei cercò di non sussultare, né di arrossire per il suo tocco gentile.

"Come ti senti?" chiese con cautela Cookie. Voleva valutare lo stato mentale di Fiona prima di permetterle di fare qualunque cosa da sola, per non dover rivivere la fuga dalla finestra del secondo piano.

"Mi sento strana," rispose con sincerità Fiona.

"In che senso?" chiese Cookie, inclinando la testa di lato mentre attendeva la risposta della donna.

"Mi sento debole, ho la bocca come se avessi succhiato cotone per un mese e devo andare in bagno," rispose onestamente lei.

Cookie la fissò per un momento.

"Cosa c'è?" chiese finalmente Fiona. "Perché mi guardi così?"

"Ricordi qualcosa di quello che è successo negli ultimi giorni?" chiese a bassa voce Cookie.

Fiona si irrigidì. Merda. Cos'era successo? Cosa aveva fatto? Si limitò a scuotere la testa e attese di sentire ciò che Hunter aveva da dire.

Cookie la guardò negli occhi e si limitò a dire: "D'accordo, ti aiuto ad alzarti e vediamo."

Fiona si chiese cosa le stesse nascondendo Hunter, ma doveva davvero andare in bagno, per cui le domande potevano aspettare. Permise all'uomo di aiutarla ad alzarsi dal letto e incamminarsi verso il bagno. Gesticolò verso la flebo che aveva ancora attaccata al braccio. "Non è che potrei toglierla? Non amo gli aghi e sapere di averne uno conficcato nella pelle, anche se è utile, m'innervosisce."

"Vedremo," le disse Hunter senza acredine.

Fiona notò che la porta del bagno era scomparsa. A dire il vero, sembrava che qualcuno l'avesse scardinata a forza. Non ricordava molti dettagli del momento in cui era arrivata in quella casa, ma credeva che, se la porta fosse mancata anche allora, se ne sarebbe accorta. In ogni caso, non aveva la minima intenzione di fare pipì di fronte ad Hunter.

"Hai bisogno di aiuto?" chiese lui.

Fiona scosse vigorosamente la testa. "No!"

"D'accordo. Io rimango qui accanto alla porta, girato. Quando avrai finito, fammelo sapere e io verrò ad aiutarti."

Fiona si trascinò in bagno. Senza nemmeno pensare che Hunter potesse sbirciare, fece rapidamente quello che doveva fare, quindi si voltò verso lo specchio. Oh. Mio. Dio. Sembrava il mostro della laguna nera. Quasi non si riconosceva. Non credeva di aver fatto rumore, ma all'improvviso Hunter fu accanto a lei.

Fiona guardò nello specchio mentre l'uomo si avvicinava alle sue spalle, appoggiava le mani sul piano accanto ai suoi fianchi e si chinava. Fiona riusciva a sentirlo contro la schiena. La metteva in ombra. Prima, non si era davvero accorta di quanto fosse alto. La sua testa raggiungeva grossomodo il mento di Hunter. L'uomo incrociò il suo sguardo nello specchio.

"Come ti senti *davvero*, Fee?" chiese a bassa voce.

"Sto bene, Hunter," mormorò lei. Ed era vero. Era viva, era al sicuro, non era nella giungla. Stava benissimo, cazzo.

Hunter continuò a guardarla. Lei abbassò lo sguardo sul piano. Avrebbe dovuto sentirsi in trappola, con lui alle sue spalle, ma così non era. La sensazione era... piacevole. Avvertiva la forza dell'uomo e tutto ciò che avrebbe voluto fare era appoggiarsi a lui e lasciare che fosse lui quello forte, per una volta. Non appena le venne in mente quel pensiero, Fiona lo cancellò e cercò di raddrizzarsi. Si sbagliava. Doveva essere così.

Hunter le sottrasse la scelta. Passò un braccio attorno al suo petto e l'altro attorno alla sua vita. L'uomo la strinse a sé. Fiona si lasciò andare. Presto arrivarono le lacrime. Lei non poteva farci nulla. Era debole e si sentiva vulnerabile. Il modo in cui lui la stava abbracciando, come se lei fosse fatta di vetro, era troppo.

Cookie la voltò fra le sue braccia e tenne stretta Fiona mentre piangeva. Detestava vederla così turbata, ma era felice di vederla mostrare emozioni sincere per la prima volta da quando l'aveva conosciuta.

Le passò un braccio attorno alla schiena e l'altro attorno al collo; poi le infilò la testa nell'incavo della spalla. Fiona tremava mentre piangeva e Cookie sentiva le sue lacrime sul collo. Le braccia della donna erano strette di fronte a lei e Cookie avvertiva la stretta delle sue dita sulla maglietta come se non volessero mai mollare la presa.

"Piangi pure, Fee. Sei al sicuro. Ci sono qui io." Cookie mormorò le parole fra i capelli di Fiona e si rese conto che le avrebbe permesso di restare in quella posizione per tutto il giorno, se necessario.

"N-n-non so perché sto piangendo." Le parole della donna erano soffocate dal suo collo, ma Cookie la sentì comunque.

"È per il sollievo. Scommetto che sei stata forte mentre eri prigioniera, perché probabilmente non volevi che quegli stronzi ti vedessero piangere, ma ora non hai più bisogno di essere forte."

Quando le lacrime, alla fine, lentamente si arrestarono e Cookie sentì i tremiti di Fiona attenuarsi, la prese con prudenza fra le braccia e riportò lei e l'asta della flebo nella camera da letto.

Cookie adagiò Fiona su una sedia nell'angolo della stanza e la baciò sulla fronte. La guardò negli occhi e ordinò: "Stai tranquilla per un po', Fee. Adesso cambio le lenzuola prima che tu torni a letto."

Attesa che la donna annuisse, quindi andò a letto e tolse con rapidità ed efficienza le lenzuola sporche, mettendone un completo pulito. Dopo aver sistemato le lenzuola pulite sul letto, tornò da Fiona e la aiutò ad alzarsi dalla sedia. Le tenne una mano sul gomito e la sorresse fino al letto, lasciando che camminasse da sola. Cookie le rimboccò le coperte e si chinò a baciarla sulla fronte. Rimase vicino e mormorò: "Dormi, Fee. Io sarò qui quando ti sveglierai di nuovo. Va tutto bene. Lo giuro."

"Grazie, Hunter. Grazie per avermi trovata. Non hai idea di quanto io ti sia grata." Fiona chiuse gli occhi e si addormentò nuovamente nel giro di qualche istante, senza attendere la risposta di Hunter.

Quando Fiona si risvegliò, Hunter era lì, come promesso. Lei non aveva idea di quanto tempo avesse trascorso addormentata. Avrebbe voluto protestare perché Hunter la trattava come una bambina, ma a voler essere onesta, la cosa era piacevole. Avendo udito un rumore vicino alla porta, Fiona voltò la testa e vide che anche Benny era presente nella stanza.

"Salve, Fiona. Ti senti meglio?"

"Sì. Grazie per tutto quello che avete fatto per me."

"Di nulla. È ora di togliere la flebo." Benny sembrava dedito solo al dovere.

A dire il vero, il suo atteggiamento faceva sentire Fiona più a suo agio. Non aveva mai amato essere al centro dell'attenzione.

Benny le tolse velocemente l'ago dal braccio. Lei si massaggiò il polso nel punto in cui era stata inserita la flebo.

Un altro uomo entrò nella stanza, portando con sé un vassoio con del cibo. Le venne subito l'acquolina in bocca. Non riusciva nemmeno a immaginare quando fosse stata l'ultima volta in cui aveva consumato del cibo vero. Non credeva che sarebbe stata una dimostrazione di buone maniere se avesse strappato il vassoio dalle braccia dell'uomo e ci si fosse buttata sopra nel bel mezzo della stanza come un felino affamato, ma oh, quanto avrebbe voluto farlo.

"Fee, vorrei presentarti i miei compagni di squadra.

Quello col vassoio è Dude, mentre quello che ti ha tolto la flebo è Benny."

Fiona aggrottò le sopracciglia. "Benny? Dude? Sono i vostri veri nomi?"

Dude ridacchiò mentre appoggiava il vassoio sul letto. "No, Fiona, sono dei soprannomi. Proprio come il soprannome di Hunter è Cookie."

Fiona non riusciva a distogliere lo sguardo dal vassoio. La zuppa era fumante e il pane posato accanto a essa aveva un aspetto paradisiaco. "Ah... okay." Non sapeva davvero cosa stesse dicendo; il cibo aveva tutta la sua attenzione.

Benny rise. "Dude, farai meglio a tirarti indietro da quel vassoio; sembra disposta a combattere per strappartelo."

Fiona arrossì come un peperone e abbassò lo sguardo sulle proprie mani in grembo. Sentì il letto curvarsi accanto a lei, ma non sollevò lo sguardo.

Cookie si sedette accanto a Fiona, turbato che *lei* fosse in imbarazzo. Le appoggiò una mano sulla vita e spostò il vassoio in modo che fosse di fronte a lui. "Mangia, Fee; non pensare a noi."

Fiona non esitò. Afferrò il pane e lo spezzò a metà. Ignorò il burro appoggiato sul vassoio, dando invece un grosso morso al pane e quasi gemendo. Cristo, era persino caldo. Fiona si costrinse a posare i pezzi del pane e a prendere in mano il cucchiaio. Si chinò per non sbrodolarsi con la zuppa e bevve il brodo delizioso. Probabilmente era uscito da una lattina, ma aveva un sapore paradisiaco.

Non le importava che i tre uomini la guardassero mentre mangiava; stava morendo di fame. Quando aveva visto il cibo, inizialmente, aveva pensato che non fosse nemmeno lontanamente sufficiente, ma dopo aver mangiato mezzo panino e la maggior parte della zuppa, era sorprendentemente piena. Sapeva che il suo corpo avrebbe dovuto riabituarsi a mangiare. Non voleva farsi venire il voltastomaco – ci mancava solo quello – per cui si costrinse a posare il cucchiaio.

Fiona sentì la mano di Hunter in fondo alla schiena e all'improvviso si rese conto che l'uomo l'aveva tenuta lì per tutto il tempo mentre lei mangiava. Il tepore della mano era piacevole. Era da molto che nessuno la toccava con gentilezza.

Fiona cercò di ignorare il modo in cui Benny e Dude la guardavano. Non voleva cercare di interpretare le loro occhiate. Era troppo stanca e malconcia per quello. Alla fine, non ce la fece più.

"Mi dispiace," disse con tutta la dignità possibile.

"Per cosa?" chiese Benny, prima che potesse farlo Cookie.

"Per qualunque cosa io abbia fatto, o qualunque cosa sia successa, di cui non mi ricordo," confessò. Guardò gli uomini scambiarsi occhiate fulminanti. "Nessuno mi ha detto nulla, ma a giudicare dal modo in cui vi comportate, devo averla combinata grossa. Che giorno è?" chiese all'improvviso, cambiando bruscamente argomento. "Da quanto tempo sono qui?" Era chiaro che loro non volevano dirglielo. Alla fine, Dude cedette.

"Cinque giorni."

Cinque giorni. Merda. "Wow, cinque giorni. D'accordo." Fiona rifletté ad alta voce. "Dovevo essere proprio andata se mi sono persa cinque giorni. Di nuovo, qualunque cosa sia stata a spingervi a comportarvi in questo modo, mi dispiace."

Cookie scosse la testa. "Fee, non hai nulla di cui dispiacerti. *Nulla.* Mi hai sentito?" L'uomo attese che lei annuisse prima di proseguire. "Tu stavi male e noi ti abbiamo curata. Fine."

Fiona sapeva che l'uomo stava omettendo qualcosa, ma per il momento glielo permise. "D'accordo." Fece una pausa. "Posso fare una doccia?"

Quelle parole fecero ridere gli uomini. "Volevo giusto chiederti se volessi fare una doccia adesso o più tardi," le disse Cookie.

"Oh, decisamente adesso."

Benny e Dude uscirono dalla stanza e Hunter aiutò a Fiona ad alzarsi dal letto e la sorresse quando barcollò. Lei abbassò lo sguardo e arrossì. Indossava una camicia, palesemente di uno degli uomini.

Alla vista della sua mortificazione, Cookie si affrettò a rassicurarla. "La mia camicia era la cosa più facile da farti indossare quando stavi male. Non posso giurare che non abbiamo visto nulla, ma abbiamo mantenuto un'atmosfera più clinica possibile, per proteggere il tuo pudore."

Fiona si limitò ad annuire, rimpiangendo di non potersi sciogliere nel pavimento per non dover mai più vedere nessuno degli uomini.

Cookie le mise un dito sotto il mento e la costrinse a sollevarlo in modo che lei lo guardasse negli occhi. "Non sentirti in imbarazzo, Fee. Eravamo tutti preoccupati per *te*; a nessuno di noi interessava guardare il tuo corpo nudo."

"Non sono sicura che la cosa mi faccia sentire meglio."

"Forse questo lo farà, allora. Anche se sei stata male, credo che tu sia ancora la donna più fottutamente bella che io abbia mai visto."

Per poco Fiona non strabuzzò gli occhi. "Mi stai prendendo in giro?" Cercò di liberare il viso dalla presa dell'uomo, senza successo.

Cookie le mise entrambe le mani sulle guance, in modo che lei non potesse più ritrarsi da lui, e le inclinò ancora di più la testa verso l'alto. I suoi pollici si appoggiarono in fondo alla mascella della donna. Cookie abbassò la testa fino ad appoggiare la fronte contro quella di lei. "No, non ti sto prendendo in giro. Non sono mai stato più serio in vita mia. Non è solo la tua faccia, Fee; sei tu. Non conosco le cose più elementari su di te: il tuo colore preferito, dove sei cresciuta o cosa ti piace mangiare. Eppure, ti conosco. So che sei una dura, che hai una volontà di ferro, che sei compassionevole e che hai un forte senso di ciò che è giusto e sbagliato. E soprattutto, so che tu sei una che non si arrende. È da un pezzo che tutto ti rema contro, ormai, ma tu non hai fatto che travolgere tutti gli ostacoli e poiché non sei riuscita a farcela da sola, hai resistito finché sei stata in grado di scappare con un po' di aiuto. Questa, per me, è la bellezza. Tu sei fottutamente bella."

"Santa polenta."

Cookie indietreggiò leggermente e non le diede la possibilità di aggiungere altro. "Che ne dici di quella doccia, adesso?"

Fiona si mise sotto il getto della doccia, godendosi la sensazione dell'acqua che scorreva lungo il suo corpo. Si lavò i capelli almeno tre volte prima di essere soddisfatta della sensazione che le davano. Hunter avrebbe voluto aiutarla con la doccia, sostenendo che lei non era abbastanza forte né abbastanza salda per stare in piedi da sola, ma Fiona aveva rifiutato con fermezza. Era già abbastanza grave che lui e i suoi amici l'avessero vista nuda quando stava male e aveva passato quell'inferno.

Rimase sotto l'acqua e, per la prima volta, pensò davvero a tutto ciò che le era successo. Era troppo; anche se aveva avuto una crisi di pianto addosso ad Hunter quando si era svegliata per la prima volta, aveva mantenuto un atteggiamento stoico per tutto il tempo possibile. Si concesse una nuova crisi di nervi. Si lasciò scivolare lungo la parete della doccia, fino allo sportello, e singhiozzò. Pianse per quello che le avevano fatto i rapitori, per le sofferenze che aveva patito, per la paura e infine per il salvataggio.

Quando ebbe ormai la pelle raggrinzita e l'acqua

della doccia scorreva tiepida, Fiona chiuse l'acqua e uscì, assicurandosi di tenere una mano sul porta-asciugamani per non finire con la faccia per terra. Hunter aveva tirato fuori da qualche parte una maglietta e dei pantaloni della tuta perché lei li indossasse. Fiona si asciugò e si infilò i vestiti puliti. Incredibilmente, erano più o meno della misura giusta. Non aveva mutandine e reggiseno, ma non c'era nulla di meglio che il cotone morbido contro la pelle. Non riusciva nemmeno a ricordare l'ultima volta in cui si era sentita pulita. Sapeva che non lo avrebbe mai più dato per scontato. Forse, sarebbe rimasta ossessionata dal fare la doccia, ma d'altra parte c'erano ossessioni peggiori. Fece spallucce.

Fiona uscì dal bagno e trovò Hunter in piedi accanto alla porta aperta. Aveva un aspetto forte e sano e, palesemente, la ferita alla spalla era guarita a sufficienza da non dargli fastidio. Lei non aveva idea di cosa avrebbe dovuto dire o fare, ma in qualche modo sapeva che lui le faceva da ancora e spegneva la sensazione di disagio al ventre che provava.

Cookie fissò la donna che uscì dal bagno. Era magra come prima ed era chiaro che aveva pianto, ma la doccia aveva fatto miracoli su di lei. La sua pelle brillava e sembrava portare un peso più leggero rispetto a quando lui l'aveva conosciuta.

"Hai un aspetto fantastico," le disse onestamente Cookie.

Fiona arrossì e abbassò lo sguardo sui propri piedi.

"Grazie. Addirittura fantastico? Non saprei, ma mi sento al cento per cento meglio."

"Hai ancora fame?" le chiese Cookie.

"Ho come la sensazione di deludere il mio intero sesso, ma mi mangerei una mucca," rispose in tutta onestà Fiona. "Prima ero pienissima, ma all'improvviso ho di nuovo fame."

"Credo che ti sentirai così per un po'. Una volta, quando la mia squadra era in missione e alcuni di noi sono stati catturati, dopo che ci hanno liberati, non mi sono sentito pieno per settimane."

Subito preoccupata per lui, Fiona si avvicinò ad Hunter e gli mise una mano sul braccio. Guardandolo con compassione, chiese: "Quanto a lungo siete rimasti prigionieri?"

"Nemmeno lontanamente quanto credo sia stata tu, Fee, ma abbastanza."

"Mi dispiace, Hunter."

"Non te l'ho detto perché tu mi compatissi, ma grazie, Fee. Il senso di quello che volevo dire è che penso che la fame ti perseguiterà per un po'; anche se ti sentirai piena dopo aver mangiato, venti minuti dopo avrai di nuovo fame. È il modo che ha il tuo corpo di guarire. Sarà meglio per te consumare diversi piccoli pasti al giorno, piuttosto che riempirti con uno o due. Fai con calma; il tuo corpo ti dirà quando sarà tutto a posto."

Fiona fece un passo indietro – trovava difficile pensare lucidamente vicino ad Hunter – e annuì alle sue parole. "Sono sicura che tu abbia ragione. Sono sempre stata il tipo da qualche boccone per volta, per cui sarà bello avere un motivo per farlo, ora."

"Sei pronta a scendere?"

Quando Fiona annuì, Cookie la prese per mano e insieme uscirono in silenzio dalla camera da letto. Cookie se la tenne stretta. Tutto ciò che le aveva detto era ciò che provava dal profondo del cuore, ma non si era mai aperto in quel modo con una donna, in passato. Voleva Fiona. Non c'era nulla, in lei, che lo respingesse. Nulla. Se aveva voce in capitolo, lei sarebbe stata sua. *Sua*. Ora capiva ciò che Wolf ed Abe provavano per le loro donne. C'era qualcosa, dentro di lui, che sapeva che Fiona era fatta per lui. Avrebbe dovuto scusarsi con entrambi i suoi compagni di squadra per aver anche solo pensato che fossero pazzi a legarsi a una donna tanto rapidamente quanto avevano fatto con Caroline e Alabama.

Cookie sapeva che aveva molta strada da fare prima di poter rivendicare ufficialmente Fiona come sua. Avevano molto lavoro da fare, c'era molto che ignorava di lei, ma avrebbe combattuto per farla sua. Per sempre. Lei non lo sapeva, ma la sua vita era appena cambiata, ottimisticamente in meglio.

QUANDO FIONA e Cookie entrarono nella sala da pranzo, Benny e Dude li stavano già aspettando. Il tavolo era apparecchiato con diverse scodelle piene di cibo dal profumo delizioso. C'erano tre piatti pieni di pasta con tre diversi tipi di sugo – alla Alfredo, marinara e ragù[1] – una grossa ciotola di insalata e un vassoio carico di pannocchie arrosto grondanti burro. Gli uomini si erano davvero dati da fare.

Fiona distolse lo sguardo dal cibo e all'improvviso si sentì in imbarazzo. Era chiaro che Hunter aveva organizzato le cose in modo che il pasto venisse servito dopo che lei avesse finito la doccia, ma Fiona cominciava a rendersi conto che trovarsi assieme ad altre persone le risultava difficile e persino un po' sgradevole. Era l'unica donna ed era ancora un po' sensibile dopo tutto ciò che aveva passato mentre era prigioniera.

Cookie notò quel disagio e le strinse la mano per rassicurarla. "Tutto a posto?"

"Sì." Fiona sollevò lo sguardo su Hunter come se le fosse appena venuta in mente una cosa. "Tu non mi lascerai, vero?" Intendeva al momento, al tavolo della sala da pranzo, ma non appena le parole le uscirono di bocca, si rese conto che non le sarebbe dispiaciuto se Hunter fosse rimasto al suo fianco per sempre.

Lo sguardo di Hunter si scaldò alle sue parole e lui si portò le loro mani giunte alla bocca, baciando brevemente le nocche di Fiona. "Mai."

Le sue parole e il suo bacio fecero correre un brivido attraverso il corpo di Fiona. L'uomo sapeva leggerle nel pensiero? Alle sue parole, lei si rilassò a sufficienza da riuscire a entrare nella stanza come se non ci fosse nulla di sbagliato, ma tenne una presa ferma sulla mano di Hunter per trarne un po' di rassicurazione in più.

Ancora una volta, Cookie rimase colpito dalla resilienza di Fiona. Aveva notato l'irrigidirsi del suo corpo quando erano entrati nella stanza e non riusciva a non provare altro che orgoglio di fronte al palese sforzo, da parte della donna, di darsi un contegno. Sapeva che lei gli aveva chiesto di non lasciarla sola al tavolo coi suoi compagni di squadra, ma lui aveva risposto come se Fiona gli avesse chiesto di rimanere *per sempre* accanto a lei.

Cookie fece sedere Fiona alla sua sinistra prima di prendere posto accanto a lei. Sul tavolo li attendeva un vero e proprio banchetto. Fiona non ricordava di aver mai visto tanto cibo nello stesso posto.

"Lo avete fatto tutto voi?"

Benny ammiccò a Fiona e scherzò: "Tutto noi. Non siamo soltanto belli, sai."

"Io ho preparato l'insalata e bollito il mais," disse Dude a Fiona in tono serio, continuando a rispondere alla domanda riguardo al cibo, "ma lo chef è Benny. Non ho mai mangiato nulla da lui preparato che non fosse assolutamente delizioso."

Benny si limitò a stringersi nelle spalle e osservò con noncuranza: "Mi piace cucinare."

Il pasto fu vivace, con tutti che ridevano e scherzavano. Era interessante, per Fiona, trovarsi in un'atmosfera del genere: lei non aveva mai avuto una famiglia numerosa e non sapeva davvero come comportarsi. Per lo più, si limitò a sorridere agli altri uomini e a unirsi alla conversazione ogni qual volta era possibile. Sapeva, però, che quella felicità non sarebbe durata a lungo per lei. In primo luogo, non poteva restare in quella casa per sempre. Non era nemmeno sicura di dove fosse; sapeva solo che non era in Messico. Sapeva che, più presto che tardi, sarebbe dovuta tornare a casa, e probabilmente lo stesso valeva per gli uomini. Quello era solo un breve momento della sua vita e lei doveva goderselo finché poteva.

Inoltre, Fiona si rendeva conto che, a un certo punto, avrebbe dovuto parlare ad Hunter e alla sua squadra di ciò che le era accaduto, ma non intendeva sollevare l'argomento, a meno che non lo facessero loro.

Dopo aver concluso il pasto, e dopo aver mangiato meno di quanto lei aveva pensato avrebbe fatto, considerata la fame che aveva avuto quando era entrata nella stanza e aveva visto il cibo, Fiona aiutò Hunter e gli altri a portare i piatti in cucina. Insistette per dare una mano a mettere i piatti nella lavastoviglie e a riporre gli avanzi. Gli uomini sollevarono una protesta formale, ma alla fine le fu permesso di aiutarli.

Mentre Fiona mantenne una buona distanza da Dude e da Benny, Hunter rimase quasi sempre al suo fianco in cucina. Ogni tanto, le metteva una mano sulla vita per scostarla delicatamente, oppure per allontanarla dal tragitto di uno dei suoi commilitoni. Quel gesto le sembrava possessivo, ma in maniera positiva. Hunter stava mantenendo la promessa di non abbandonarla.

Più tardi, quella sera, Fiona era seduta su un divano con Hunter accanto e Benny e Dude di fronte a loro, su due poltrone. Erano nella biblioteca, una delle stanze più accoglienti della casa. Fiona sapeva che i ragazzi l'avevano scelta di proposito, che le stavano lasciando spazio e stavano evitando di soffocarla, ma era comunque nervosa.

"Vuoi guardare la TV, Fiona?" chiese Dude.

Fiona ci pensò su per un secondo. Era trascorsa un'eternità dall'ultima volta in cui aveva visto un telegiornale e all'improvviso avvertì un violento impulso a vedere cosa era accaduto nel resto del mondo da quando era stata rapita. "Vorrei tanto guardare il telegiornale... se possibile."

"Ma certo che è possibile. Nessun problema." Dude si allungò e prese il telecomando posato sul tavolino da caffè. Accese la televisione e passò da un canale all'altro fino a trovarne uno che trasmetteva notizie ventiquattro ore su ventiquattro.

Fiona guardò, completamente assorta, mentre recuperava la politica e le altre notizie che si era persa.

Cookie tenne lo sguardo fisso su Fiona, valutando il suo stato mentale mentre la donna fissava il televisore. Non aveva pensato a come doveva essersi sentita, ignara di tutto ciò che stava succedendo nel mondo, ma era palese che il recupero le piaceva.

Quando vide Fiona sussultare, Cookie si voltò a guardare il televisore, proprio mentre Benny afferrava il telecomando dal tavolo dove l'aveva buttato Dude e alzava il volume.

La prossima notizia viene da Washington DC, dove il senatore Lyte ha tenuto una conferenza stampa per discutere delle voci secondo le quali sua figlia, Julie Lyte, sarebbe stata rapita. Sintonizziamoci...

Prima che io scenda nel dettaglio di ciò che è accaduto a mia figlia, vorrei ringraziare pubblicamente i membri della squadra SEAL che sono stati inviati in missione in Messico per salvarla. Gli uomini e le donne delle nostre forze armate sono eroi sconosciuti ai più, che mettono a rischio le loro vite tutti i giorni combattendo il male in tutto il mondo. Il traffico sessuale è un problema che riguarda non solo gli Stati Uniti, ma tutto il mondo. Donne e bambini vengono rapiti e costretti alla prostituzione, alla schiavitù e ai lavori forzati. Intendo usare la mia posizione per spingere il governo a fare qualcosa al riguardo. Ora, per quanto riguarda le voci, mia figlia è stata...

Lo schermo divenne nero quando Benny spense il televisore.

Fiona si voltò a guardarlo con le sopracciglia inarcate e un'aria perplessa.

"Meglio che tu non riviva l'esperienza."

Lei si limitò ad annuire. Se ci avesse riflettuto un po' di più, probabilmente si sarebbe sentita molto a disagio ad ascoltare ciò che il padre di Julie aveva da dire riguardo al tempo trascorso da Julie in cattività. Benny aveva fatto la scelta giusta.

"Ciò detto, potresti raccontarci la tua storia, Fiona?"

Fiona deglutì. Sembrava che fosse giunto il momento. Non poteva più rimandare.

"Raccontaci chi sei, Fiona," la incoraggiò gentilmente Cookie. "Come hai fatto a finire in quella catapecchia e da dove vieni?"

Lei trasse un respiro profondo, sapendo che il suo tempo in quel rifugio stava per terminare. Gli uomini non l'avrebbero cacciata, ma lei doveva tornare al mondo reale, al *suo* mondo reale, e loro dovevano tornare a salvare delle persone. Era come stavano le cose.

"Mi chiamo Fiona Rain Storme[2]." Guardò gli uomini stringere i denti, per poi trattenere a fatica gli sghignazzi. "Lo so, è spaventoso. Mia madre aveva quattordici anni quando mi ha avuta... e mi ha raccontato che pioveva a catinelle quando sono nata. A quanto pare, il temporale è arrivato all'improvviso e senza che nessuno se lo aspettasse. In origine, avrebbe voluto chiamarmi Sarah come secondo nome, ma quando è arrivato il temporale proprio mentre lei stava andando in ospedale, e considerato che il suo cognome era Storme, ha cambiato idea. Ammetto che non è molto creativo, ma di sicuro a un'adolescente sembrava che lo fosse. Non ho mai conosciuto mio padre; è sparito molto prima che mia madre mi avesse. Per un po' abbiamo vissuto coi genitori di lei, ma era palese che a loro non piacevamo né lei né me. Hanno cacciato mia madre di casa quando lei aveva diciott'anni e io quattro. Ci siamo trasferite molto spesso, abbiamo dormito nei rifugi per senzatetto e cose del genere, fino a quando non ho compiuto otto anni. Poi, un giorno, mia madre non è venuta a prendermi a scuola. Sono rimasta seduta di fronte alla scuola fino alle otto di sera, quando uno degli insegnanti, che era uscito tardi dal lavoro, mi ha vista e ha chiamato la polizia. Non ho più rivisto mia madre. Non ho idea di cosa le sia successo e me ne sono fatta una ragione. Sono andata in affidamento, perché i miei nonni non mi volevano... ma non mi è andata male."

"Non ti è andata male?" chiese Cookie con voce severa.

"Sì, non mi è andata male."

Cookie sapeva di non aver ancora udito la parte peggiore della storia, ma era talmente furioso con la madre e i nonni di Fiona che riusciva a malapena a trattenersi. Ma sentire Fiona descrivere la sua infanzia e l'affidamento con le parole "non mi è andata male," per poco non gli fece perdere il senno.

"Cosa intendi esattamente con 'non mi è andata male,' Fee? So come hai resistito alle cose che ti sono accadute in Messico e ho il sospetto che, se tu ne parlassi con qualcun altro, le sminuiresti, dicendo che 'non è successo niente' o qualcosa di simile. Per cui, vorrei sapere esattamente cosa significa 'non mi è andata male' per te."

Fiona guardò Hunter. L'uomo non sembrava felice. Lei aveva giurato a se stessa, quando aveva compiuto diciott'anni ed era uscita dalla sua ultima casa affidataria, che non avrebbe usato il suo passato come stampella o come scusa per qualunque brutta cosa le fosse accaduta nella vita. Di certo non voleva che quegli splendidi, coraggiosi uomini pensassero che lei avesse bisogno di essere trattata coi guanti, o peggio ancora che la compatissero.

Ignorando per il momento gli altri uomini presenti nella stanza e assumendosi un rischio, Fiona si sporse nella direzione di Hunter, gli mise una mano sul ginocchio e gli appoggiò la testa sulla spalla. In quel modo, non avrebbe dovuto guardarlo negli occhi, ma il gesto aveva anche lo scopo secondario di darle conforto. Non del tutto a sorpresa, Fiona sentì il braccio di Hunter avvolgersi immediatamente attorno alle sue spalle, e l'uomo la strinse più vicino a sé e cambiò posizione fino a quando lei non fu comoda.

Quando Fiona non rispose subito, Cookie la incoraggiò. "Fee?"

"Significa semplicemente che, anche se non ho avuto un'infanzia da favola piena di pony, fiori e cuoricini, non è stata l'inferno che vivono molti bambini."

Fiona sentì Hunter annuire e premere le labbra contro i suoi capelli. "D'accordo. Per il momento. Puoi dirci come sei finita in quella baracca in Messico?"

Fiona trasse un respiro profondo, sapendo che quella sarebbe stata la parte peggiore da raccontare. "Al momento, vivo a El Paso. Lavoro come segretaria in un'università locale. È un lavoro assolutamente noioso, così come la mia vita. Trascorro la maggior parte delle giornate a cercare di aiutare gli studenti a iscriversi ai corsi o a domare genitori e studenti furiosi. Non ce la facevo più; avevo bisogno di staccare. Ero in vacanza in Florida quando mi hanno rapita."

Fiona fece di nuovo una pausa. Non voleva raccontare ai ragazzi della sua stupidità. Non desiderava altro che mettere la parola fine alla sua storia e non pensarci mai più, ma era in debito con quegli uomini. Loro avevano rischiato la vita per aiutarla. Si sentiva in obbligo di dire loro tutto. Sentì Hunter appoggiare la mano libera sopra quella posata sulla sua gamba. L'uomo le diede una stretta rassicurante. Era incredibile quanto la aiutassero i suoi piccoli tocchi. Fiona non sapeva perché riuscisse a tollerare il tocco di

Hunter, quando l'idea che chiunque altro la toccasse alla stessa maniera le faceva dare di matto, ma era troppo stanca per pensarci su. Trasse un respiro profondo e proseguì.

"Sono andata in vacanza da sola. Mi ero convinta che, essendo una persona adulta, era perfettamente accettabile e sicuro che viaggiassi da sola. Nessuno mi avrebbe importunata; non sono quel genere di donna che i maniaci prendono di mira. Ero laggiù da tre giorni e non mi stavo esattamente divertendo, se proprio volete saperlo. Non è così divertente andare in vacanza da soli. Andavo al ristorante da sola, sono persino andata a fare snorkeling da sola, ma non è molto entusiasmante quando non puoi condividere le tue esperienze con qualcuno."

"Perché sei andata da sola, Fee?" chiese con gentilezza Hunter, che non capiva come una persona come Fiona fosse tanto sola.

Lei abbassò lo sguardo in preda all'imbarazzo.

"Cristo, mi dispiace. Non volevo metterti in imbarazzo," le disse Cookie, mortificato per il fatto che la sua domanda innocente le avesse provocato anche solo un istante di imbarazzo.

"Va tutto bene, Hunter. Ero stanca del mio lavoro. Non è entusiasmante o interessante e volevo solo fare una pausa. Non ho amiche intime alle quali avrei potuto chiedere di venire con me sentendomi a mio agio."

Dude pose la domanda che Cookie moriva dalla voglia di fare, ma che non aveva chiesto. "Hai bisogno di chiamare qualcuno per fargli sapere che stai bene? Che sei viva. Un ragazzo? Un marito?"

Fiona sollevò la testa dalla spalla di Hunter e lo guardò allarmata. Sebbene fosse stato Dude a porre la domanda, lei parlò rivolta a Hunter. "Oddio, no. Non sto con nessuno. Non potrei... non ho..." Fece per raddrizzarsi, mortificata che Hunter potesse aver pensato che lei fosse sposata o fidanzata e che ciononostante gli si appoggiasse addosso in maniera tanto intima.

Cookie riprese Fiona fra le braccia e la tenne stretta. La sentiva tremare. "Shhhh, Fee. Nessuno ha pensato nulla di male. Rilassati." Le accarezzò la schiena e guardò male Dude.

Dude si limitò a scuotere la testa esasperato. "È vero, Fiona. Volevo solo assicurarmi che sapessi che puoi contattare chiunque tu abbia bisogno di sentire."

Fiona si staccò da Hunter quanto bastava per voltare la testa e guardare Dude. "Non c'è nessuno."

Nell'udire le sue parole piene di angoscia, Cookie le mise una mano sulla testa e la spinse di nuovo contro il suo petto. Adorava la sensazione delle braccia di Fiona che circondavano con titubanza il suo corpo, trattenendolo. "Raccontaci il resto, Fee. Sei al sicuro qui. Forza. Butta tutto fuori."

Fiona annuì contro il petto di Hunter, senza sollevare la testa. "D'accordo. Dicevo, era il mio quarto giorno in Florida e sarei partita l'indomani. Ho deciso che sarei dovuta andare in discoteca almeno una volta."

Nell'udire Benny che sbuffava, Fiona rise, ma non con divertimento. "Sì, lo so. Sono stata stupida. Sono entrata da sola, pensando di essere chissà chi. Ho bevuto qualcosa e ho guardato gli altri che ballavano. Un ragazzo mi ha chiesto di ballare e io ho detto di sì; quando abbiamo finito, sono tornata al bar e ho continuato a bere il mio drink."

Ancora una volta, quando Benny sbuffò, Fiona non poté che essere d'accordo con lui. "Sì, lo so. Ripeto: sono stata stupida. Molto stupida. Stupidissima. Nessuno lo sa meglio di me. Ma l'ho pagata. Cara." Nella stanza cadde il silenzio. Nessuno disse una parola, sapendo come Fiona avrebbe proseguito la storia. "Quando mi sono svegliata, ero nella stanza in cui mi ha trovato Hunter. Indossavo ancora la stupida maglietta, i pantaloncini e le infradito che avevo in discoteca. Probabilmente, dovrei essere grata di non aver indossato i tacchi; con quelli, sarebbe stata dura attraversare la giungla. Non so quanti giorni fossero trascorsi quando mi sono svegliata, ma ero completamente fuori fase. Devono aver cominciato a drogarmi prima che mi svegliassi. All'inizio ero incatenata per la caviglia, ma quando ho cominciato ad aggredirli tutte le volte che si avvicinavano, loro hanno capito l'antifona e mi hanno incatenata per il collo. In quel modo, potevano controllarmi meglio. Penso di essere rimasta lì per circa tre mesi, ma probabilmente di più, in base al tempo che ho passato priva di conoscenza." Fiona fece una pausa.

Nessuno disse una parola, anche se Dude e Benny stavano palesemente stringendo i denti.

"Perché ti volevano?" chiese infine Dude; lo sapeva già, ma voleva appurare come avrebbe risposto Fiona.

"Volevano vendermi come schiava sessuale, ma io non ero 'addestrata'," disse Fiona agli uomini, senza indorare la pillola. "Aspettavano che mi spezzassi. Che implorassi pietà, che li pregassi per avere altre droghe, che chiedessi la morte... qualcosa. Ma io mi sono rifiutata. Non avevo intenzione di cedere. Non potevano rubare la mia identità. E mi dissi che qualunque cosa avessero in serbo per me sarebbe stata peggio del posto in cui ero, per cui mi sono rifiutata. Non credevo che mi avrebbero tenuta così a lungo, ma ormai non sapevano cos'altro farne di me."

"Brava," mormorò Cookie, accarezzando i capelli di Fiona.

"Ma si incazzarono sempre di più," proseguì Fiona, ignorando per il momento il commento di Hunter. Ci avrebbe ripensato più tardi, quando avrebbe avuto tempo di rivivere l'esperienza e di stare fra le sue braccia. "Credo che il loro compratore cominciasse a essere disperato. Voleva la sua schiava sessuale e la voleva subito; è stato allora che è arrivata Julie. Era molto diversa da me, per cui sono rimasta un po' confusa. Pensavo che i compratori volessero un certo tipo di donna e Julie era completamente diversa da me, nell'aspetto e nel carattere. Ma forse il tipo era disperato e non gliene importava più nulla. Se voi non foste arrivati quando siete arrivati, Julie sarebbe sparita presto. È crollata non appena l'hanno messa in quella stanza. Li pregava di lasciarla andare. Faceva tutto quello che le dicevano, pensando che la sua collaborazione e 'papi' l'avrebbero salvata. Era così disorientata, spaventata e malleabile... che l'avrebbero venduta nel giro di qualche giorno. Poi, credo che mi avrebbero uccisa."

Benny non riuscì più a trattenersi e pose la domanda che tanto lui quanto Cookie avevano in mente. Ne avevano parlato insieme mentre Fiona si riprendeva e non erano riusciti a cavare un ragno dal buco.

"Perché non hai detto nulla quando Cookie è entrato nella stanza? Non eri stordita dalle droghe al punto da non accorgerti della sua presenza, vero? Davvero avresti lasciato che lui se ne andasse e ti lasciasse lì?"

Fiona pensò a come avrebbe voluto rispondere a Benny, ma non sapeva esattamente cosa interessasse davvero sapere agli uomini. Avrebbe potuto dire qualunque cosa, ma fece come faceva di solito e disse la verità, sollevando lo sguardo su Hunter quando rispose. "Tu non eri lì per me. Non sarebbe stato giusto ridurre le tue possibilità di fuggire con Julie viva. Nessuno ti aveva pagato per portarmi via. Io non ho una famiglia, non ho amici intimi; ero debole e lo sapevo. Qualcosa era cambiato nei rapitori. Non mi davano da mangiare da un paio di giorni e avevano anche smesso con le droghe. Erano stanchi di avere a che fare con me e, dato che avevano Julie da vendere, credo che avessero intenzione di abbandonarmi lì, incatenata al pavimento, a morire. Mi sono detta che sarebbe stato meglio se una di noi si fosse salvata, piuttosto che nessuna delle due."

Nessuno disse una parola quando Fiona smise di parlare.

Fiona cambiò posizione sul sedile. Perdiana, quel discorso era parso drammatico persino a lei. Cristo. Era patetica. "Per cui..." iniziò a dire.

"Stai. Zitta," disse bruscamente Cookie, scandendo bene le parole. Respirava affannosamente col naso, serrando la mano che aveva appoggiato sulla gamba di Fiona con tanta forza da avere le nocche sbiancate. Il suo tocco era gentile, ma lui sembrava sul punto di esplodere.

Dude si alzò e cominciò a camminare per la stanza. Fiona lo sentiva borbottare sottovoce, ma non riusciva a distinguere le sue parole.

Alla fine, Cookie non ce la fece più. Le parole gli esplosero di bocca. "Cristo, Fiona. Come diavolo hai fatto a camminare per ventidue chilometri e passa nella giungla, con pantaloncini e infradito, a trasportarmi praticamente fino a quella scaletta, a portare in spalla uno zaino da cinquanta chili e a stare aggrappata a una scaletta di corda dopo essere stata incatenata a un pavimento per oltre tre mesi, essere stata drogata a forza e non aver mangiato per chissà quanto tempo? Ah, e non dimentichiamo che ti hanno anche *sparato* mentre te ne stavi aggrappata a quella dannata scaletta!"

La voce di Cookie si era alzata sempre di più mentre

parlava. Si staccò delicatamente da Fiona e si alzò. Fiona si sedette mentre lui si muoveva. L'uomo si allontanò da lei a grandi passi, cambiò idea arrivato a metà della stanza, tornò indietro e si inginocchiò accanto a lei, senza toccarla, lo sguardo fisso nei suoi occhi. Tenne le mani appoggiate alle cosce mentre aspettava che la donna rispondesse alla sua domanda semi-retorica. Fiona fissò di rimando l'uomo. Ipnotizzata dai suoi occhi, senza curarsi che Benny e Dude fossero nella stanza con lui, diede ad Hunter l'unica risposta che poteva dargli. "Perché se non lo avessi fatto, probabilmente tu saresti morto in quella giungla mentre cercavi di portare via me e Julie," disse a bassa voce, sincera al cento per cento. "Se si fosse trattato solo di me, mi sarei rassegnata a morire. Non sono forte come voi. Non avevo importanza. Non capisci? *Nessuno mi stava cercando.* Non avevo famiglia, non avevo veri amici. Non. Avevo. Importanza. Poi tu sei venuto a salvare Julie e io ho capito che non mi avresti abbandonata. Oh, all'inizio ho pensato che avresti potuto farlo e speravo che lo facessi, ma al tempo stesso avevo paura che mi lasciassi davvero lì. Avrei voluto gridare quando hai cominciato a spostare quelle assi nella capanna. Ti ho sentito benissimo. Sarei corsa in quella direzione, se avessi potuto."

Fiona trasse un respiro profondo, ma non distolse lo sguardo da Hunter. Il corpo dell'uomo era contratto da un'emozione che lei non riusciva a decifrare. Proseguì, cercando di spiegare. "La prima volta che mi hai guardata come se avessi due teste quando ho chiesto se avresti portato anche me, ho capito che tu eri il genere d'uomo che non abbandona mai nessuno. Per cui mi sono trascinata dietro di te, un chilometro dopo l'altro, pensando a quanto *tu* ci saresti rimasto male se io mi fossi arresa. Che avresti pensato che la colpa fosse *tua*. Per cui, non l'ho fatto. Non potevo. Ho ignorato la nausea. Ho ignorato il dolore. Mi sono concentrata sull'arrivare in fondo, un passo alla volta, contando alla rovescia un numero alla volta, fino a quando non saremmo stati salvati o uccisi."

Cookie fissò la donna seduta di fronte a lui per un altro paio di secondi, quindi si alzò e uscì dalla stanza senza dire una parola.

Fiona abbassò lo sguardo sulle proprie dita, che erano fredde. Le aveva intrecciate strettamente durante tutta la spiegazione che aveva rivolto ad Hunter. Sollevò lo sguardo su Benny e Dude. Benny aveva una strana espressione sul viso, che Fiona non riusciva interpretare.

"Cosa c'è?" chiese all'uomo, sulla difensiva. "Tu avresti fatto la stessa cosa," gli disse in tono quasi di accusa.

"Hai ragione," rispose Benny senza esitazione, "e anche Dude lo avrebbe fatto; ma noi siamo uomini, tesoro. E siamo SEAL. Siamo addestrati. E io non sono sicuro che uno di noi avrebbe potuto farcela, nelle stesse circostanze."

Fiona scosse la testa. "Sì, invece," disse a bassa voce. "Sapete che ce l'avreste fatta."

Benny e Dude continuarono a guardarla. Fiona si

disse che era il momento giusto per chiedere cosa fosse accaduto mentre lei era priva di conoscenza. Non voleva più pensare al Messico. La reazione di Hunter a ciò che le aveva detto le stava facendo perdere la testa. Era disgustato, incazzato, turbato? Non ne aveva idea. Lei era nervosa senza di lui al suo fianco, per cui cercò di cambiare argomento.

"Per favore, raccontatemi quello che è successo questa settimana. Cosa ho fatto che non ricordo?"

"Come fai a sapere se è successo qualcosa o no, Fiona?" chiese di rimando Dude. "Come fai a sapere che non hai semplicemente trascorso gli ultimi cinque giorni a dormire?"

Fiona sospirò. "Prima non ero sicura, ma adesso lo so per certo. Per favore, Dude. Devo sapere."

I ragazzi non volevano proprio dirglielo, ma lei meritava di sapere. Dude guardò Benny e lo vide annuire di soppiatto.

Dude le riassunse per sommi capi ciò che era accaduto. Trascurò la parte in cui lei aveva lottato con loro e le sue parole nello specifico, ma ciò che disse bastò a farla impallidire un poco e a far sì che si mordesse il labbro. "Mi dispiace tanto. N-n-non volevo..."

Benny la interruppe. "Non hai nulla di cui dispiacerti, Fiona. Se proprio vuoi saperlo, noi ti ammiriamo tutti."

Fiona guardò Benny come se questi fosse impazzito.

"È vero. Eri in inferiorità numerica, e noi eravamo in

tre, eppure hai lottato lo stesso. Tu sei forte, Fiona. Non ti arrendi. È un tratto fantastico."

Lei non sapeva cosa dire. Si limitò ad abbassare nuovamente lo sguardo sulle sue mani. Era felice di non ricordare nulla, ma Cristo, davvero era uscita da una finestra del primo piano per cercare di scappare? Probabilmente sì. Se ne avesse avuto la possibilità, in quella capanna in Messico, avrebbe fatto qualunque cosa per andarsene. Anche se ciò avesse significato inoltrarsi da sola nella giungla.

"Vieni, Fiona. Hai un'aria esausta. Ti riporto nella tua stanza, così potrai dormire." Benny la raggiunse al divano dov'era seduta e le offrì la mano.

Era un uomo grosso, ma conoscendoli, lei sapeva che i SEAL non le avrebbero mai fatto del male. Afferrò con esitazione la sua mano e si alzò. Non appena fu stabile sulle gambe, Benny la lasciò andare, sapendo che lei non amava ancora il contatto fisico occasionale, e gesticolò verso la porta.

Benny riaccompagnò Fiona nella camera da letto in cui l'avevano portata la prima sera in cui lei era entrata in quella grande casa. La stanza era esattamente come lei la ricordava: grande e bianca. Il letto sembrava molto comodo. Era un grosso letto a baldacchino, sollevato di circa un metro da terra. C'era persino una piccola scaletta per aiutare le persone a salirci. Il copriletto era leggero e sembrava morbidissimo. Ma persino col corpo che piangeva dalla voglia di dormire e quel letto dall'aspetto favoloso, Fiona non credeva che sarebbe riuscita a riposare.

Il pensiero dell'espressione di Hunter quando lei gli aveva parlato di ciò che le era accaduto la stava uccidendo. Non sapeva se l'uomo fosse arrabbiato, disgustato, colpito o cosa. Ciò la stressava tantissimo. Ma probabilmente, alla fine, non avrebbe avuto importanza. Ora i ragazzi sapevano chi era lei, sapevano dove viveva e che era sola al mondo. Da parte sua, Fiona sapeva che presto sarebbe tornata a casa. Lei aveva una vita, Hunter aveva una vita. Era ora che ciascuno tornasse alla propria.

CAPITOLO DODICI

Due ore dopo aver lasciato bruscamente Fiona e i suoi compagni nella biblioteca, Cookie aprì di uno spiraglio la porta della camera da letto della donna e sbirciò all'interno. Aveva cercato di restare lontano da lei, davvero, ma non ce la faceva. Aveva trascorso gli ultimi otto giorni con lei. Anche quando Fiona era stata priva di conoscenza, lui aveva dormito vicino a lei, tenendole la mano e parlandole.

Quella sera, dopo aver ascoltato la sua storia, Cookie avrebbe voluto tornare subito in Messico e uccidere fino all'ultimo dei rapitori. Quella gentaglia l'avrebbe lasciata *morire* in quel buco. Forse peggio ancora, Fiona lo sapeva. Sarebbe morta di fame e nessuno lo avrebbe mai saputo. Se lei fosse rimasta laggiù, Cookie non l'avrebbe mai conosciuta. Non sarebbe mai rimasto sbalordito dalla sua forza. Perdiana, forse non sarebbe uscito vivo dalla giungla se non fosse stato per lei, che l'aveva aiutato a raggiungere la scaletta in modo che i suoi commilitoni lo issassero sull'elicottero. Cookie non riusciva a immaginare di non conoscere Fiona. Onestamente, non sapeva come lei avesse fatto a uscire da quella situazione non solo viva, ma anche in ottime condizioni.

Cookie sapeva che il corpo umano era resiliente, ma Fiona era incredibile. E umile. Era stato quello a fare colpo su di lui. Come diavolo aveva fatto la donna a crescere così umile e senza pretese? Di certo non era stata la sua cosiddetta madre a instillare quelle qualità in lei e sebbene la donna non avesse raccontato loro cosa le fosse successo durante l'infanzia, tutti loro erano riusciti a mettere insieme alcuni dei pezzi. Crescere in affidamento non era mai una passeggiata, soprattutto non da adolescenti.

Fiona non aveva davvero idea che ciò che aveva vissuto e fatto in Messico fosse straordinario. Aveva agito in quel modo perché andava fatto. Punto. Non voleva lodi – anzi, esse la imbarazzavano – ma lo aveva fatto comunque. La donna aveva raccontato la propria storia senza abbellimenti, mentre la maggior parte delle altre persone che avessero vissuto la stessa esperienza sarebbero state ridotte all'isteria.

Cookie si chiuse silenziosamente la porta alle spalle e raggiunse il letto in cui giaceva Fiona. Non rimase del tutto stupito quando lei si voltò a guardarlo alla luce della luna che penetrava dalla finestra.

"Non riesci a dormire?" chiese a bassa voce la donna.

Cookie si limitò a scuotere la testa e le fece cenno di spostarsi.

Fiona lo fece e guardò Hunter togliersi la maglietta e lasciar cadere sul pavimento i pantaloni della tuta. Era bellissimo. Alla luce della luna, Fiona riusciva a vedere le cicatrici sul suo petto, ma l'uomo era fatto come un muro di mattoni. Hunter era possente e il guizzare dei muscoli nelle sue braccia era terribilmente sexy. Avevano una leggera spruzzata di peli sul petto e Fiona vedeva i suoi bicipiti flettersi mentre si muoveva. Le sue cosce avevano un aspetto forte e lei vedeva benissimo che era grosso... dappertutto.

Prima che potesse concentrarsi meglio su quella parte di lui che le interessava e al tempo stesso la spaventava, l'uomo si mise a letto. Senza dire una parola, Hunter le passò una mano sopra la testa e la avvicinò a sé. La baciò brevemente, troppo brevemente, sulla fronte, poi la incoraggiò a voltarsi su un fianco, dandogli le spalle.

Fiona sentì Hunter accoccolarsi alle sue spalle non appena si voltò, attirando la schiena di lei contro il proprio petto. Il braccio dell'uomo le passò attorno al petto, stringendola a lui. Fiona sospirò e si accoccolò più profondamente nel suo abbraccio. Sapeva che probabilmente avrebbe dovuto dare di matto perché Hunter si era spogliato prima di raggiungerla nel letto, ma si era sentita al sicuro quando lui l'aveva abbracciata nella giungla e si sentiva al sicuro adesso. La pelle dell'uomo era calda e Fiona sentiva il calore di lui filtrare nel suo corpo. Non stava pensando a ciò che le avevano fatto i rapitori e sapeva che Hunter non l'avrebbe costretta a nulla per cui lei non fosse pronta. Forse non sarebbe mai stata pronta, ma sperava che non fosse quello il caso. Voleva tornare ad avere rapporti intimi con un uomo, con quell'uomo.

"Va tutto bene, Hunter?"

"Mi dispiace per essere andato via."

"Non preoccuparti. Ti capisco. Sono *io* a dispiacermi per averti fatto arrabbiare."

Cookie strinse le braccia ed esercitò pressione sul fianco di Fiona fino a quando lei non si voltò supina. Si sollevò su un gomito e portò l'altra mano al viso della donna, per avvolgergliela attorno a una guancia. Fiona non ebbe altra scelta che guardarlo.

"Non sei stata *tu* a farmi arrabbiare. Sono stati quegli stronzi che ti hanno rapita. Io sono così orgoglioso di te che potrei scoppiare. Non hai idea di cosa signifchi per me." Cookie vide la confusione negli occhi di Fiona. "So che sto facendo un discorso molto pesante, ma voglio essere diretto riguardo ai miei sentimenti. Ce la fai, adesso?"

Fiona fissò Hunter. L'uomo era chino su di lei e la sua mano si era spostata dal viso per scostarle i capelli dietro l'orecchio destro. Fiona avrebbe voluto premersi contro di lui; nonostante tutto quello che le era successo, lo voleva.

"Fee?"

Ah, già, lui le aveva fatto una domanda. "Ce la

faccio." Si morse il labbro e guardò l'uomo senza il quale cominciava a pensare di non poter vivere. Sperava di farcela, ma se Hunter aveva bisogno di dirle qualcosa, lei avrebbe ascoltato, pronta o meno che fosse.

"So che è probabilmente troppo presto, ma non avevo mai provato nulla del genere per una donna. Sono sempre stato io a lasciare. So di essere stato uno stronzo in passato. Ma non voglio lasciarti. Il pensiero che tu ti faccia male o muoia mi fa impazzire. Il pensiero di uscire da questa casa e non vederti mai più mi fa impazzire. Il pensiero del tuo corpo sotto al mio mi fa impazzire." Cookie guardò nervosamente Fiona. Doveva concludere il ragionamento e smettere di menare il can per l'aia.

"Tu sei mia, Fiona. So che così sembro un fottuto cavernicolo, ma non ce la faccio a scusarmi. Voglio proteggerti. Voglio metterti in mostra. Ti voglio e basta. In tutti i sensi." Cookie chiuse gli occhi, abbassò la testa e appoggiò la fronte a quella di Fiona. Sentiva il fiato caldo di lei contro il viso. Abbassò la voce. "So che hai dei traumi da superare e voglio esserti accanto mentre lo farai. Tutto quello che voglio è una possibilità. La possibilità di dimostrare che sei al sicuro con me. Che sarai sempre al sicuro con me."

Fiona rimase col fiato sospeso. Le parole di Hunter erano come cerotti sulla sua anima. Tutto ciò che aveva sempre voluto da quando era entrata nella sua prima casa affidataria era sentirsi al sicuro e desiderata. Hunter le stava offrendo entrambe le cose.

"Ecco..."

Cookie le appoggiò delicatamente un dito sulle labbra. "No, non dire nulla, Fee. So che sto andando in fretta. Probabilmente troppo in fretta. Ma so cosa voglio e quella sei tu. Dormici sopra. Non accettare perché io lo voglio. Accetta perché lo vuoi *tu*. Domani dovremo parlare di altri argomenti, argomenti molto pesanti, ma sappi che io ti rimarrò accanto." Cookie abbassò lo sguardo su Fiona. Non aveva idea di come avesse fatto quella donna a sopravvivere a quello che aveva vissuto, ma lui non dubitava che lei fosse sua. Sperava solo che lei volesse la stessa cosa. "Girati di nuovo sul fianco. Posso stringerti?"

Fiona fece come lui chiedeva, senza esitazione. Anche lei voleva che Hunter la stringesse. Quando si voltò, sentì l'uomo avvolgersi di nuovo attorno a lei. Il braccio più in basso era frapposto in mezzo a loro, piegato contro il petto di lui e la schiena di Fiona. L'altro suo braccio era avvolto attorno alla schiena di lei; Hunter la attirò a sé appoggiando la mano contro il suo sterno.

Fiona sentiva le pulsazioni dell'uomo tramite la mano appoggiata sul petto. Provò un momento di panico, prima di rilassarsi consciamente. Quello era Hunter. Lei era al sicuro con lui.

"Ti voglio, ma ho paura," mormorò, come se pronunciare ad alta voce quelle parole potesse dar loro meno potere su di lei.

"Lo so. Io non insisterò mai, Fee. Ti voglio, lo senti,

ma sappi che non ti costringerò mai. Aspetterò tutto il tempo necessario. D'accordo? Non ti dirò di non avere paura, ma sebbene tu ne abbia, sappi che io ci sono e che ti guardo le spalle. Non dovrai mai aver paura di *me*."

Fiona annuì. *Sentiva* quanto lui la voleva. L'erezione di Hunter contro il suo fondoschiena era lunga e dura. Avrebbe voluto potersi voltare e mostrargli quanto le sue parole fossero importanti per lei, ma l'uomo aveva ragione. Fiona doveva fare con calma. Moltissima calma.

"Grazie per essere venuto da me questa notte." Lei avrebbe voluto aggiungere altro, ma quelle erano le uniche parole che era riuscita a pronunciare.

"Prego, Fee. Verrò sempre da te, se possibile."

Fiona annuì e si accoccolò di nuovo fra le braccia di Hunter.

Cookie giacque con Fiona per tutta la notte. Non dormì. Non ce la faceva. Due volte, quando Fiona cominciò ad avere un incubo, lui la svegliò lentamente e la consolò fino a quando lei non si riaddormentò. Fiona era un essere umano. In qualche modo era riuscita a uscire viva dalla giungla, ma ne portava addosso le conseguenze. Profondamente. Forse lo avrebbe sempre fatto, ma Cookie sapeva che la donna avrebbe mostrato coraggio al mondo e combattuto i propri demoni a porte chiuse.

Era proprio quello che aveva fatto lui. Cookie la adorava. Non sapeva come fosse accaduto tanto in fretta, ma così era. Non intendeva lasciarla andare. Non sapeva esattamente cosa avesse in serbo il futuro per loro, ma non se la sarebbe lasciata sfuggire. Alla fine, verso l'alba, Cookie cadde in un sonno leggero, stringendo Fiona a sé e chiedendosi come fare affinché lei volesse restare con lui... per sempre.

———

Fiona si svegliò da sola il mattino successivo, ma quando si voltò, vide il segno della testa di Hunter nel cuscino accanto a lei. Si guardò attorno e, vedendo che era sola, prese il cuscino da lui usato se lo avvicinò al viso. Dio, che buon profumo. Sapeva di Hunter. Posò il cuscino e fissò il soffitto.

Era ora di pensare al ritorno a casa. Non avrebbe voluto farlo, ma non aveva scelta. Probabilmente, era quello ciò a cui si riferiva Hunter quando aveva detto che in giornata avrebbero dovuto sostenere una conversazione importante. Fiona era sicura che anche gli uomini dovessero tornare alla base, ormai. Non potevano certo restare lì per sempre.

Dopo aver fatto la doccia e aver indossato un paio di pantaloni della tuta e una maglietta che erano stati lasciati nel bagno per lei, Fiona scese le scale.

Entrò in cucina e trovò tutti e tre i ragazzi seduti al tavolino. Era palese che la stavano aspettando.

"Ciao, ragazzi," disse con tono prudente.

Hunter si alzò, la raggiunse e la avvolse fra le sue

braccia. Fiona tuffò la testa nel petto dell'uomo e lo circondò con le braccia.

"Buongiorno, Fee," mormorò Hunter, la voce tonante che la faceva sentire molle dentro.

"Buongiorno, Hunter."

L'uomo si staccò e la guardò.

"Hai fame?"

"Direi proprio di sì." Fiona non riuscì a trattenere il sarcasmo che le sfuggì. Sotto il suo sguardo, Hunter gettò la testa all'indietro e rise.

"D'accordo. Forza, Benny ci ha preparato una colazione sontuosa."

Cookie si allontanò, ma prese Fiona per mano e la condusse al tavolino. Attese che lei si sedesse prima di recarsi al frigorifero. "Va bene il succo d'arancia?"

"Oddio. Sì. Per favore. Non ne bevo da... beh, da parecchio."

Cookie trasse un respiro profondo. Cristo. Fiona lo massacrava con le parole e non ne aveva idea. Riempì un grosso bicchiere fino all'orlo e portò bicchiere e contenitore del succo a tavola. Se Fiona voleva il succo, avrebbe avuto tutto quello che poteva bere.

I quattro si sedettero attorno al tavolo e si godettero i pancake e le omelette che aveva preparato Benny. Il pasto trascorse perlopiù in silenzio, con gli uomini che pensavano alla conversazione che presto avrebbero avuto con Fiona e lei che pensava di non aver mai mangiato nulla che fosse anche solo appetitoso la metà del cibo che stava mangiando in quel momento.

Dopo che ebbero finito, Fiona prese il suo piatto e si alzò, con l'intento di portare i piatti nel lavandino.

"No, Fiona, stai seduta," disse Dude, praticamente sbraitando.

Lei ebbe un brusco sussulto e quasi lasciò cadere il piatto.

"Merda, scusa. Non volevo spaventarti." Adesso il tono di voce di Dude era tranquillizzante e mortificato.

"No, non preoccuparti. È colpa mia."

"Stronzate. Sono stato brusco e mi dispiace. Quello che volevo dire è: lascia stare i piatti. Possiamo pensarci più tardi."

Fiona annuì. Avrebbe dovuto accorgersene prima, ma tutti e tre gli uomini sembravano tesi. Era giunto il momento? L'avrebbero cacciata, ora? Lei avrebbe dovuto dire addio a Hunter?

"Dobbiamo parlare."

Per poco Fiona non gemette alle parole di Benny. "È ora di andare, vero?" Tanto valeva prendere il toro per le corna.

Cookie prese la mano di Fiona e se la strinse alla coscia. "Sì. Ma prima dobbiamo parlare con te di alcune cose."

Cookie non avrebbe voluto rivelare a Fiona ciò che Tex aveva scoperto per conto loro. Ma la donna aveva ragione: era *davvero* ora di andare. Loro dovevano tornare alla base e Cookie voleva che Fiona li accompagnasse.

Benny prese il comando della conversazione. "D'accordo. Questa casa non è nostra. Abbiamo un amico, un ex-SEAL che vive in Virginia. Tex lavora con noi e con altri gruppi al di fuori delle forze armate. È un mago dei computer. Una volta, per divertirsi, ha hackerato il sistema informatico dell'FBI solo per vedere se poteva farlo. Una volta finito, ha avuto le palle di chiamarli per rivelare loro quello che aveva fatto. Inutile a dirsi, l'FBI non è stata felice, ma lui aveva qualcosa da dimostrare. A ogni modo, si può dire che Tex 'gestisca' questa casa. Ha un livello di sicurezza assurdo e lui tiene la sua esistenza pressoché segreta. Oltre a noi, la sfruttano anche alcune agenzie di sicurezza privata di sua conoscenza."

Fiona annuì quando Benny fece una pausa. Quando nessuno disse nulla per un momento, lei disse nervosamente: "D'accordo. Dovrò ricordarmi di mandargli un biglietto per Natale." Arrossì immediatamente. Cristo, doveva tenere sotto controllo la bocca.

Cookie si portò le loro mani congiunte alle labbra e le sfiorò le dita con un bacio. "Dio, quanto sei carina. Mi farò dare l'indirizzo da Wolf."

Dude riprese la conversazione dal punto in cui Benny si era interrotto. "Insomma, Tex è uno degli hacker migliori che io conosca. Se c'è qualcosa di elettronico, lui è in grado di hackerarlo."

Fiona non aveva idea del perché le stessero dicendo quelle cose, per cui si limitò ad annuire.

Capendo che Dude stava confondendo Fiona e non stava arrivando al punto, Cookie prese il controllo della conversazione. Si voltò sulla sedia e prese l'altra mano della donna. Aspettò che lei lo guardasse.

"Quello che i ragazzi stanno cercando di dirti, fallendo miseramente, è che ho chiesto a Tex di verificare le tue finanze e il tuo alloggio a El Paso." Quando Fiona prese fiato, Cookie si affrettò a proseguire. "Sei lontana da casa da centoquattro giorni. Non hai denaro sul tuo conto corrente. Tex è entrato nel sistema informatico dell'Università e ha scoperto che ti hanno ufficialmente rimossa dal registro dei dipendenti e che il tuo padrone di casa ha dato per scontato che tu abbia lasciato l'appartamento senza preavviso e lo ha affittato un'altra persona."

Dopo le parole brusche di Cookie, nella stanza calò il silenzio.

Alla fine, Fiona mormorò: "E adesso?"

"Voglio che tu torni in California con me."

Fiona si limitò a fissare Hunter, cercando di digerire ciò che aveva detto. Ignorando la sua ultima affermazione, chiese con voce tremante: "Possono *davvero* farlo?"

"Fee." La voce di Cookie era tormentata. "Vieni qui." Fiona quasi strillò quando Hunter allungò inaspettatamente le mani e la tirò su dalla sedia, mettendosela in grembo. Chiuse gli occhi per cercare di evitare che le lacrime le scorressero lungo il viso. Era inutile. Tirò su col naso una volta, quindi sentì Hunter metterle una mano sulla testa e spingersela contro il petto. L'altra mano dell'uomo si chiuse attorno alla sua vita e la attirò contro di lui. Hunter tenne Fiona stretta fra le braccia e la lasciò piangere.

Fiona udì una sedia grattare contro il pavimento e sentì un'altra mano sulla schiena. Voltò la testa e vide Benny inginocchiarsi accanto alla sedia.

"Il tuo posto di lavoro all'università non godeva di alcuna tutela sindacale, tesoro. Sfortunatamente, è legale per loro assumere qualcuno che ti rimpiazzi." L'uomo proseguì, con l'intento palese di rispondere alla sua domanda. "Tex sta cercando di rintracciare la tua roba. Il tuo padrone di casa deve pur averci fatto qualcosa. Se è ancora in giro, Tex la troverà. Per quanto riguarda il tuo conto corrente, la maggior parte delle bollette era domiciliata e quando tu hai finito i soldi, hanno cominciato a scadere senza essere pagate. Ma non preoccuparti; Tex se ne sta prendendo cura per conto tuo. Quando avrà finito, tu non dovrai un centesimo a nessuno."

Cookie sfregò il mento contro Fiona e lei si voltò a guardarlo. "Torna in California con me," ripeté, questa volta col tono di un ordine anziché di una richiesta.

"Ma..."

"No, niente ma. Hai sentito quello che ti ho detto ieri notte. Vorrei poter dire che mi dispiace che tu abbia perso il lavoro e l'appartamento, ma anche se ciò mi rende un infame, non mi dispiace affatto, perché significa che sei libera di venire con me, di stare con me, di ricominciare da capo in California. Sarò onesto: prima di parlare con Tex, non avevo idea di come avrei fatto a lasciare che tu uscissi da questa casa e ti allontanarti da me. Io devo rientrare. Non ho scelta. Ma sapevo che tu avevi una vita. Se puoi dirmi onestamente di voler tornare a El Paso, io ti aiuterò in tutti i modi possibili a farlo. Ma so che non voglio. Voglio che tu resti con me."

Fiona cercò di concentrarsi su quello che le stava dicendo Hunter. Aveva sentito ciò che lui aveva detto la sera prima, ma era chiaro che non lo aveva *davvero* ascoltato.

"Ho paura."

"Lo so, Fee, ed è per questo che ti rimarrò accanto. Fidati me."

Senza esitare, Fiona disse subito: "Mi fido. Cristo, Hunter, credo di fidarmi di te più di quanto mi fidi di me stessa, al momento."

"Allora vieni con noi. Lascia che ti presenti Caroline e Alabama. Lascia che il resto della mia squadra faccia la tua conoscenza. Imparerai a fidarti di loro quanto spero tu ti fidi di me."

Dude intervenne – lui e Benny non avevano lasciato la stanza. "Hai delle scelte a disposizione, Fiona."

"Che diavolo dici, Dude?" sbraitò subito Cookie, accentuando la presa delle braccia attorno a Fiona e fulminando con lo sguardo il suo commilitone.

"Deve sapere che ha delle opzioni, Cookie. Se davvero vuoi che venga con te per i motivi giusti, devi raccontarle tutto."

"Dimmi." Fiona era sicura al novantanove per cento di voler andare in California con Hunter, ma Dude aveva ragione. Lei aveva bisogno di tutte le informazioni possibili per cercare di prendere la decisione giusta.

"Sul tuo conto corrente ci possono essere tutti i soldi di cui hai bisogno entro la fine della giornata. Non chiedermi come; sappi soltanto che Tex può fare in modo che tu abbia il denaro di cui ha bisogno per affittare un altro appartamento e risistemarti. Probabilmente, ha già fatto sì che la tua auto venisse sbloccata dal deposito in cui l'hanno portata dopo la rimozione forzata dal parcheggio dell'aeroporto. Se vuoi continuare a lavorare per l'università, Tex può pensare anche a quello. L'università aveva legalmente il diritto di rimpiazzarti, ma farebbe una figura barbina se si scoprisse che sei stata rapita e che ti hanno licenziata per quello. Ti imploreranno di tornare a lavorare per loro una volta che Tex avrà finito."

"Può farlo davvero?"

"Certo che sì," le disse Benny in tutta serietà. "Nemmeno noi sappiamo come riesca a fare certe cose, ma siamo davvero felici che sia dalla nostra parte."

Cookie fece voltare la testa di Fiona verso di lui. "Per quanto mi piacerebbe prendere a calci Dude, lui ha ragione. Devi sapere che puoi tornare a El Paso e riprenderti la tua vita. Se sceglierai quell'opzione, sappi che non sarà la fine per noi. Non intendo lasciarti andare, non importa quello che deciderai."

Tuffando il viso nel petto di Hunter, Fiona mormorò: "Davvero?"

"Davvero. Ti ho già detto che sei mia. Non importa se vivi a Timbuctu, in Texas o nella stessa casa con me."

Fiona sollevò lo sguardo su Hunter e annuì.

A quanto pareva, quella era tutta la rassicurazione di cui i ragazzi avevano bisogno. "Chiamerò Tex e gli dirò di portarci a casa," disse deciso Dude mentre si alzava da tavola.

Anche Benny si alzò dal pavimento su cui si era accovacciato e cominciò a raccogliere piatti da tavola. "Adesso pulisco. Di' a Tex che saremo pronti a partire oggi pomeriggio."

Cookie tenne Fiona fra le braccia e, senza dire una parola, si incamminò verso la porta. Benny li guardò uscire con un sorrisetto.

CAPITOLO TREDICI

Fiona chiuse gli occhi e si godette la sensazione di Hunter che la trasportava. Li tenne chiusi fino a quando non sentì che l'uomo si piegava. Finalmente, li aprì e vide che egli l'aveva riportata nella stanza in cui avevano dormito la notte prima. Hunter si chinò con cura e l'adagiò sulle lenzuola spiegazzate, quindi le mise entrambe le mani accanto alle spalle e incombette su di lei.

"Ho bisogno di toccarti, Fee." Prima che lei potesse dire alcunché, Cookie proseguì. "Non faremo l'amore; so che ci vorrà del tempo. Tu hai bisogno di guarire fisicamente e mentalmente, prima; ma io ho bisogno di stringerti. Ho bisogno di sentirti contro di me. Hai detto che ti fidi di me. Per favore, lascia che ti dimostri che quella fiducia non è mal riposta. Lascia che ti mostri quanto sei importante per me."

Fiona non riuscì a far altro che annuire vagamente.

Anche lei voleva sentirlo. Per quanto avrebbe voluto essere pronta a sentirlo dentro, sapeva che Hunter aveva ragione riguardo al suo stato mentale. Era davvero troppo presto.

Guardò Hunter alzarsi e, mettendosi una mano dietro la testa, levarsi la maglietta da sopra la testa. Fiona non avrebbe mai capito come facessero i ragazzi a imparare quel gesto. Dopo essersi buttato alle spalle la maglietta con noncuranza, l'uomo cominciò a sbottonarsi i pantaloni. Non distolse mai lo sguardo da lei.

Quando Fiona fece per sedersi a sfilarsi la maglietta, Cookie disse subito: "No, ci penso io. Per favore."

Fiona riportò le mani lungo i fianchi e continuò a guardare mentre Hunter si toglieva i vestiti.

Cookie tenne lo sguardo fisso sul volto di Fiona mentre apriva la cerniera dei pantaloni e si abbassava. Ce l'aveva duro. Non poteva controllare la reazione del suo corpo alla vista di Fiona che giaceva di fronte a lui sul letto.

"Non voglio che tu ti senta vulnerabile, Fee. Farò qualunque cosa necessaria per metterti a tuo agio in tutto quello che faremo." Cookie infilò i pollici nella fascia elastica dei boxer e se le tolse rapidamente, sfilandoseli. "Vieni qui."

Fiona si rendeva conto di essere arrossita. Hunter era l'uomo più sexy sul quale lei avesse mai posato lo sguardo. Si era tolto completamente i vestiti in modo che lei si sentisse più a suo agio, ma Fiona non era sicura che fosse quella la sensazione che provava. Avrebbe voluto toccarlo. Avrebbe voluto leccarlo. Avrebbe voluto accoccolarsi contro di lui e non lasciarlo andare mai più. Fiona si mosse sul lettone e guardò Hunter salire e allungarsi verso di lei.

Cookie cercò di controllare il desiderio. Avere Fiona nel letto con lui, sveglia e vogliosa, era quasi più di quanto la sua libido potesse sopportare. Non si era mai sentito così duro ed eccitato in vita sua. Prima di allungarsi verso Fiona, aveva bisogno di sentirle dire una cosa.

“Dimmi che sei d'accordo, Fee. Ho bisogno di sentirtelo dire.”

“Sono più che d'accordo, Hunter. Voglio toccarti.”

“Sono tuo. Fai quello che vuoi.”

Fiona allungò una mano tremante verso Hunter. L'uomo giaceva sopra le coperte, completamente nudo. Il suo petto aveva una leggera spruzzata di peli e lei vedeva le cicatrici che ne coprivano la superficie. Appoggiò delicatamente il dito su una delle cicatrici peggiori. Hunter prese fiato e Fiona ritrasse la mano.

“Mi dispiace. Ti ho fatto male?”

Cookie le afferrò la mano e se la premette di nuovo al petto. “No, perdiana. Avere le tue mani addosso è un sogno che si realizza.”

Fiona lasciò che la sua mano vagasse sul petto dell'uomo, affascinata dalla reazione di Hunter. Per il momento, tenne lo sguardo sopra la vita di lui, ma guardò la pelle d'oca sollevarsi sul suo corpo. Mentre gli accarezzava le cicatrici, i capezzoli dell'uomo si rizzarono. Lei non aveva idea che i capezzoli maschili potessero indurirsi come quelli femminili. Senza pensarci, Fiona si sporse e ne prese uno in bocca.

"Cristo, Fee. Merda, che bello. Succhia forte... sì, così."

Fiona si stava bagnando. In passato, non si era mai eccitata senza avere addosso le mani di un uomo, ma quello era Hunter. Era completamente diverso da tutti gli uomini con cui lei era stata in passato.

Cookie resistette all'impulso di mettere una mano sulla testa di Fiona e premerla contro di sé. Non aveva pianificato che quello accadesse – era stata sua intenzione far sentire bene *lei* – ma ora che la donna lo stava toccando, non era in grado di fermarla. Quando lei passò all'altro capezzolo, lui perse quasi la testa.

"Toccami, Fee. Dio, ti prego."

Fiona sollevò la testa e abbassò lo sguardo per la prima volta. Hunter ce l'aveva grosso, più grosso di tutti quelli con cui era stata. Vedeva il sangue che pulsava nella vena su un lato dell'asta. Sentire Hunter che la implorava era inebriante e quasi sbagliato. Lei non voleva che lui dovesse implorare per qualunque cosa. Non era giusto. Allungò una mano e la avvolse attorno a lui. Passò il pollice sulla punta e la cosparse dell'umidità che trovò lì.

"Più forte, Fee, stringi più forte."

Per la prima volta, Fiona si sentì in imbarazzo. Era palese che Hunter aveva bisogno di qualcosa, ma lei non sapeva esattamente cosa. "Fammi vedere."

Subito, Cookie lasciò andare il lenzuolo che aveva stretto nel pugno e avvolse la mano attorno a quella di Fiona sulla sua asta. Le mostrò quanto forte doveva stringere per rendere l'esperienza più piacevole possibile. Sapeva di essere molto più brusco di quanto sarebbe stata lei. Buttò la testa all'indietro e chiuse gli occhi.

Fiona guardò meravigliata Hunter. Era bellissimo. Lei adorava il modo in cui aveva preso il controllo del suo piacere. Sì, era la mano di Fiona quella attorno a lui, ma era palesemente lui ad avere il comando della situazione e a mostrarle come gli piaceva. Quando la testa dell'uomo si spostò, lei si chinò e gli prese nuovamente il capezzolo in bocca, succhiando forte.

Cookie gemette alla sensazione della lingua di Fiona sul capezzolo e quando lei succhiò, non ce la fece più.

"Fiona, sto per..." Prima che potesse finire l'avvertimento, Cookie sentì i denti della donna mordergli il capezzolo. Esplose nelle loro mani e spinse verso l'alto mentre Fiona continuava a stringerlo e masturbarlo e mordicchiargli il capezzolo. Cookie rabbrividì e affondò un'altra volta mentre un altro mini-orgasmo lo attraversava. Si sentiva completamente svuotato.

Cookie lasciò andare la mano di Fiona e ricadde sul letto con un tonfo. Rabbrividì mentre Fiona continuava ad accarezzarlo delicatamente; poi, finalmente, la donna mollò la presa, ma solo per passare una mano lungo il suo corpo, fino a spalmargli il seme sugli addominali.

"Sei bellissimo," ansimò Fiona fissando l'uomo.

Senza pensare, sapendo solo che voleva assaggiarlo, si portò una mano al viso.

Cookie le afferrò la mano proprio mentre lei se l'era quasi portata al viso.

"Vuoi assaggiarmi, Fee?" Quando lei timidamente annuì, lui prese la mano libera e se la passò sul ventre, raccogliendo parte del proprio seme. Poi portò la mano al viso di Fiona e le tese un dito. "Assaggia."

Fiona cercò di non arrossire, si chinò e prese in bocca il dito di Hunter. Il sapore della sua essenza salata e terrosa la riempì. Fece passare la lingua attorno al dito, assicurandosi di pulirlo per bene. Guardò con gli occhi socchiusi mentre le pupille di Hunter si dilatavano e lui traeva un respiro profondo.

Fiona si stupì quando Hunter, all'improvviso, scattò in avanti e prese la sua bocca con la propria. Non avrebbe mai sognato che un uomo potesse voler assaggiare se stesso e lei sapeva che lui avrebbe sentito il sapore. Fiona sentì la lingua dell'uomo avvolgersi attorno alla sua. Si divorarono entrambi voracemente. Dopo diversi istanti dal bacio migliore della sua vita, lei si staccò. Si fissarono vicenda. Fiona distolse lo sguardo per prima, abbassandolo. L'uomo era ancora semi-duro. Lei si era dimenticata del disastro che aveva combinato.

"Vado a prendere un asciugamano per ripulirti."

"No. Non farlo. Voglio sentirti contro di me. Sento il bisogno di marchiarti. Ti faccio paura?"

Fiona non poté far altro che fissare Hunter negli occhi e scuotere la testa.

"Cristo, Fee, io sono roba tua. Sul serio. Sei perfetta." Cookie guardò Fiona per un attimo, poi infilò un dito sotto l'orlo della sua maglietta. "Pensi di farcela a togliertela? Non faremo altro. Solo la maglietta."

Fiona lo voleva. Non esitò. Si mise seduta e afferrò l'orlo della maglietta, levandosela da sopra la testa in fretta per non perdere coraggio.

Cookie non esitò, per dare a Fiona la possibilità di perdere la testa; la afferrò per i fianchi e se la mise sopra, in modo che la donna fosse a cavalcioni delle sue cosce. Indossava ancora i pantaloni, ma lui non poté non fissarla. Fiona non portava il reggiseno e Cookie ebbe modo di vedere senza ostacoli il suo petto. I seni di lei erano perfetti. Aveva sempre pensato che il suo "tipo" fossero le donne pettorute, ma si rese conto in quel momento che Fiona era delle dimensioni perfette per lui. Le sue areole erano grandi e occupavano la maggior parte di ciascun seno. Aveva capezzoli rosa, al momento duri e protesi verso di lui. Ce le aveva un po' piccole per la sua taglia, ma Cookie si disse che, una volta ripreso il peso che aveva perso durante la prigionia, avrebbe recuperato una taglia. A lui non importava nulla. In fondo, quei seni appartenevano alla sua donna e, di conseguenza, erano perfetti.

Cookie prese la mano con cui Fiona lo aveva accarezzato prima e gliela mise sul seno destro. Si assicurò che Fiona si pulisse dal suo seme su se stessa. Poi prese entrambe le mani di lei nelle sue e se le mise suoi fianchi.

"Reggiti forte, Fee. Non muovere le mani. Non mi spingerò troppo in là, te lo prometto. Ma devo farlo." Cookie non attese che lei accettasse, ma mantenendo il contatto degli sguardi, prese le proprie mani e se le passò sul ventre, raccogliendo l'essenza che lei gli aveva estratto in precedenza. Una volta che le mani furono ben coperte, le portò lentamente al petto di Fiona e toccò la sua donna per la prima volta. Finalmente, ruppe il contatto visivo e abbassò il suo. Accarezzò e massaggiò Fiona, marchiandola al tempo stesso col proprio odore, con la propria essenza.

"Tu sei mia, Fee. Nessun altro toccherà tutto questo. Nessun altro lo vedrà. Ti proteggerò con la mia vita, se necessario. Sei al sicuro con me. Mia. Tu sei mia."

Fiona non riuscì più a trattenere i singhiozzi. Si era resa conto di ciò che lui aveva intenzione di fare nel momento in cui si era messo le mani addosso e lo voleva. Voleva sentirlo sulla pelle. Era come se le mani e il seme di Hunter le levassero di dosso la sensazione delle mani dei rapitori. Quando le aveva detto che lei era sua, aveva perso la testa.

Fiona si lasciò cadere addosso a lui, allontanando nel farlo le mani dell'uomo dal suo petto. La sensazione del petto di lui contro il proprio la fece singhiozzare più forte. Aveva avuto bisogno per molto tempo di quel genere di connessione. Sentì vagamente le braccia di Hunter sulla schiena, che la stringevano a lui e le accarezzavano la schiena. Fiona non aveva paura di Hunter, non aveva paura di quello che le avrebbero fatto le sue mani. Stare fra le sue braccia le sembrava giusto.

Dopo un lungo pianto, Fiona sollevò la testa, ma Hunter non volle permettere di separare i loro corpi ulteriormente. Lei guardò negli occhi dell'uomo e disse ciò che aveva nel cuore. "Tua."

Fiona guardò le labbra di Hunter sollevarsi in un sorriso soddisfatto. "Proprio così."

Ricambiò il sorriso, sentendosi felice per la prima volta da molto tempo.

"Vuoi fare una doccia o dormire?"

"Abbiamo tempo?"

"Sì."

Fare la doccia avrebbe significato lavare via il suo odore. La decisione era facile. "Dormire."

"Dannazione, donna," mormorò Cookie, portando la mano alla nuca di Fiona e attirandola di nuovo nel suo abbraccio. "Adoro che tu non voglia lavarmi via. Dormiamo, allora. Faremo la doccia quando ci sveglieremo. Dopo la doccia, dovremo andarcene. Tu tornerai in California con me, vero?"

Fiona sentiva l'insicurezza nella voce di Hunter e la detestava. Non voleva che lui si sentisse insicuro riguardo a lei o alla relazione che stavano palesemente intraprendendo. Si affrettò a rassicurarlo. "Sì. Se devo ricominciare daccapo, preferisco ricominciare nello stesso posto in cui ci sei tu, così potremo vedere se qualunque cosa sia questa..." Gesticolò a indicare entrambi. "... durerà."

"Oh, durerà, Fee. Tu non mi scappi," disse sorridendo Cookie, anche se era chiaro che intendeva ogni parola. La sincerità risuonava forte e chiara nella sua voce.

"Grazie, Hunter."

"Non devi ringraziarmi, Fee."

"So che la pensi così, ma devo. Non smetterò mai di ringraziarti, finché avrò vita."

"Purché tu non confonda quello che c'è fra di noi per gratitudine."

Infastidita, Fiona si sollevò. "Seriamente? Dopo quello che è appena successo? Credi che fosse una sega di ringraziamento?"

"Shhhhh. No, non lo penso." Cookie le appoggiò una mano su un lato della testa e le accarezzò i capelli. "È solo che... per la miseria. Adesso sembrerò un ragazzino, ma voglio solo che tu stia con me perché vuoi farlo, non perché pensi di non avere altra scelta o per gratitudine."

Vedere Hunter incerto e insicuro era, a dire il vero, abbastanza carino, anche se a lei non piaceva esserne la causa. Fiona sapeva che non era qualcosa che avrebbe visto spesso. Era il suo turno di rassicurarlo. Passò la mano in una carezza dalla testa dell'uomo alla nuca e appoggiò la fronte a quella di lui. "Sono qui perché non riesco a immaginare di essere altrove. Anche quando ero fuori di me per via delle droghe, credo di essermi resa conto che tu eri accanto a me. D'accordo, forse non quando sono uscita dalla finestra del bagno. Ma speravo che tu mi avresti chiesto di tornare a casa con te ancora prima di sapere del mio lavoro e del mio appartamento." Di fronte all'espressione soddisfatta nello sguardo di Hunter, Fiona ridacchiò. "Questo ti fa sentire meglio?"

"Sì, tesoro, proprio così. Ora scendi qui e chiudi gli occhi. Presto dovremo andarcene, ma per il momento voglio solo starmene sdraiato qui e godermi il tempo con te."

Fiona chiuse gli occhi come lui aveva chiesto e si appoggiò al suo petto. Erano entrambi appiccicosi e la cosa era un po' sgradevole, ma era reale ed era una parte di lui. Fiona sarebbe rimasta lì per sempre, se ciò avesse significato che lui sarebbe stato con lei.

CAPITOLO QUATTORDICI

Benny, Dude, Cookie e Fiona si diressero verso l'uscita dell'aeroporto. Tex aveva procurato a tutti un volo commerciale in partenza quella sera dall'aeroporto di Dallas/Forth Worth. Quando erano arrivati alla biglietteria, i documenti di Fiona la attendevano come per magia.

Cookie non poté far altro che scuotere meravigliato la testa. Tex era incredibile. Cookie non aveva idea di come facesse la metà di quello che faceva, ma ringraziò per l'ennesima volta la sua stella fortunata che Tex fosse dalla loro parte.

"Ricordati, Fee: probabilmente, Wolf e Caroline ci stanno aspettando nella zona principale dell'aeroporto. Gli abbiamo detto che saremmo tornati e lui non vedeva l'ora di accertarsi coi suoi occhi che tu stai bene." Cookie prese la mano di Fiona come per rassicurarla.

Fiona era taciturna. Ricordava poco e niente dell'uomo che Hunter chiamava Wolf. Sapeva che era stato sull'elicottero e che era stato presente anche più tardi, ma all'epoca lei era a malapena presente e non ricordava nulla di ciò che potevano essersi detti.

Mentre i quattro uscivano dalla zona sicura dell'aeroporto ed entravano nel terminal principale, Fiona vide un gruppo di persone in disparte. Capì per istinto che stavano aspettando loro. Erano tre uomini grossi, quasi spaventosi, e due donne bellissime.

Benny e Dude si diressero subito verso il gruppetto, ma Cookie prese in disparte Fiona quando erano ancora piuttosto lontani dai suoi amici. La fece voltare verso di lui e le prese entrambe le mani. "Se non vuoi conoscerli adesso, va tutto bene; basta che tu me lo dica e andremo a prendere un taxi per andare a casa mia. Voglio che tu li conosca quando ti sentirai a tuo agio nel farlo."

Fiona strinse la mano di Hunter. Dio, era così buono con lei. "Va tutto bene, Hunter. Voglio conoscerli. Ho *bisogno* di conoscerli. Hanno contribuito tutti a salvarmi."

Cookie si portò la mano di Fiona alla bocca e la baciò brevemente. "Quanto sei forte," mormorò sottovoce, per poi far voltare entrambi verso i suoi compagni di squadra e amici.

Quando si avvicinarono e Fiona riuscì a vedere meglio gli uomini, si rese conto che li riconosceva. Non sapeva chi fosse chi, ma li riconosceva.

Una delle donne si staccò da uno degli uomini e si recò direttamente verso di loro.

"Oh Dio, che bello che siate qui! Io sono Caroline e quel bestione là in fondo è Matthew." Di fronte all'occhiata di confusione sul volto di Fiona, Caroline sospirò con fare teatrale. "Già, dimenticavo. Tu hai frequentato quei due..." disse, gesticolando verso Benny e Dude. "... quindi, probabilmente non hai mai sentito il *vero* nome di nessuno. Alabama e io cerchiamo di non usare i loro soprannomi; preferiamo chiamarli coi loro veri nomi. Matthew sta con me ed è Wolf. Laggiù ci sono Alabama e Christopher, o Abe. Conosci già Benny e Dude, ma Alabama e io li chiamiamo Kason e Faulkner. Ultimo, ma non per importanza, è Sam, che i ragazzi conoscono come Mozart."

A Fiona girava la testa. Non sarebbe mai riuscita a ricordare i nomi di tutti.

Come leggendole nel pensiero, Caroline rise. "Non preoccuparti se non riesci a ricordarteli. Io ci ho messo un'eternità ad associare i nomi alla persona corretta. È come se i ragazzi raddoppiassero di numero, quando loro usano i soprannomi e noi i veri nomi."

Fiona non poté che annuire mentre Caroline continuava a parlare. "Allora, non so molto di quello che è successo, solo che ti hanno rapita e salvata in Messico e sei stata fortissima. Se non altro, questo è ciò che mi ha raccontato Matthew. Sono davvero felice che tu stia bene. Andrai a stare da Hunter? Hai dei vestiti? Sarò felice di... mmmmf."

Fiona sorrise quando Wolf le raggiunse e mise una mano sulla bocca di Caroline. "Cristo, Ice, lasciala respirare."

"Ice?" Era l'unica cosa che era venuta in mente subito a Fiona.

Hunter si avvicinò all'orecchio di Fiona e spiegò: "Sì, Caroline si è guadagnata quel soprannome quando Hunter l'ha conosciuta. È una storia lunga e che sono sicuro apprenderai prima piuttosto che poi, considerato quanto parla Ice, ma ora che ne dite di levarci di torno?" Rivolse le ultime parole ai suoi amici.

"Certo. Avete dei bagagli?" chiese Mozart a Cookie, Benny e Dude.

"No, Tex ha fatto spedire le nostre cose. Sai com'è," disse Dude mentre ammiccava a Fiona.

Fiona sapeva che probabilmente gli uomini non avrebbero potuto portare i loro bagagli in aereo, dato che le valigie erano cariche di armi e chissà cos'altro.

"Fantastico. Tu e Fiona siete con noi; tutti gli altri, con Wolf," disse Abe, partecipando alla conversazione per la prima volta.

Fiona diede un'occhiata alla donna al fianco di Abe. Aveva taciuto, ma era molto vigile. Non aveva distolto lo sguardo da Fiona da quando erano arrivati. Ciò rendeva Fiona estremamente nervosa. Non era mai stata molto brava a fare amicizia e voleva davvero piacere a quelle donne. Sapeva che, se aveva una possibilità di far funzionare qualunque cosa ci fosse tra lei e Hunter, doveva andare d'accordo con le donne dei commilitoni di lui.

Prima che tutti se ne andassero, Caroline si liberò dalla presa di Wolf e abbracciò strettamente Fiona. Lei non riuscì a non irrigidirsi. Caroline sollevò una mano quando Hunter fece un passo verso Fiona. "So che probabilmente sto esagerando, ma sono davvero felice che tu sia qui e con Hunter. Lui merita il meglio e, da quel poco che ho sentito, il meglio sei tu. Non vedo l'ora di sedermi e conoscerti meglio. Alabama e io abbiamo bisogno di una persona in più con cui spettegolare."

"Cristo, Ice. Via da qui," la rimproverò ridendo Cookie, serrando la mano di Fiona e attirandola nuovamente contro il suo fianco, con una mano attorno alla vita e appoggiata al suo bacino.

Caroline rise con lui, si alzò in punta di piedi e gli diede un bacio sulla guancia. "Non tenertela tutta per te, Hunter."

Cookie scosse la testa mentre Caroline e gli altri uomini si incamminavano verso l'uscita. "Forza, Fee. Andiamo a casa."

Casa. A Fiona piaceva il suono di quella parola.

I quattro esitarono all'ingresso dell'aeroporto ed Abe fece loro strada attraverso il parcheggio fino alla sua jeep. Alabama ed Abe si misero davanti e Cookie aiutò a Fiona a prendere posto sul retro prima di fare il giro e sedersi accanto a lei.

Una volta che si furono avviati verso l'uscita del

parcheggio, Alabama si voltò di sbieco sul sedile e parlò per la prima volta. "Fiona, sono davvero felice che tu stia bene. Christopher mi ha raccontato un po' di quello che è successo e non riesco a immaginare quello che hai vissuto." La voce della donna era bassa e rilassante.

"Grazie, Alabama. Te ne sono grata. Anch'io sono felice di esserne uscita sana e salva." Fiona sorrise alla donna seduta sul sedile davanti. Costei sembrava l'esatto opposto di Caroline – tranquilla e riservata – ma a Fiona piacque immediatamente.

"Come ha detto Caroline, se dovessi aver bisogno di qualcosa, ti preghiamo di non esitare a chiamare una di noi. Può essere dura stare con un SEAL; dobbiamo darci una mano a vicenda."

A quelle parole, Abe obiettò: "Ehi, non è così male."

"Eh, sì, a volte lo è," obiettò Alabama.

Risero entrambi. Fiona sorrise. Sembravano a loro agio. Se lei avesse incontrato uno qualsiasi degli uomini della squadra di Hunter da sola in un vicolo buio, sarebbe rimasta terrorizzata, ma conoscerli tutti assieme e vedere quanto erano affiatati faceva molta differenza.

"Grazie, Alabama. Sono sicura che avremo parecchio tempo per frequentarci." Si sorrisero a vicenda.

I quattro chiacchierarono del più e del meno mentre Abe guidava verso l'appartamento di Hunter. Quando parcheggiò, non spense il motore, ma si voltò a guardare Fiona.

"Devo rimarcare quello che hanno detto gli altri,

Fiona. Tu non sai quanto siamo felici che tu stia bene. Io c'ero; so cosa ho visto. Grazie per aver salvato la vita di Cookie. Non hai idea di quello che ciò significa per tutti noi. Fai parte della famiglia, ora. Se hai bisogno di qualcosa, non devi far altro che chiedere. Non mi importa di cosa si tratta. Vuoi una macchina? Chiedi e ti sarà data. Hai bisogno di soldi? Lo stesso. Se hai bisogno di un avvocato, di una spalla su cui piangere o di un modo per andartene da casa di Cookie, basta una telefonata."

"Che diavolo dici, Abe?" ringhiò Cookie, seduto accanto a Fiona.

Abe sollevò una mano per arrestare qualunque cosa potesse dire Cookie. Fiona spostò confusa lo sguardo fra Hunter ed Abe. Pensava che fossero amici. Perché Abe stava dicendo quelle cose di Hunter? La stava forse mettendo in guardia?

"Non sto insinuando che tu potresti voler scappare da lui, Fiona. Di tutti noi, Cookie è il più sensibile e, se posso dirlo, il più affettuoso. Ma sto cercando di farti capire una cosa: io ho imparato la lezione con Alabama e gli errori che ho commesso. I miei compagni si sono fatti avanti quando io l'ho delusa. Ho imparato cosa significa avere davvero una famiglia. I membri di una famiglia si sostengono e si fidano in maniera incondizionata gli uni degli altri. Tu non sei più sola, Fiona. Perdiana, se qualcuno non dovesse avere tue notizie per due ore, cominceremmo a cercare di contattarti. Hai capito? *Non sei sola.*"

Fiona capiva. E annuì. Se avesse cercato di parlare, sarebbe scoppiata a piangere. Nessuno, nella sua vecchia vita, aveva notato che lei era svanita senza contattare nessuno, né tantomeno se n'era curato. Abe le stava dicendo che ciò non sarebbe accaduto di nuovo. Lei non conosceva nemmeno quelle persone, ma loro le avevano mostrato più compassione di quanto avesse fatto chiunque da quando lei era bambina.

"Forza, Fee. Andiamo a casa."

A casa. Cristo, suonava fantastico. Fiona rivolse un cenno del capo a Hunter, quindi si voltò verso Abe e Alabama. "Grazie." Fu tutto ciò che riuscì a dire in quel momento, attraverso l'enorme groppo alla gola che aveva, ma parve sufficiente.

Cookie aprì la portiera dal suo lato della jeep e non lasciò andare la mano di Fiona. Lei dovette scivolare sul sedile in modo da seguirlo.

"Grazie. Ci vediamo." Fiona guardò Hunter e Christopher rivolgersi virili cenni del mento per comunicare in maniera non verbale, quindi venne attirata verso il condominio. Si guardò una volta alle spalle, per vedere Alabama chinarsi a baciare con trasporto il suo uomo. Fiona sorrise. Non aveva detto più di qualche parola a quella donna, ma lei le piaceva.

Si fermarono di fronte a una porta al secondo piano. Cookie si voltò verso di lei. "Mi scuso in anticipo, Fee. Mi sono trasferito di recente dalla caserma e l'appartamento non è ancora completamente arredato." Quando lei inarcò le sopracciglia, Cookie proseguì. "Insomma, non c'è molto, a parte un letto, un divano e una televisione gigante, ma qualunque cosa tu voglia o di cui tu abbia bisogno, possiamo procurarcela. D'accordo? Non spaventarti."

Fiona rise. "Hunter, dici sul serio? Non importa. Ho appena trascorso tre mesi in una maledetta capanna nel bel mezzo di una fottuta giungla in Messico. Qualunque cosa tu abbia qui è più di quello che io possiedo e un milione di volte migliore del posto in cui sono stata. Va bene."

Cookie detestava veder ricordato l'inferno che aveva vissuto Fiona, ma capiva il suo punto di vista. Cercando di mantenere un'atmosfera leggera, finse di borbottare: "Te lo ricorderò quando lo vedrai e ti lamenterai di come sia una caverna da scapolo."

Cookie tirò fuori le chiavi dalla tasca e aprì la porta dell'appartamento, guardando Fiona che entrava in casa sua. La guardò mentre passava lo sguardo sul salotto. Come lui l'aveva avvertita, non c'era molto. Il divano di cuoio era comodissimo e naturalmente, la TV da cinquantaquattro pollici occupava la maggior parte di una parete. Per il resto, l'appartamento non era granché. Non c'erano quadri appesi alle pareti e Cookie non aveva nemmeno comprato un tappeto da stendere sul parquet. Non c'era un tavolino e nemmeno c'erano soprammobili. Perdiana, Cookie riusciva a sentire l'eco dei passi di Fiona che attraversava la stanza.

La guardò recarsi dritto verso la porta scorrevole che si apriva sul balcone. Fiona premette le mani contro il vetro e guardò fuori senza dire una parola. Cookie chiuse a chiave la porta d'ingresso e buttò le chiavi sul piano della cucina mentre la oltrepassava per raggiungere la donna. Passò le braccia attorno alla sua vita quando lo raggiunse alle spalle.

"A cosa stai pensando, Fee?"

"Il panorama è fantastico."

"È il motivo per cui ho scelto questo appartamento. Ce n'erano di più grandi nel complesso, ma mi piaceva l'idea di potermene stare seduto sul balcone e bere una birra o mangiare con vista sulla spiaggia e sulle montagne al tempo stesso."

Fiona si voltò tra le sue braccia, appoggiò la testa al petto di Hunter e si accoccolò contro di lui. "È bellissimo. Non credevo che avrei mai visto una cosa del genere. Pensavo..."

"Shhhh. Lo so."

Rimasero appiccicati per molto tempo. Alla fine, Cookie si staccò. "Forza, Fee, andiamo a letto. Ci attendono due lunghi giorni. Dovremo sistemarti e io dovrò assicurarmi che tu abbia tutto quello di cui hai bisogno. Se conosco Caroline, si presenterà qui non appena Wolf le permetterà di uscire di casa. Vorrà portarti a fare acquisti."

Fiona guardò Hunter e annuì. Era *davvero* stanca. Non riusciva a pensare ad altro che voleva o di cui aveva bisogno, al momento, che accoccolarsi nel letto accanto ad Hunter. Non aveva idea di come potesse volerlo, dopo tutto quello che era accaduto in Messico, ma così era.

I pensieri di Cookie erano suppergiù gli stessi di Fiona. Voleva vedere Fiona nel *suo* letto. Non in un letto preso a prestito, non per terra nel bel mezzo della maledetta giungla, ma sulle *sue* lenzuola nella *sua* casa nel *suo* letto. Che gli dessero pure del Neanderthal, ma ne aveva bisogno.

CAPITOLO QUINDICI

COOKIE CI AVEVA VISTO GIUSTO. Il mattino dopo, alle dieci in punto, bussarono alla porta. Per fortuna, lui e Fiona erano già in piedi. Cookie guardò dallo spioncino e vide che si trattava davvero di Caroline, ma rimase stupito nel vedere che c'era anche Alabama con lei. Aprì la porta e accolse le signore.

"Mi stupisce che Wolf ti abbia fatto uscire così presto, Ice."

"Ah, ah, Hunter. Molto divertente. Sai che mi ha costretta a stare lontana fino a questo momento. Io volevo essere qui alle otto."

"Oh, sono sicuro che non abbia dovuto 'costringerti', Ice." Cookie rise quando Caroline arrossì.

"Sì, beh, forse non ha dovuto metterla giù dura."

"Scommetto che di duro c'era qualcos'altro."

Fiona scoppiò a ridere di fronte alla maniera comica

con cui Hunter e Caroline voltarono di scatto la testa, sconvolti dalle parole di Alabama.

"È l'acqua cheta che rovina i ponti," disse Fiona, continuando a ridere.

Caroline la raggiunse e le passò un braccio attorno alla vita. "Tu mi piaci, Fiona. Credo che ti troverai bene con noi. Sei pronta ad andare a spendere soldi?"

Le parole e i gesti di Caroline la fecero irrigidire. Merda. Voleva davvero trascorrere del tempo con le donne, ma non *aveva* denaro.

Vedendo Fiona che si innervosiva, Cookie imprecò sottovoce. Avrebbe dovuto averne già parlato con lei. "Posso parlare con Fee per un attimo, Ice?" Cookie non diede a Caroline il tempo di accettare o rifiutare; afferrò la mano di Fiona e la trascinò in cucina.

Quando Fiona aprì la bocca per parlare, Cookie gliela coprì delicatamente con una mano. "Ascoltami un attimo, Fee. Ricordi quando ti ho detto che sei mia?" Dopo aver aspettato che lei annuisse, Cookie proseguì. "In parte, volevo dire anche questo. Io ho dei soldi. Troppi soldi, Guardati attorno. Io vivo semplicemente; ho pochi obblighi che non siano il mio dovere nei confronti del mio Paese. Ho *un sacco* di soldi e anche se tu li spendessi in vestiti e chissà cos'altro, ne avrei comunque un sacco."

Fiona mosse la testa per togliersi la mano di Hunter dalla bocca. Lui la lasciò andare immediatamente. "Non mi piace usare i tuoi soldi, Hunter."

Cookie sospirò. "Chissà perché, lo sapevo. Va bene,

ecco come stanno le cose. Ti ricordi di Tex?" Quando Fiona annuì, lui proseguì. "Beh, Tex è molto bravo nel suo lavoro. Tu non sei più povera, Fee." Quando lei si limitò a fissarlo senza capire, Cookie fece un nuovo tentativo. "Tex è un genio dei computer. Sa fare delle cose quasi spaventose. Ha fatto in modo che tu non fossi più povera. Non sei ricca, ma non sei nemmeno povera."

"Stai dicendo che ha messo del denaro sul mio conto..." La voce di Fiona si abbassò a un sussurro, come se la polizia stesse ascoltando e fosse pronta a fare irruzione e chiedere dove fosse Tex in modo da arrestarlo. "... illegalmente?"

"Non la metterei così. Diciamo solo che ha deciso che non è giusto che tu sia stata licenziata, per cui ha *fatto in modo* che il denaro che avresti dovuto guadagnare durante il periodo trascorso in Messico fosse depositato sul tuo conto...con gli interessi."

"Ma io non posso accettare nemmeno quel denaro, Hunter. Non è giusto."

Cookie sospirò e prese Fiona fra le braccia. Sembrava che non facesse altro che stringersela al petto, ma adorava la sensazione di averla lì e la cosa non sembrava dare fastidio a lei. "Credimi, Fee, abbiamo cercato di contenere Tex, ma lui fa sempre quello che ritiene giusto. Se tu lo ripaghi, lui controbatte con qualcosa di ancora più grosso. Credimi, ci abbiamo provato. Dopo che Tex ha sfruttato i suoi contatti per scoprire dove i terroristi avessero portato

Caroline, Wolf gli ha mandato un mazzo di fiori; sapeva che era misero e poco virile mandare dei fiori a un ex-SEAL, ma non sapeva cos'altro fare per ringraziarlo. Doveva essere uno scherzo, ma Tex gli ha reso pan per focaccia e ha fatto recapitare due dozzine di rose *tutti i giorni* per due settimane a casa di Wolf. Abbiamo imparato tutti che un semplice 'grazie' è sufficiente per Tex."

"Quali terroristi?" chiese incredula Fiona.

"Concentrati, Fee," la ammonì scherzosamente Cookie. "Usa i miei soldi oppure usa i tuoi."

"Non posso usare del denaro ottenuto illegalmente."

"Allora, per favore, prendi la mia carta di credito. Non mi manderai sul lastrico. Te lo prometto. Anche se Caroline dovesse portarti da Louis Vuitton e svuotare il negozio. Va bene?"

"Almeno lo sai chi è Louis Vuitton?"

"Fee..."

Fiona annuì. "Va bene, va bene, ma conserverò tutti gli scontrini. Se spenderò troppo, riporterò tutto indietro."

Cookie si limitò a scuotere la testa. Fiona era incredibile, ma in senso buono. Tutte le ragazze che lui aveva avuto avevano colto la palla al balzo quando lui si era offerto di pagare per loro. Fiona era particolare in tutti i sensi. "Baciami prima che torniamo di là. Ho bisogno di te."

Fiona si alzò in punta di piedi e non esitò. Si protese verso Hunter non appena le parole gli uscirono di bocca.

Non fu un bacio rilassato; fu un bacio crudo e fortemente sensuale.

Cookie divorò la bocca di Fiona. Non si trattenne minimamente. Voleva che la donna sapesse quanto lui aveva bisogno di lei e la voleva. Anche se ci fossero voluti anni prima che lei fosse psicologicamente pronta a fare l'amore con lui, Cookie avrebbe atteso tutto il tempo necessario.

Fiona sentì la pelle d'oca scenderle lungo le braccia mentre Hunter la baciava. L'uomo fece l'amore con la sua bocca. La sua lingua che affondava dentro e fuori mimava l'atto dell'amore. Hunter la assaporò, le passò la lingua sui denti e la attorcigliò intimamente attorno alla sua. Fiona sentì una delle sue mani infilarsi sotto la maglietta e risalirle lungo la schiena.

La mano dell'uomo era ruvida e calda. La pelle d'oca sulle braccia di Fiona si spostò sulle gambe. Mentre la lingua di Hunter si fondeva con la sua e penetrava a fondo nella sua bocca, la mano dell'uomo si spostò sul suo fianco e la attirò più vicino a sé. Fiona sentì il pollice di Hunter sfiorarle un lato del seno – non portava il reggiseno – per poi spostarsi di un centimetro scarso per sfiorarle una volta il capezzolo. Quest'ultimo si inturgidì immediatamente al suo tocco. Proprio quando Fiona inarcò la schiena per incoraggiare Hunter a proseguire, Caroline chiamò dall'altra stanza.

"Forza, voi due! Non cominciate qualcosa che non avete tempo per finire! Io sono pronta per andare a fare acquisti!"

Fiona ebbe un brusco sussulto e si ritrasse con un gemito.

Cookie imprecò sottovoce, ma non lasciò andare Fiona.

"Tranquilla, Fee. Va tutto bene." Cookie la sentiva respirare affannosamente, non sapeva se per la sorpresa o per quello che avevano fatto. Non tolse subito la mano. Fiona era morbida e calda e lui desiderava solo sfilarle la maglietta e adorare i suoi seni con la bocca. Rimpiangeva di non averlo fatto in precedenza, ma sapeva che avrebbero avuto tutto il tempo del mondo per arrivare a quel punto.

"Vorrei che tu non portassi mai il reggiseno, ma immagino che adesso dovrai metterlo, vero?" Cookie rise quando Fiona arrossì. "Rilassati. Caroline non entrerà. Aspetteremo qui fino a quando non sarai pronta."

"Se non togli la mano, potrei non esserlo mai." Fiona rise di se stessa.

"Mi piace tenere la mano qui."

"Si sente."

Rimasero a guardarsi per un attimo prima che Cookie allontanasse lentamente la mano dal seno di Fiona e gliela facesse scendere lungo il fianco. "Sta' in campana, Fee. Caroline e Alabama hanno il mio numero, se hai bisogno di qualcosa. Non aver paura di chiedere loro di chiamarmi. Mentre sarete a fare acquisti, io ti prenderò un cellulare. Ti aggiungerò al mio piano tariffario. Prima che tu lo chieda, non costerà molto. Prendi quello di cui hai bisogno e quello di cui non hai bisogno. Non hai idea di cosa significhi per me sapere che girerai con addosso dei vestiti che ho pagato io. È roba da cavernicoli, ma è così che mi sento."

Fiona arrossì e, ridendo, gli diede uno spintone. "Tu uomo, io donna," scherzò.

"La *mia* donna," ribatté Hunter, non del tutto scherzosamente.

Fiona scosse la testa e si alzò in punta di piedi per dare un rapido bacio sulle labbra a Hunter. "Ti chiamerò se avrò bisogno di te. Ci vediamo dopo?"

"Ci vediamo dopo."

Cookie tenne Fiona per mano mentre uscivano dalla cucina e rientravano in corridoio, dove Alabama e Caroline li stavano aspettando.

"Perdiana, voi due siete peggio di come eravamo io e Matthew."

"Ma anche no," ribatté subito Alabama. "Ricordo che, una volta, Christopher e io vi abbiamo aspettato per venti minuti e alla fine ce ne siamo andati senza di voi perché vi siete distratti e siete finiti per tornare a letto."

Fiona ridacchiò quando Caroline arrossì. Avrebbe dovuto ricordarsi di non far mai arrabbiare Alabama. Sembrava che quella donna avesse una memoria di ferro e avesse la battuta pronta come nessun altro.

"Comunque sia, andiamo! Non vado a fare shopping da almeno una settimana!" Caroline cercò di allontanare la conversazione da sé e dalla propria vita sessuale per riportarla sullo shopping.

Tutte risero e si incamminarono verso la porta. Fiona si guardò alle spalle mentre usciva e vide Hunter in piedi dove era rimasto quando erano tornati in corridoio. I loro sguardi si incrociarono e lui le ammiccò e mimò con le labbra: "A dopo."

—

Fiona si lasciò ricadere sul divano nell'appartamento di Hunter. Cristo, non aveva idea di cosa la attendeva quand'era uscita quella mattina con Caroline e Alabama. Si era detta che avrebbe dovuto contenere Caroline, ma era stata Alabama a prendere il controllo degli acquisti. Le aveva trascinate da un negozio all'altro. Si erano riempite il carrello con vestiti di ogni genere e le altre donne avevano persino insistito per includere mutandine e reggiseni sexy. Quando Fiona era pronta a dare forfait, Alabama insisteva per visitare "ancora un negozio." E naturalmente, quel negozio diventava cinque negozi.

Fiona aveva speso molto più denaro di quanto avesse progettato. Nelle sue intenzioni, avrebbe voluto comprare un completo o due, qualche paio di jeans, delle magliette e dell'intimo comodo di cotone. Quando lo aveva detto ad Alabama e Caroline, loro avevano obiettato fortemente, per poi ignorare i suoi desideri per tutto il resto della giornata.

Fiona *sapeva* che era l'acqua cheta a rovinare i ponti. Alabama non si lasciava mettere i piedi in testa, nonostante la prima impressione che dava di sé. Quando erano state urtate da un uomo che non guardava dove stava andando, Alabama gli aveva fatto il culo e questi si era prostrato di fronte a lei prima di allontanarsi alla chetichella.

Dopo gli acquisti, Caroline e Alabama avevano portato Fiona in un posto che si chiamava *Aces Bar and Grill*. Avevano detto che era il bar preferito della squadra e che vi andavano spesso per pranzare, cenare o bere qualcosa la sera.

Avevano consumato un pranzo che non aveva il minimo valore nutrizionale, ma che si era rivelato delizioso. Le altre donne le avevano presentato una cameriera di nome Jess, che a sentir loro era sempre lì ed era – parole loro – fantastica. Tra un cliente e l'altro, Jess aveva riso con loro e aveva raccontato loro aneddoti buffi riguardo agli altri clienti fissi che si rendevano ridicoli su base quasi serale.

Fiona aveva chiesto a Caroline cosa ci fosse di strano nella bella cameriera, perché aveva notato che zoppicava, ma Caroline si era limitata a stringersi nelle spalle e a dire che non glielo avevano mai chiesto.

Dopo aver trascorso la maggior parte della giornata fuori, le donne avevano finalmente riportato Fiona a casa di Hunter. Era incredibile quanto potesse essere faticosa una giornata a base di shopping e risate.

Fiona chiuse gli occhi e cominciò a rilassarsi. Nel

giro di un secondo si sarebbe alzata per andare a vedere cosa avrebbe potuto preparare per cena. Sapeva che Hunter avrebbe avuto fame quando sarebbe tornato a casa e voleva preparargli qualcosa di buono. Dopotutto, l'uomo aveva compiuto molti bei gesti per lei negli ultimi tempi e Fiona voleva essere sicura che sapesse che lo apprezzava.

Cookie si chiuse rumorosamente la porta alle spalle. Non voleva cogliere Fiona alla sprovvista e spaventarla. Quando non sentì nulla, entrò silenziosamente in salotto. Non vide Fiona, ma in giro c'erano un sacco di sacchetti. Cookie sorrise. Che Dio benedicesse Caroline e Alabama. Lui aveva saputo che quelle due non avrebbero permesso a Fiona di fare la taccagna. Probabilmente, lui era l'unico uomo che adorasse sapere che la sua donna aveva speso un sacco di soldi in vestiti e altri orpelli femminili.

Girò attorno al divano e sorrise ancora più radiosamente. Fiona vi era spaparanzata sopra e dormiva della grossa. Aveva la testa di lato e un braccio che penzolava al di là del bordo. Cookie si sedette accanto al suo fianco e le massaggiò la schiena. Voleva svegliarla lentamente, in modo che lei non si spaventasse.

"Fee? Svegliati, tesoro." Cookie continuò a massaggiarle la schiena, esercitando però un po' più di pressione. "Forza, dormigliona. Hai mangiato?"

Lentamente, Fiona si svegliò. Senza aprire gli occhi, capì che Hunter era lì con lei. Sentiva il suo odore, per non parlare della pelle d'oca provocata dalla mano di lui sulla schiena. Aprì un occhio e lo guardò. "Sono sveglia. Che ore sono?"

"Le sette, circa. Hai fame?"

"Merda!" Fiona si alzò tanto velocemente che per poco non sbatté la testa contro quella di Hunter. Non se ne accorse nemmeno, ma proseguì col suo soliloquio. "Volevo prepararti la cena! Mi dispiace tanto, Hunter! Cosa vuoi mangiare? Hai fame?"

"Ehi, rallenta, Fee. Non devi prepararmi la cena. Sono felicissimo di avere l'opportunità di prepararla con te. Non lo avevo mai fatto prima."

Fiona lo guardò. "Davvero?"

"Davvero."

"Ma io volevo ringraziarti per tutto quello che hai fatto per me. E volevo solo... capisci?"

"Tu mi ringrazi tutti i giorni con la tua presenza. Col tuo essere mia. Ma capisco. Anch'io vorrei fare tutti i giorni qualcosa per te. Facciamo così: se tu prometti di non restarci mai male quando non ci sarà la cena pronta al mio ritorno a casa, ti permetterò di prepararla ogni tanto."

"Mi *permetterai* di prepararla?"

"Sì. Te lo permetterò."

Si sorrisero a vicenda. Cookie tese la mano e aiutò a Fiona ad alzarsi.

"Facciamo un compromesso, Hunter. Preparerò la cena con te se tu mi aiuterai a decidere quali di queste porcherie che Alabama e Caroline mi hanno costretta a comprare oggi dovrei tenere e quali dovrei restituire," gli disse seriamente Fiona.

"È facile: tieni tutto."

"Hunter, non hai *visto* niente."

"Non è necessario. Se quelle due ti hanno costretta a comprare quelle cose, so che ti stanno benissimo."

Fiona si limitò a scuotere la testa. "Tu sei pazzo."

Cookie baciò la sommità del capo di Fiona ed entrò saltellando in cucina. "Pazzamente felice che tu sia qui con me."

———

Fiona era imbarazzata in piedi accanto al letto. Hunter era già a letto, con un lenzuolo che gli copriva il grembo. Lei sapeva che l'uomo era nudo sotto il lenzuolo e avrebbe tanto voluto gettare via le coperte e saltargli addosso, ma sapeva che non lo avrebbe fatto.

Aveva indossato la camicia da notte nuova che le ragazze avevano insistito per farle comprare, assieme alle mutandine abbinate. Pur essendo adeguatamente coperta, si sentiva comunque quasi nuda. Esitò accanto al letto, non sapendo se avrebbe dovuto infilarsi accanto ad Hunter con la camicia da notte o se fosse meglio togliersela.

Hunter decise per lei, tendendo la mano. "Vieni qui, Fee."

Fiona posò un ginocchio sul materasso e fece per sdraiarsi. Hunter le afferrò un braccio e tirò. Lei gli ricadde addosso e si infilò velocemente sotto le lenzuola, allungando le gambe fino a intrecciarle con quelle di lui.

Cookie sentiva il cuore di Fiona che batteva forte contro il suo petto. "Rilassati, tesoro. Sei al sicuro."

"Non so cosa fare."

"Non devi fare nulla. Stai qui con me e basta. Ci orienteremo insieme. D'accordo?"

"D'accordo."

Dopo qualche minuto, Fiona si mosse contro Hunter. Sentiva i peli delle gambe dell'uomo sfregare contro le sue. Ciò avrebbe dovuto riportarle in mente ricordi spiacevoli; invece, tutto ciò a cui lei riusciva a pensare era l'altra sera, quando lui le era esploso in mano.

Fiona mosse lentamente la mano sul petto di Hunter, ricordando la sensazione dei capezzoli di lui che si indurivano sotto le sue attenzioni.

Cookie sollevò una mano e la appoggiò su quella che Fiona gli aveva messo sul petto. "Adoro avere le tue mani addosso, Fee, ma questa sera voglio essere io a darti piacere. Me lo permetterai?"

"Non so se ce la faccio."

"Che ne diresti di fare con calma? Se dovessi fare qualcosa che ti mette a disagio, mi fermerò."

Fiona annuì. "Mi fido di te, Hunter."

"Non tradirò la tua fiducia." Cookie portò una mano alla nuca di Fiona, si sporse e la baciò. Mantenne il bacio delicato, non volendo farla agitare. Usò l'altra mano per passare lungo il corpo della donna, accarezzandola. Tenne la mano sopra la corta camicia da notte, che si era sollevata a scoprire le mutandine, senza infilarla sotto. Sentì Fiona che si contorceva sotto di lui. Finalmente, quando lei gemette, Cookie mosse la mano in modo che la punta delle sue dita si infilasse sotto il davanti delle mutandine.

"Lo sai quanto bene mi fai sentire, Fee? Sei morbidissima. Sei fatta per le mie mani. Non vedo l'ora di assaporarti. Scommetto che hai un sapore dolcissimo. Godrai come una maiala quando ti metterò la lingua addosso, vero?"

Fiona rabbrividì alle sue parole. Dio, Hunter era fantastico. Le sue parole la stavano facendo impazzire. "Ti prego, Hunter. Ti prego." Non aveva idea del motivo per cui stava pregando, ma aveva bisogno di qualcosa. Aveva bisogno di qualcosa di più.

"Cosa vuoi, tesoro?"

"Di più."

"Di più? Più baci? Più mani addosso?"

"Sì. Più di tutto."

Cookie adorava far sì che Fiona si sentisse in quel modo. Non voleva davvero che la implorasse, ma voleva che lei lo volesse, che volesse *lui*. Mosse le dita avanti e indietro appena oltre il bordo delle mutandine. Sentiva il calore provenire dal sesso di Fiona. Si chinò e la baciò di nuovo, spostando la mano in modo che le coprisse l'inguine, ma da sopra le mutandine.

Cookie si sfregò contro Fiona mentre la baciava,

imitando con la lingua i movimenti della mano. Sfregò il palmo contro il clitoride della donna e non poté negare il piacere che generò in lui il grido di gioia di lei.

Fiona gettò la testa all'indietro e afferrò il polso di Hunter mentre lui muoveva la mano contro di lei.

Cookie si immobilizzò, non sapendo se la donna volesse che lui continuasse o che si fermasse.

"Non fermarti. Dio, non fermarti."

Cookie sorrise da un orecchio all'altro. Grazie a Dio. Sfregò sempre più forte contro Fiona, alternando baci al viso di lei e piccoli morsi sul collo.

"Così, Fee. Sfregati contro di me. Che bello. Sei caldissima. Brava. Sei davvero sexy."

Cookie sentì che Fiona era vicina. Lui aveva tenuto l'inguine lontano da lei, non volendo provocarle una crisi di panico, ma ora si permise di sfregarsi contro di lei.

"Senti quanto sono duro. È merito tuo. Sei molto sexy. Verrò con te, Fee. Guardarti mentre godi mi fa perdere la testa. Senti."

Le lasciò andare il collo con l'altra mano e gliela portò al petto. Cookie torse un capezzolo che già sporgeva dal tessuto della camicia da notte. Nello stesso momento, si chinò e le soffiò aria nell'orecchio, per poi succhiare fortemente il lobo. "Vieni per me, Fee. Vieni adesso."

Fiona esplose. La sua schiena si inarcò e lei lanciò un grido d'estasi. Non ricordava l'ultima volta in cui era venuta tanto violentemente... se mai era successo.

Riusciva a malapena a ricordare il suo nome, figurarsi qualunque cosa o persona ci fosse stata prima di Hunter. Quando Fiona tornò alla realtà, sentì il viso di Hunter contro il collo; l'uomo respirava affannosamente. Inoltre, lei sentì qualcosa di umido contro il fianco.

"Wow."

Cookie ridacchiò. "Già, wow. Il solo vederti mi ha fatto perdere il controllo."

Fiona aprì gli occhi e fissò in quelli di Hunter, il cui sguardo era fisso nei suoi. "Davvero?"

"Davvero. Il tuo odore, la sensazione del tuo calore. È tutto così dannatamente sexy che non sono riuscito a trattenermi. Quando lo faremo sul serio, prenderemo fuoco, cazzo. Non ci alzeremo dal letto per giorni."

Fiona non riuscì a far altro che sorridere a Hunter. Le parole dell'uomo la facevano rilassare. Lui non pensava che lei fosse un mostro ed evidentemente non voleva *davvero* metterle fretta per raggiungere un grado di intimità più alto di quello per cui lei sapeva essere pronta.

"Dai; per quanto mi piaccia lasciare il segno su di te, non puoi dormire con quella camicia da notte bagnata." Cookie si alzò dal letto, senza vergognarsi minimamente del suo corpo nudo. Andò all'armadio e Fiona sentì che la chiamava. "Dove hai messo le tue camicie da notte? Voglio vederti con quella rossa."

"Secondo cassetto a sinistra," chiamò Fiona, del tutto sconvolta dal fatto che Hunter le stesse portando una nuova camicia da notte. Non era mai stata con un uomo che si fosse preso la briga di prendersi cura di lei in qualunque modo dopo il sesso.

Fiona guardò Hunter rientrare nella stanza.

"Forza, in piedi."

Fiona scostò il lenzuolo e si alzò, imbarazzata dalla macchia umida che le copriva la parte frontale della camicia da notte. Non aveva idea del perché fosse in imbarazzo, soprattutto considerando che non era lei la colpevole.

Cookie le sorrise da un orecchio all'altro. Dio, quanto era carina. "Solleva le braccia."

Fiona chiuse gli occhi e fece come le aveva detto Hunter. L'uomo l'aveva fatta appena venire; non importava se l'avrebbe vista nuda. E aveva già visto anche i suoi seni. Non era nulla che lui non avesse mai visto un milione di volte su altre donne. Se non altro, quello era ciò che Fiona cercava di raccontarsi.

Cookie cercò di mantenere il tocco il più clinico possibile. Prese l'orlo della camicia da notte sporca e la sfilò da sopra la testa di Fiona. Sentì il cuore che accelerava i battiti. Si chiese, per la milionesima volta, come avesse fatto quella donna a sopravvivere all'inferno che aveva passato in Messico. Sembrava troppo fragile per essere riuscita a uscirne.

"Tieni le braccia sollevate, Fee. Dammi un secondo."

Sapendo di non poter prolungare la vestizione, per quanto volesse farlo, Cookie infilò la camicia da notte rossa sulla testa di Fiona e le fece passare le braccia attraverso le spalline. L'indumento le ricadde con un fruscio sui fianchi. Ora veniva il difficile.

Una volta che la camicia da notte ebbe coperto i fianchi di Fiona e le ricadde fino a metà delle cosce, Cookie prese le mutandine della donna e gliele sfilò dalle gambe senza avvisarla, tenendola coperta per tutto il tempo.

Fiona squittì quando sentì l'intimo scivolarle fino alle caviglie.

"Fai un passo indietro, dolcezza. Te ne ho preso un altro paio. Queste sono fradice." Cookie tenne la voce bassa, controllata e priva di minaccia.

Fiona fece come diceva Hunter, sapendo di essere paonazza in viso.

"Dio, adoro quando arrossisci. Mi sa che sei rossa dal viso fino alle dita dei piedi," scherzò Cookie, cercando di distrarre la mente di Fiona da quello che stava facendo. Le diede un colpetto a ciascuna caviglia in modo che facesse un passo e riuscì a posizionare il nuovo paio di mutandine. Non riuscì a resistere alla tentazione di passare le mani sulle natiche di Fiona e lungo il retro delle sue cosce prima di alzarsi.

"Forza, torniamo a letto."

Si rimisero a letto e Fiona non mancò di notare che Hunter aveva scelto il lato dove c'era la macchia umida. Lei si accoccolò nuovamente fra le sue braccia e sospirò.

"Perché sospiri?"

"Sono tanto felice. È difficile credere che due setti-mane fa io..."

“Non finire la frase.”

“Ma...”

“Non voglio immaginarti mai più laggiù. Mi distrugge.”

“Va tutto bene, Hunter. Volevo solo dire che non credo di essere mai stata più felice in vita mia e che, in un certo senso perverso, sono felice di essere stata rapita, anche solo perché è stato grazie al rapimento che ci siamo conosciuti.

“Cristo, Fee. Io non riesco... Non...”

Fu il turno di Fiona di zittirlo. “Non c’è problema, Hunter. Non ne parlerò più, te lo giuro.”

Quella notte, Cookie si svegliò ancora una volta quando Fiona ebbe l’ennesimo incubo. Non passava notte senza che lei sognasse la cattività e lui lo odiava a morte. Fiona non ne parlava mai, ma Cookie sapeva che aveva bisogno di rivolgersi a qualcuno. Non si stava lasciando alle spalle la sua esperienza come avrebbe dovuto, come dimostrato dagli incubi che aveva ancora tutte le notti. Ciò non era sano e per quanto Fiona se la cavasse bene, Cookie sapeva che sarebbe crollata se non si fosse sfogata. Per quanto volesse essere lui quello con cui la donna avrebbe parlato, sapeva di doverla portare da un professionista. Aveva visto molte cose in vita sua, ma non credeva che sarebbe riuscito a gestire ciò che le aveva raccontato del suo periodo in Messico. Se Fiona avesse sentito il bisogno di parlargliene, lui avrebbe ascoltato, ma in caso contrario, non voleva *mai* sentirne parlare. Sapeva ciò che accadeva alle donne rapite, che erano destinate a diventare schiave sessuali, ma non riusciva a immaginare la sua Fee in una situazione del genere.

Cookie la consolò meglio che poteva e la tenne stretta mentre piangeva. Come al solito, Fiona non si svegliò mai completamente, ma si rilassò fra le sue braccia senza dire una parola mentre lui contava ad alta voce. Cookie cominciava sempre da cento e contava alla rovescia fino a uno. Di solito, Fiona si addormentava quando lui arrivava a ottanta.

CAPITOLO SEDICI

LE DUE SETTIMANE successive trascorsero rapidamente per Fiona. Lei passava le sue giornate con Alabama e Caroline, insieme o separatamente, e le serate e le notti con Hunter. Si erano fatti altre coccole spinte a letto, ma non erano andati oltre. Fiona avrebbe voluto farlo, ma sapeva di non essere pronta, perché tutte le volte che Hunter accennava a fare qualcosa più che toccarla, lei dava di matto e non riusciva ad arrivare fino in fondo. Fiona cominciava a pensare che non sarebbe mai stata pronta e questo la uccideva. Hunter meritava molto di più.

Hunter aveva cominciato a incoraggiarla a parlare con uno specialista. Le aveva detto che alla base c'era un medico che aveva esperienza nell'affrontare il genere di abusi che lei aveva sofferto. Le aveva persino dato il biglietto della dottoressa. Costei aveva discusso con Fiona e lei aveva accettato di parlarle quando sarebbe stata pronta. Non sapeva se sarebbe mai stata pronta, ma portava con sé il biglietto della donna ovunque andasse, per sicurezza.

Un giorno, quando Fiona era con Alabama, le squillò il cellulare. Le uniche telefonate che riceveva erano quelle di Hunter e delle sue nuove amiche. Era palese che non fosse Alabama a chiamarla, perché era seduta di fronte a lei.

"Pronto?"

"Ciao, Fee. Sono Cookie."

"Ciao, Hunter. Va tutto bene?"

"Ma certo. Mi dispiace di averti fatta preoccupare. Sei a casa di Alabama?"

"Sì."

"D'accordo. Adesso arrivo."

"Sei sicuro che vada tutto bene?"

"Ma certo. Ci vediamo presto?"

"D'accordo, ti aspetto."

"Ciao."

"Ciao."

Fiona guardò Alabama e vide le dita dell'altra donna che volavano sul telefono. Stava palesemente messaggiando con qualcuno.

Una volta che ebbe finito, Fiona disse: "Era Hunter. Ha detto che viene a prendermi.

"Sì, va bene, d'accordo."

"Che succede? Era Abe?"

Fiona non era mai riuscita a chiamare gli altri uomini della squadra coi loro veri nomi. Se qualcuno le avesse sentite parlare, avrebbe creduto che fossero pazze, dato che Caroline e Alabama usavano i veri nomi degli uomini, mentre Fiona li chiamava coi soprannomi. Era come se parlassero di persone completamente diverse.

"Sì. Anche Christopher sta venendo a casa."

"Credi che vada tutto bene?"

"Sì, sono sicura che sia tutto a posto."

"Cosa c'è? Mi suoni strana, Alabama."

Alabama sospirò. "Senti, sono convinta che Hunter volesse dirtelo di persona, ma sto facendo fatica a tenerlo per me."

"Oddio, che succede? Mi sto preoccupando."

"Sono stati chiamati per una missione. Partiranno questa notte."

"*Questa notte?*" Fiona non riuscì a contenere la nota acuta nella sua voce. Trasse un respiro profondo e ritentò. "Questa notte? Partono questa notte?"

"Sì, e probabilmente mi faranno delle storie per avertelo detto prima che potesse farlo Hunter. Probabilmente, lui è terribilmente nervoso al pensiero di dirtelo e di lasciarti sola. La prima volta che Christopher è andato in missione dopo che ci siamo messi insieme è stata un tormento. Te lo sto dicendo solo perché credo che tu abbia bisogno di saperlo e di non avere sorprese."

Fiona annuì, anche se stava dando di matto; sapeva che qualunque cosa Alabama stesse per dirle era seria.

"Christopher ha commesso degli errori durante quella prima missione dopo che ci siamo messi insieme.

Era preoccupato per me e non aveva la testa a posto. Quando è tornato... lui... beh, mi ha fatto del male e ci siamo quasi lasciati." Alla vista del panico sul volto di Fiona, Alabama si affrettò ad aggiungere: "Non preoccuparti. Abbiamo sistemato tutto. Te lo sto dicendo solo affinché tu faccia qualunque cosa per convincere Hunter che sei a posto e che lui può concentrarsi sulla missione."

Fiona annuì disperatamente. "Mi dispiace che tu abbia vissuto quell'esperienza e sono felice che voi due abbiate sistemato le cose. Non voglio che Hunter si preoccupi per me. Cosa dovrei dirgli?"

"Lo scoprirai. Ma ricordati che non sei sola. Lui potrà anche andare in missione, ma io e Caroline resteremo qui con te. Ti guarderemo noi le spalle. Hai capito?"

"Ho capito. Grazie per avermelo detto. Probabilmente, non avrei reagito bene se non avessi avuto un'anticipazione. Ti sono grata. Posso chiamarti più tardi?"

"No, non chiamarmi. Porta il culo a casa di Caroline dopo che Hunter sarà partito. Faremo un pigiama party, mangeremo troppo e piangeremo perché ci mancano i nostri uomini. Poi, domani, andremo a fare shopping e spenderemo un sacco di soldi. Questo dovrebbe permetterci di resistere fino al ritorno dei nostri uomini."

Fiona rise, proprio come era stata intenzione di Alabama.

Qualcuno bussò alla porta. Alabama andò a controllare, guardò dallo spioncino e aprì. Erano Hunter ed Abe. Subito, Abe si protese verso Alabama e la prese fra le braccia.

"Ciao, bellezza. Ciao, Fiona."

Ciao," rispose distrattamente Fiona, lo sguardo fisso su Hunter.

"Ciao, Fee. Sei pronta ad andare?"

"Sì. Ci vediamo, Alabama," chiamò Fiona, mentre Hunter la indirizzava fuori dalla porta con una mano in fondo alla schiena.

Fiona non disse nulla mentre Hunter li conduceva alla sua auto e la faceva accomodare prima di fare il giro e mettersi al posto di guida. Accese il motore e lei si mosse a disagio sul sedile, ma tacque. Appoggiò la mano sinistra sulla coscia di Hunter mentre questi guidava. Era chiaro che l'uomo era teso e lei si rese conto che Alabama aveva fatto bene a dirle cosa stava succedendo. Se non avesse già saputo tutto, in quel momento avrebbe perso la testa. Perdiana, probabilmente si sarebbe convinta che Hunter volesse lasciarla o qualcosa del genere.

Era palese che Hunter aveva il terrore di dirle che stava per partire. Fiona si rilassò un poco quando l'uomo le coprì la mano con la sua; le piaceva il contatto diretto e ne traeva conforto.

Arrivarono all'appartamento di lui ed entrambi tacquero mentre salivano le scale.

"Sediamoci sul balcone, d'accordo?"

"D'accordo." Fiona mantenne un tono di voce il più possibile tranquillo e rilassante.

Cookie si sedette su una delle ampie sedie a dondolo e si mise Fiona in grembo. Subito, lei si mise comoda, gli passò un braccio attorno al collo e gli appoggiò la testa al petto. "Di qualunque cosa si tratti, Hunter, andrà tutto bene." Fiona voleva tranquillizzarlo il prima possibile. Detestava vederlo nervoso.

"Tu sai che io sono un SEAL." Fiona annuì e Cookie continuò a parlare. "È parte di quello che sono. Non voglio cambiarlo. Sono bravo in quello che faccio. Ma se tu hai bisogno che io molli, lo farò."

A quelle parole, Fiona si raddrizzò. "Che diamine stai dicendo, Hunter? Come ti è venuto in mente?"

"Questa notte partiremo per una missione, Fee. Devo partire subito. È così che funziona. A volte ci danno un preavviso, ma più spesso che no, dobbiamo partire non appena ci viene notificato." La voce di Hunter era tormentata mentre lui proseguiva. "Non posso dirti dove andremo o cosa faremo. Non posso dirti quanto a lungo rimarremo via. È possibile che io non torni. È sempre possibile che io non torni."

Gli occhi di Fiona si colmarono di lacrime al suo tono di voce. Ecco ciò a cui si riferiva Alabama. In qualche modo, doveva trovare le parole giuste per rassicurarlo.

"Hunter, so che tu sei un SEAL. Ringrazio *Dio* tutti i giorni che tu sia un SEAL. Credi che sarei sopravvissuta alla fuga da quel buco se tu non lo fossi stato? Io, più di *chiunque*, so quanto sia importante il tuo lavoro. Non ti chiederei *mai* di mollare. Se ti chiedessi di mollare, mi prenderei a calci da sola. Mi preoccuperò per te? Naturalmente. Tu ti preoccuperai per me? Naturalmente. Ma, cribbio, non puoi permettere che ciò ti impedisca di fare quello che fai meglio. Sono triste perché tu te ne andrai? Sì. Sono preoccupata perché non saprò dove sei o cosa stai facendo? Sì, cribbio, ma posso farcela, Hunter. Tu tornerai da me. *Tornerai*. Tutte le volte. Io ci credo e anche *tu* devi crederci. Non sono una ragazzina che crollerà a ogni tua partenza. E poi, ho Caroline e Alabama con cui stare e con cui andare a fare acquisti." Fiona sentì Hunter rilassarsi leggermente sotto di lei. Continuò a parlare, cercando di risollevarlo con dolcezza da quella crisi.

"E poi, tu mi hai dato piena libertà di usare la tua carta di credito e io ho intenzione di usarla tantissimo in tua assenza." D'accordo, quella era una spudorata menzogna, ma non era necessario che Hunter lo sapesse.

"Solo se ti comprerai un'altra camicia da notte sexy da mostrarmi al mio ritorno."

Fiona sorrise e si protese verso di lui. "D'accordo."

"Devo ammettere che la stai prendendo molto meglio di quanto io avessi pensato."

"Lo so. Anche tu sei molto stressato. Ma devo dirti una cosa... Alabama me lo aveva già detto. Voleva prepararmi."

Cookie si accigliò. "Non spettava a lei farlo."

Era chiaro che Hunter stava per innervosirsi, per cui Fiona lo interruppe prima che potesse cominciare. "Sì, invece. Tu stavi per farti venire una sincope. Alabama ha vissuto un'esperienza simile con Abe e non voleva che capitasse anche a noi. Ci ha fatto un favore."

Cookie tacque per un istante, digerendo le parole di Fiona. Lei aveva ragione. Alabama aveva fatto la cosa giusta. "Hai ragione. Abe ha fatto una cazzata con Alabama e stava cercando di impedire che io facessi la stessa dannata cosa. Ma, francamente, Fee, ho il terrore di lasciarti sola."

"Dato che siamo onesti, anche io ne ho il terrore, ma tu devi andare, Hunter. Io *voglio* che tu vada. Me la caverò. Lo giuro."

"Prima che io parta, voglio che tu sappia una cosa," disse a bassa voce Cookie, passando delicatamente e con amore la mano lungo la schiena di Fiona.

Fiona si accoccolò nuovamente contro il petto di Hunter. "Va bene."

"Ti amo."

Fiona sollevò di scatto la testa alle parole di Hunter e lo fissò.

Cookie ripeté: "Ti amo."

"Non lo stai dicendo solo perché sei in partenza e hai paura di non tornare indietro, vero? Perché se è così, ti prendo a calci nel culo."

Cookie rise. "No, Fee. È da un po' che so che ti amo, ma stavo cercando di darti il tempo di abituarti a me e all'essere mia. Ho deciso che era il momento giusto per fartelo sapere. Tornerò, ci puoi scommettere. Devo ancora prenderti.”

“Cristo, Hunter, non puoi dire certe cose in questo modo!”

“L'ho appena fatto.”

Fiona sorrise a Hunter in mezzo alle lacrime. “Ti...”

Cookie le appoggiò un dito sulle labbra. “Non dirlo solo perché l'ho detto io. Anche se dovessi metterci altri vent'anni a dirlo, io ci sarò. Non ti abbandonerò solo perché non lo hai detto. Dillo quando potrai farlo sinceramente. Quando saprai, nel profondo del tuo cuore, che è la verità. Fino ad allora, io ci sarò. Ti darò fastidio lasciando i calzini sul pavimento e i peli della barba nel lavandino. Non ti abbandonerò. Se tu mi lascerai, ti troverò. Tu sei mia. Hai sentito? Mia.”

“Ho sentito.”

“Dillo.” Le parole di Hunter erano gutturali e disperate.

“Tua.”

“Esattamente. Ora baciami.”

<hr>

Quella sera, Caroline, Fiona e Alabama erano sedute sull'enorme letto di Caroline. Avevano guardato Bette Miller in *Spiagge* e avevano pianto come fontane. Naturalmente, il film era solo una scusa per piangere e tutte loro lo sapevano. Nessuna di loro voleva ammettere di essere preoccupata per il suo uomo. Appartenere a un

Navy SEAL non era facile. Ma per fortuna, le donne potevano fare affidamento le une sulle altre e sostenersi a vicenda.

Il mattino dopo, Caroline fu la prima a svegliarsi, come sempre. Diede di gomito a Fiona e ad Alabama fino a quando anche loro si alzarono. Fecero a turno a prepararsi a uscire per fare un po' di terapia di shopping.

Verso le undici furono finalmente pronte. Alabama le portò in auto al Centro commerciale e si misero in marcia, ciascuna decisa a trovare qualcosa di sexy da indossare al ritorno del suo uomo.

Erano nel negozio di intimo e Caroline stava decidendo se comprare una camicia da notte nera o rossa quando qualcosa sulla destra attirò l'attenzione di Fiona. Lei voltò la testa e vide due uomini di etnia ispanica che la guardavano. Un brivido le corse immediatamente lungo la spina dorsale e lei provò vertigini e nausea.

Detestava la propria reazione. Quegli uomini non stavano facendo nulla di male. Le stavano guardando perché Caroline parlava a voce alta, probabilmente troppo alta per quel negozio tranquillo. Gli uomini non stavano cercando di rapirle; non le guardavano nemmeno in maniera lasciva. Ma non aveva importanza. Il solo vederli lì a fissarla la riportava in quell'inferno messicano.

Fiona cadde in ginocchio al centro del negozio. Si portò entrambe le mani alla testa e piagnucolò.

Caroline udì il suono e si guardò attorno confusa. Alla vista di Fiona a terra, lasciò immediatamente cadere il reggiseno che aveva in mano e si accovacciò accanto a lei.

"Fiona? Cosa c'è? Che succede?"

"Sono qui," mormorò Fiona. "Dobbiamo andarcene."

"Chi è qui?" chiese Alabama, inginocchiandosi sull'altro fianco di Fiona.

"Non fatevi vedere o prenderanno anche voi. Dobbiamo nasconderci."

Alabama e Caroline incrociarono gli sguardi sopra il corpo tremante di Fiona. Non sapevano esattamente cosa stesse succedendo, ma ne avevano una discreta idea.

"Fiona, è tutto a posto. Ora se ne sono andati. Dai, alzati. Andiamo a casa e ci beviamo un caffè."

Fiona sbirciò da sotto le braccia e vide i due uomini lì in piedi, che le guardavano con una sorta di sguardo perverso.

Ora a bassa voce, Fiona afferrò freneticamente le braccia delle sue amiche. "D'accordo, sanno di me, ma voi potete ancora salvarvi. Mi consegnerò mentre voi uscite dall'altra porta. Scappate. Dovette scappare. Io ci sono già passata; posso farcela. Voi andate. Andate e basta."

Caroline vide l'occhiata che Fiona aveva lanciato ai due uomini ispanici nelle vicinanze. Rivolse un cenno col mento ad Alabama, come aveva visto fare a Matthew e alla sua squadra innumerevoli volte. Per fortuna, Alabama li frequentava abbastanza da capire. Mollò la presa sul braccio di Fiona e si alzò per chiedere agli uomini di allontanarsi. Già che c'era, disse anche agli altri spettatori di andarsene. Fissare era maleducazione.

Fiona vide Alabama cominciare a incamminarsi verso gli uomini e si liberò dalla presa di Caroline. "No! Alabama, no! Scappa, dannazione, scappa!"

Spiccò un balzo verso Alabama e guadagnò vantaggio sufficiente su Caroline da raggiungere Alabama prima che Caroline potesse fermarla. Afferrò Alabama per un braccio e la strattonò all'indietro. Poi, Fiona corse dagli uomini, che nel frattempo erano rimasti a bocca aperta. "Non potete prenderle, stronzi. Non potete. Portatemi indietro, se volete, ma lasciatemi in pace!"

Gli uomini, palesemente stupiti dal veleno nella voce di Fiona, si allontanarono rapidamente di tre passi. Si guardarono attorno stupiti, chiedendosi se quella pazza stesse parlando davvero con loro.

Caroline aveva afferrato Alabama quando Fiona l'aveva spinta via; ora corse a raggiungere Fiona.

"Per favore, ragazzi, andate via. Lei ha un flashback. State peggiorando la situazione. Non avete fatto nulla di male, ma per favore, andate via," implorò Alabama, rivolta agli uomini, mentre raggiungeva Fiona.

Gli uomini, felici di allontanarsi da quelle pazze, fuggirono dal negozio come se si fossero trovati all'improvviso circondati da tigri affamate.

Caroline e Alabama afferrarono ciascuna un braccio di Fiona e la strinsero. Non avrebbero permesso che lei si allontanasse ancora una volta da loro.

"Se ne sono andati, Fiona. Se ne sono andati. Vieni, tesoro. Siediti."

Fiona collassò sul pavimento, nel bel mezzo del negozio, in preda al sollievo. Gli uomini se n'erano andati. Non avrebbero preso le sue amiche. Non avrebbero preso *lei*. "Dobbiamo andarcene, nel caso ritornino," disse con enfasi a Caroline e Alabama. "Voi non li conoscete; quella gente non si arrende. Torneranno."

"D'accordo, adesso andiamo," la tranquillizzò Caroline. Avrebbe voluto con tutto il cuore che ci fossero lì i ragazzi. Fiona aveva bisogno di Hunter. "Adesso Alabama va a prendere la macchina. Noi ce ne stiamo qui fino a quando non ritorna, d'accordo?"

Fiona annuì, chiuse gli occhi e si dondolò sul pavimento, ignara delle occhiate che le lanciavano i clienti incuriositi e degli sguardi preoccupati delle sue amiche.

Caroline rimase seduta sul pavimento del negozio di intimo ad abbracciare Fiona fino al ritorno di Alabama. Caroline sapeva che Alabama stava facendo in fretta, ma parve volerci fin troppo perché lei tornasse da loro.

"Ho parcheggiato la macchina davanti all'ingresso posteriore. La responsabile ha detto che possiamo farla uscire da lì. Ho cercato di spiegarle in parte quello che sta succedendo. Anche lei è preoccupata."

Caroline annuì, prese la testa di Fiona fra le mani e la costrinse a guardarla negli occhi. "Fiona? Alabama ha portato qui la macchina. Ce la fai camminare? Adesso andiamo a casa."

Fiona cercò di concentrarsi sulle parole della donna.

Cosa ci faceva lì Caroline? Era stata rapita anche lei? "Caroline? Hanno preso anche te?"

Caroline si limitò a scuotere mestamente la testa. "No, tesoro, siamo al sicuro. Forza, andiamocene da qui, va bene?"

Fiona annuì stolidamente. Andarsene le suonava bene. Gli uomini potevano tornare in qualunque momento; meglio andarsene.

Le tre amiche si trascinarono fuori dalla porta sul retro, fino all'auto in attesa. La responsabile le guardò con occhi tristi. Alabama le aveva riferito quanto bastava dei problemi di Fiona perché lei fosse dispiaciuta per ciò che era accaduto nel suo negozio.

Caroline e Alabama allacciarono la cintura a Fiona e Alabama si mise alla guida, mentre Caroline prese posto accanto a Fiona e la abbracciò. La donna tremò in maniera incontrollabile fino a casa.

Dopo averla riportata a casa di Caroline, la misero a letto e rimasero con lei fino a quando non si addormentò. Nessuna di loro fece domande quando Fiona cominciò a contare alla rovescia a partire da mille. Anzi, si unirono a lei quando ciò parve calmarla.

Caroline e Alabama si sedettero poi al tavolo della cucina, ammutolite.

"Ha bisogno di aiuto. Io mi sento impotente. Non so cosa fare," disse mestamente Alabama.

"Tutto ciò che possiamo fare è restarle accanto."

"Credi che si ricorderà di oggi?"

"Spero proprio di no, Alabama. Si sentirebbe umiliata."

"Cazzate. Non ha nulla di cui vergognarsi."

"Io lo so e tu lo sai, ma scommetto quello che vuoi che si vergognerà comunque."

Poi, Alabama mormorò a voce bassissima, come se temesse di dire qualcosa di blasfemo: "Vorrei che ci fossero i ragazzi."

"Anch'io, Alabama. Anch'io," concordò Caroline a voce altrettanto bassa.

CAPITOLO DICIASSETTE

FIONA ROTOLÒ GEMENDO. Si sentiva malissimo. La stanza era buia, ma lei stava morendo di fame. Era stato il brontolio del suo stomaco a svegliarla. Guardò l'orologio, o almeno dove l'orologio avrebbe dovuto essere. Non c'era. Poi ricordò. Era a casa di Caroline. Lei e Alabama avevano trascorso la notte lì perché i ragazzi erano stati mandati in missione.

Poi, Fiona si sollevò di scatto. Oh, no. Cristo. Lo shopping. Gli uomini. La sua crisi di nervi. Si tuffò il viso fra le mani. Oddio. Aveva visto quegli uomini e aveva pensato di essere di nuovo in Messico. Aveva accusato degli uomini innocenti di aver fatto cose orribili. Cosa sarebbe successo se fosse stata da sola? Cosa avrebbe fatto? Era mortificata.

Doveva andarsene da lì. Si guardò attorno con prudenza. Era da sola nella stanza. Poteva tornare a casa. No. Lei non aveva una casa. Sarebbe tornata all'appartamento di Hunter, quindi sarebbe andata... da qualche parte. Non poteva restare. Hunter meritava molto meglio che lei. E se Fiona avesse dato di matto in sua presenza? Sarebbe morta dall'imbarazzo. Era impazzita.

Si mosse in punta di piedi per la stanza, trovando scarpe e borsetta, e controllò di avere tutto. Aprì con cautela la porta. Non vedendo né sentendo nessuno, percorse il corridoio. Quando raggiunse il salotto, vide che Caroline e Alabama giacevano riverse sul divano. Sul tavolino da caffè c'erano una bottiglia di Jack Daniels vuota e diverse lattine di bibite. Era palese che le due donne si erano sballate in conseguenza alle sue azioni del giorno prima.

Le vennero le lacrime agli occhi. Cristo, si erano imbarazzate a tal punto per quello che aveva fatto che avevano dovuto ubriacarsi per passare la notte. Mentre Fiona si dirigeva verso la porta, sapeva che non avrebbe mai dimenticato la vista delle sue prime e uniche amiche prive di conoscenza sul divano a causa di qualcosa che aveva fatto lei.

———

Caroline si svegliò e gemette. Cristo, aveva bevuto troppo. Si era resa conto che non era il caso, ma era stata così preoccupata per Fiona che non aveva fatto altro che bere. Vide Alabama ancora riversa accanto a lei e le diede un colpetto col piede.

"Ehi, Alabama, alzati. Andiamo a vedere come sta Fiona."

Alabama gemette, ma lentamente si mise seduta. "Perché mi hai lasciato bere così tanto ieri sera?"

"Io? Eri tu quella che incoraggiava *me* a continuare."

"D'accordo, forse ci siamo incoraggiate a vicenda."

Si scambiarono un sorriso. "Forza, andiamo a prendere Fiona e sistemiamo prima le faccende imbarazzanti, così dopo potremo preparare una colazione enorme, ingozzarci e capire cosa fare e come aiutarla."

Alabama fece strada verso la stanza dove avevano lasciato Fiona la sera prima. Rimasero sconvolte quando aprirono la porta e videro il letto vuoto. Caroline si voltò e lasciò la stanza come se non si fosse sentita male fino a un momento prima.

"Forza, Alabama, dobbiamo andare a casa di Hunter. Probabilmente, Fiona si è svegliata presto e ha voluto essere gentile e non svegliarci. Inoltre, probabilmente era in imbarazzo e voleva evitarci. Dobbiamo raggiungerla e farle capire che non ha nulla per cui sentirsi in imbarazzo."

Le due donne si buttarono addosso dei vestiti puliti e corsero fuori di casa senza nemmeno prendere in considerazione il loro aspetto. L'unica cosa a cui pensavano era trovare la loro amica e rassicurarla.

Una volta arrivate all'appartamento di Hunter, Alabama e Caroline bussarono alla porta; quando nessuno rispose, passarono a *percuotere* la porta, chiamando continuamente il nome di Fiona.

Quando lei continuò a non rispondere, loro poterono solo giungere alla conclusione che la donna non fosse lì. "La macchina!" Alabama corse di nuovo al parcheggio. Né Caroline né Alabama avevano pensato, al loro arrivo, di verificare la presenza dell'auto di Hunter.

Alla vista del parcheggio privato di Hunter vuoto, Alabama mormorò: "Merda." Le gambe le cedettero e si ritrovò seduta per terra.

Caroline si lasciò cadere a terra accanto alla sua amica, incerta sul da farsi.

Per la seconda volta in altrettanti giorni, Alabama disse: "Vorrei che ci fossero i ragazzi."

Caroline non poté far altro che annuire il suo assenso.

———

Fiona guidò quanto più poteva. Era stanca, ma voleva recarsi il più a nord possibile. Scosse la testa. Nord significava lontano dal Messico; quello, al momento, era il suo unico pensiero. Fiona doveva proteggere le sue amiche e il modo migliore di farlo era allontanarsi da loro.

Raggiunse il limitare di San Francisco prima di essere costretta a fermarsi a bordo strada. Prese in considerazione l'idea di dormire in macchina, ma poi si disse che ciò avrebbe reso ancora più facile ai rapitori sopraffarla. Dopodiché, pensò di fermarsi in un motel a ore da quattro soldi, ma ancora una volta si rese conto che, se i rapitori fossero venuti a prenderla, molto probabilmente nessuno sarebbe accorso in suo aiuto, perché tutti, nei posti di quel genere, cercavano di non farsi notare.

Fiona finì col parcheggiare davanti a un albergo di lusso. Sapeva di non essere esattamente vestita in maniera mimetica – i pantaloni della tuta e la maglietta troppo larga la facevano decisamente risaltare – ma a ogni modo, la gente che lavorava in quel genere di posti era troppo disciplinata per fare commenti.

Fece il check-in, usando la carta di credito di Hunter, e andò nella sua stanza. Non aveva bagaglio, ma al momento non gliene importava nulla. Si sdraiò sul letto e chiuse gli occhi. Era terrorizzata ed esausta.

Cercò di ragionare su quello che stava accadendo. Ricordava di essere tornata all'appartamento di Hunter e di aver visto gli uomini ispanici del negozio nel parcheggio... o almeno, le era sembrato che fossero gli stessi uomini. Doveva scappare, doveva andarsene. Non era nemmeno salita nell'appartamento; era semplicemente scappata via dal parcheggio, diretta verso nord.

Fiona chiuse gli occhi. Avrebbe fatto un pisolino, poi si sarebbe alzata e avrebbe ripreso il cammino. Fece ricorso al metodo che funzionava sempre quand'era stressata: contò. Mille. Novecento novantanove. Novecento novantotto...

Sei ore più tardi, Fiona si svegliò disorientata e confusa. Dov'era? Quella non sembrava la casa di Caroline. Si mise seduta. Era sicuramente in una stanza d'albergo, ma non ricordava di esservi entrata. Lentamente, frammenti della giornata trascorsa cominciarono a filtrare nel suo cervello.

Sto uscendo di testa. Cristo, sto uscendo di testa. Sta succedendo davvero o sto sognando? I rapitori mi hanno davvero trovata? Fiona non riusciva a capire cosa fosse reale e cosa non lo fosse. Voleva Hunter, ma lui era... da qualche parte. Stava salvando qualcun altro e lei non aveva modo per contattarlo.

Mentre ricadeva sempre più profondamente nell'illusione di essere perseguitata da qualcuno, Fiona pensò ad Hunter... *Mi ha trovata nel bel mezzo della giungla messicana e non mi stava nemmeno cercando. Mi troverà qui. Devo solo tenermi un passo avanti rispetto ai rapitori e aspettare Hunter.*

"Dobbiamo fare qualcosa, Caroline," implorò Alabama rivolta alla sua amica. "Non possiamo starcene sedute qui e aspettare che torni a casa. È evidente che non tornerà come se niente fosse, dicendo 'Ehi, scusate se vi ho fatte preoccupare.'"

"C'è qualcosa di molto sbagliato, Alabama," disse Caroline, affermando l'ovvio. "Fiona pensava davvero che quegli uomini fossero venuti a riportarla in Messico. E se lo credesse ancora? È possibile?"

"Non ne ho idea, ma Cristo, Caroline. Se lei pensa

davvero così, chissà dov'è andata. Dobbiamo chiamare il comandante. Lui può contattare Hunter. Deve saperlo."

"Ma, e se non potessero tornare a casa subito? Hunter perderebbe la testa e metterebbe in pericolo se stesso e il resto della squadra."

"Lo so, ma cosa succederebbe se fossimo noi a finire nei guai? Sai che Christopher o Matthew non ci perdonerebbero mai se non venissero informati."

"D'accordo. Chiamerò il comandante Hurt e gli dirò cosa sta succedendo."

Caroline chiamò la base e lasciò un messaggio al comandante della squadra, nel quale gli diceva di richiamarla il prima possibile. Cercò di assicurarsi che il sottufficiale che aveva preso il messaggio capisse che si trattava letteralmente di una questione di vita o di morte e che il comandante doveva chiamarla non appena fosse tornato in ufficio.

All'improvviso, Alabama disse: "Oddio, perché non ci abbiamo pensato prima? E Tex?"

"Tex! Cazzo! Sì, sei un genio, Alabama!"

Caroline prese freneticamente il telefono. Se c'era una persona in grado di trovare Fiona, si trattava di Tex. Caroline fece scorrere i contatti e selezionò il nome di Tex.

"Che succede?" Com'era tipico, Tex andò subito al sodo.

"Fiona è scomparsa e Hunter e gli altri sono in missione."

"Ditemi tutto."

"Ieri eravamo a fare shopping e c'erano degli uomini ispanici che si facevano gli affari loro nello stesso negozio in cui eravamo noi. Fiona li ha visti e ha dato letteralmente di matto. Ha avuto un flashback o qualcosa di simile e noi siamo dovute uscire dal centro commerciale passando dalla porta posteriore del negozio. L'abbiamo portata a casa, ma quando ci siamo svegliate, lei non c'era più. Non è all'appartamento di Hunter e l'auto di lui è scomparsa. Crediamo che sia rimasta bloccata nel flashback o qualcosa del genere. Non sappiamo cosa fare."

"Avete contattato il comandante?"

"Sì, un attimo fa ero al telefono con una persona alla base. Gli ho lasciato un messaggio per dirgli di richiamarci. Alabama ha pensato a te. Puoi trovarla, vero, Tex?"

"Sì, la troverò. Voi continuate a cercare di contattare il comandante. Io vedo cosa riesco a fare da qui."

"Grazie, Tex. Ah, lei ha la carta di credito di Hunter. Gliel'ha data lui. Non l'ha rubata."

La voce di Tex perse un po' della sua durezza. "Non lo avrei mai pensato, Ice. È un bene che ce l'abbia lei. La troverò e ti richiamerò il prima possibile."

"D'accordo. Grazie mille. Non sapevamo cosa fare."

"Hai fatto la cosa giusta a contattarmi. A dopo, Ice."

"Ciao, Tex."

Caroline si rivolse ad Alabama e le disse, anche se era superfluo: "Tex ha detto che la troverà."

Alabama annuì. "D'accordo. Se lui ha detto che la

troverà, lo farà. Dobbiamo solo pregare che la trovi presto."

———

Il telefono sul comodino squillò e Fiona per poco non spiccò un balzo. Fissò il telefono. Era Hunter? Erano i rapitori? L'avevano trovata? Per un attimo, rimase combattuta fra il desiderio di rispondere al telefono e quello di scappare fuori dalla stanza, saltare sulla macchina e darsi alla fuga. Fiona prese il coraggio a due mani, quel coraggio che nell'ultimo giorno aveva perso, e prese il telefono.

"Pronto?"

"Fiona, sono Tex, l'amico di Cookie. Non riattaccare."

Fiona si piegò in due dal sollievo. Ricordava di aver sentito Hunter parlare di Tex. Grazie a Dio quell'uomo l'aveva trovata. "Tex?" mormorò. "Ho tanta paura. Mi hanno trovata."

Dall'altro capo della linea, Tex si piegò in due sulla sedia. Meno male che lei lo conosceva, cazzo, ma Cristo, toccava fare tutto a lui, e non sapeva nemmeno esatta-mente cosa fare. Fiona era palesemente intrappolata nell'illusione che qualcuno la inseguisse e sarebbe bastata una parola sbagliata da parte sua per metterla di nuovo in fuga. Tex decise che, per il momento, era meglio assecondare l'illusione, piuttosto che cercare di convincerla che era tutto frutto della sua immaginazione.

"Fiona, ascoltami. Cookie ti ha detto quello che posso fare coi computer, giusto? Beh, a te ci penso io. So dove sono i rapitori: sono ancora a Riverton. Non si sono resi conto che sei andata via. Sei al sicuro dove ti trovi. Resta lì. Ordina il servizio in camera, chiedi al cameriere di lasciare tutto fuori dalla porta e paga con la carta di credito. L'ho protetta; nessuno è in grado di rintracciarla. Mi senti? Sei al sicuro dove sei."

Tex non voleva che Fiona aprisse la porta, si ritrovasse di fronte un dipendente dell'albergo o un'altra persona di origini ispaniche, e perdesse di nuovo la testa. Sapeva che la donna era al sicuro nell'albergo, per il momento. L'aveva rintracciata dopo una breve ricerca basata sulla carta di credito di Cookie. Fiona non stava davvero cercando di nascondersi; stava solo fuggendo in preda alla paura.

"D'accordo, Tex. Aspetterò di avere tue notizie. Sono davvero al sicuro qui? Loro non sanno che me ne sono andata?" La voce della donna era bassa e tremava per l'emozione.

"No, tesoro. Non hanno idea di dove tu sia." Da quel punto di vista, Tex era assolutamente onesto.

"Hunter verrà a cercarmi?"

Per poco il cuore di Tex non si spezzò. "Ci sto lavorando, Fee. Lo sai che è in missione, vero?"

"Sì, lo so. È per questo che sono venuti adesso: sapevano che lui non c'era e che non poteva proteggermi."

"Stiamo cercando di riportare Cookie a casa in modo che venga a prenderti. Ricorda quello che ho detto: non muoverti. Resta lì al sicuro."

"D'accordo, Tex. Va bene."

"Ti chiamerò ogni quattro ore, Fiona. Resta vicino al telefono, va bene? Ogni quattro ore."

"D'accordo. Resto vicino al telefono."

"Brava. Bevi molta acqua e ricordati di ordinare del cibo al ristorante dell'albergo. Mantieni le forze." Tex era convinto che, ordinando a Fiona di fare una cosa, era più probabile che lei la facesse.

"Sì, va bene." La donna fece una pausa e, con voce infantile, disse: "Voglio Hunter."

"Arriverà il prima possibile, Fiona. Tieni duro per lui, piccola."

Tex era riluttante a mettere giù, ma aveva delle altre telefonate da fare. Doveva riportare Cookie a casa. La sua donna aveva bisogno di lui. Ora.

"D'accordo, aspetterò Hunter."

"Ci sentiamo fra quattro ore, Fiona. Quattro ore. Non di più e non di meno. Bada a rispondere al telefono."

"D'accordo, Tex. Ciao."

Tex mise giù e imprecò a lungo e sonoramente. Sapeva che Cookie non si era aspettato quell'evenienza. Era palese che Fiona aveva bisogno d'aiuto per affrontare ciò che le era accaduto. Per prima cosa, Tex chiamò il comandante. Doveva riportare Cookie a casa. La sua donna aveva bisogno di lui.

———

Cookie aprì sbattendo la porta della casa di Caroline e Wolf. Erano immersi fino al collo in una "situazione" in un paese africano poco conosciuto paese africano quando Wolf lo aveva preso in disparte e gli aveva detto di Fiona. C'erano voluti gli sforzi combinati di Benny ed Abe per trattenerlo e impedirgli di partire in quarta e far ammazzare se stesso e la sua squadra. La squadra aveva discusso e deciso, con la benedizione del comandante, di ritirarsi e lasciare che un'altra squadra di SEAL li sostituisse.

Sapevano tutti quanto fosse inusuale avere anche solo la *possibilità* di ritirarsi. Di solito, quando c'era di mezzo lo zio Sam, *non c'erano* possibilità. La missione era la cosa più importante, sempre. Ma, a quanto pareva, Tex aveva discusso della situazione di persona col comandante e lo aveva convinto della necessità di ritirare immediatamente Cookie e il resto della squadra.

Tutti e sei gli uomini avevano immediatamente accettato di lasciare l'Africa a gambe levate e di tornare in California, in modo che Cookie aiutasse la sua donna.

Wolf era proprio alle spalle di Cookie quando questi entrò in casa sua. Caroline e Alabama erano in casa e Caroline corse subito fra le braccia di Matthew.

"Mi dispiace, mi dispiace tanto, Hunter. Avrei dovuto tenerla d'occhio meglio."

"Raccontami dall'inizio quello che è successo, Ice."

La voce di Cookie era dura e fredda, come se faticasse a mantenere la pazienza e la salute mentale.

"Bada a come parli, Cookie," lo ammonì Wolf, che non gradiva il modo in cui il suo commilitone si stava rivolgendo a Caroline.

"Va tutto bene, Matthew," lo rassicurò Caroline. Rivolgendosi a Hunter, gli raccontò quello che era accaduto al negozio e come loro si erano comportate in seguito.

"Mi sembra che tu abbia fatto tutto giusto, Ice. L'hai portata fuori dal negozio e tu e Alabama siete rimaste con lei."

"Ma poi ci siamo ubriacate e lei è scappata."

"Lo so, ma ricorda che è sfuggita anche a me, quando eravamo in Texas. È una persona adulta; non potevate sorvegliarla giorno e notte. Anche se non vi foste ubriacate, sarebbe potuta scappare comunque mentre dormivate. Una persona disperata è in grado di combinare cose che le persone sane di mente non riescono a fare."

"Ha preso la tua macchina e Tex l'ha rintracciata: è a San Francisco. Si trova in un albergo laggiù."

"Sì, Tex ha fatto rapporto non appena siamo atterrati. Vado all'aeroporto per andare a prenderla. Devo solo fare una sosta, prima."

"Una sosta?" chiese bruscamente Alabama.

Cookie si voltò verso di lei e difese le sue azioni, anche se non aveva alcun obbligo di farlo. "Sì, passo a prendere la dottoressa Hancock. Volevo che Fiona andasse da lei a parlare di tutto quello che ha passato in Messico, ma è evidente che non lo ha mai fatto. Ora non le lascerò più scelta. Non so come aiutarla, ma so che la dottoressa Hancock può farlo. Per cui, adesso vado a prenderla; l'ho già contattata e lei ha accettato. Poi andremo là e riporteremo Fiona a casa."

"Mi dispiace, Hunter. Cristo, sono preoccupatissima per lei. So che non daresti mai la sua sicurezza per scontata. Vai. Riportala a casa." Alabama suonava così contrita che Hunter non riuscì a trattenersi dal fare due passi per raggiungerla e stringerla in un rapido abbraccio.

"Arriverà a casa non appena avrò modo di portarcela. Porterò Benny con noi, ma la dottoressa Hancock ritiene che sarebbe meglio se Fiona non lo vedesse affatto. Lui riporterà qui la mia auto mentre noi saliamo nella stanza d'albergo per recuperare Fiona. Torneremo non appena la dottoressa Hancock ci darà il via libera. Abe arriverà a casa il prima possibile. Lui e gli altri hanno dovuto fare rapporto al comandante."

Cookie lasciò andare Alabama e la tenne a un braccio di distanza con le mani sulle spalle. La guardò mentre annuiva e le strinse le spalle per rassicurarla.

"Va bene. Vai a prenderla, Hunter. Riporta Fiona a casa."

Caroline, Wolf e Alabama guardarono Cookie uscire dalla casa e tornare all'auto parcheggiata. Benny era al volante. Stavano per intraprendere una delle missioni più importanti delle loro vite e lo sapevano tutti.

CAPITOLO DICIOTTO

Fiona rispose al telefono al primo squillo.

"Tex?"

"Sì, piccola, sono io. Come va?" Tex aveva mantenuto la promessa e aveva chiamato Fiona ogni quattro ore negli ultimi tre giorni. Era il tempo che gli ci era voluto per contattare il comandante, convincerlo che quella era una situazione di vita o di morte, perché la squadra di Wolf tornasse negli Stati Uniti e perché Cookie mettesse il culo su un aereo diretto a San Francisco.

Fiona aveva risposto al telefono tutte le volte che Tex aveva chiamato. Erano entrambi esausti, ma lei non aveva perso una sola telefonata.

"Hai mangiato?"

"Sì, ho ordinato una omelette questa mattina."

"D'accordo, va bene. Oggi è il gran giorno, Fiona."

Fiona prese fiato a denti stretti. Negli ultimi giorni

era stata molto confusa e Tex le era stato di grande aiuto. Continuava a vacillare fra la consapevolezza di star perdendo la testa – perché sapeva che nessuno la stava inseguendo – e la convinzione che i rapitori stessero aspettando nella lobby, pronti a rapirla se fosse uscita dalla stanza. Tex l'aveva chiamata, proprio come promesso, ogni poche ore, e l'aveva aiutata a tranquillizzarsi.

"Sto perdendo la testa, Tex. Voglio tornare a casa... all'appartamento di Hunter. Nessuno mi sta inseguendo, vero?" Le ultime parole furono pronunciate in un triste sussurro.

"Fiona, Cookie sarà lì entro un paio d'ore. Resisti. Lui arriverà e tutto andrà bene. Non andartene ora, non proprio adesso che lui sta arrivando." Quando Tex non udì alcuna risposta, proseguì. "Ti chiamerò quando lui sarà fuori dalla tua porta, così saprai che è lui e potrai lasciarlo entrare. Hai capito?"

"Sì." La voce di Fiona era piccola e debole.

"D'accordo. Ti richiamo fra un paio d'ore. Resta nella stanza; fai un pisolino, se necessario. Cookie sta venendo a prenderti, Fee. Ci sentiamo presto."

Tex mise giù e cominciò a camminare avanti e indietro per la stanza. Per una volta, la gamba artificiale non gli faceva male. Non riusciva a pensare ad altro che a Fiona e al suo stato mentale. Quella donna aveva vissuto l'inferno e lui le era rimasto accanto negli ultimi tre giorni, senza sapere mai in quale stato mentale l'avrebbe trovata al momento di telefonarle. A volte,

Fiona sembrava per lo più lucida, come nell'ultima occasione; altre volte era completamente fuori di testa, convinta che i rapitori fossero proprio fuori dalla porta.

Era stato in quelle occasioni che Tex aveva fatto appello a tutto l'addestramento psicologico che aveva ricevuto. L'aveva convinta a fare cose come andare in bagno e accovacciarsi nella vasca fino a quando i "rapitori" non se ne fossero andati. Le aveva mentito e aveva detto di essersi inserito nelle telecamere dell'albergo e di aver visto gli uomini lasciare il corridoio, anche se non c'era mai stato nessuno.

Tex aveva convinto Cookie a portare con sé la dottoressa quando sarebbe venuto a prendere Fiona. Lei aveva bisogno di aiuto, più di chiunque altro Tex avesse mai conosciuto. Beh. Tecnicamente lui non aveva mai *conosciuto* Fiona, ma le aveva parlato a sufficienza, nel corso delle ultime settanta ore, da avere la sensazione di conoscerla.

Tex non vedeva l'ora di sentirsi dire da Cookie che era atterrato. Era ora di farla finita.

———

Cookie interruppe la comunicazione con Tex e attese che Fee aprisse la porta. Tex aveva detto che avrebbe chiamato Fiona e le avrebbe fatto sapere che lui era lì e che era sicuro aprire la porta della stanza d'albergo. Cookie aveva salutato Benny nel parcheggio, dopo che erano arrivati in taxi dall'aeroporto. Benny capiva perché non poteva vedere Fiona, in quel momento, e anche se la cosa non gli piaceva, sapeva che era meglio così. Aveva estorto a Cookie la promessa di permettergli di venire a trovare Fiona dopo il ritorno a casa, non appena Cookie avesse ritenuto che Fiona stesse abbastanza bene.

Non era trascorso nemmeno un minuto da quando aveva messo giù a Tex che la porta dell'albergo si aprì di uno spiraglio; poi, all'improvviso, Fiona fu fra le braccia di Cookie. Aveva aperto la porta e gli si era buttata addosso dopo aver verificato che fosse davvero lui quello che aveva bussato.

Cookie sentì letteralmente tutti i muscoli del suo corpo rilassarsi. Negli ultimi tre giorni era stato sottoposto a uno stress enorme e faticò a non dissolversi in una crisi di pianto isterico. Passò una mano attorno alla vita di Fiona e l'altra attorno alla nuca e la strinse a sé mentre la faceva indietreggiare nella stanza e verso il letto.

Fiona faticava a spiccicare parola. Hunter era lì. Era *lì*.

"Sei venuto."

"Sono venuto. Verrò *sempre* da te." Cookie pronunciò quelle parole come se fossero le più importanti che avesse mai detto e che *avrebbe* mai detto in vita sua.

Si sedettero sul letto e, dopo che Fiona si fu messa a cavalcioni del suo grembo, Cookie la fece dondolare avanti indietro. Avevano entrambi bisogno del contatto reciproco. Ciascuno di loro, a modo suo, aveva vissuto l'inferno.

Finalmente, Cookie allentò la presa, quanto bastava per staccarsi e guardare Fiona in viso.

"Fiona?"

"Sì?"

"Puoi dirmi cosa sta succedendo?" Cookie doveva verificare le condizioni mentali di Fiona. Era ancora nel bel mezzo dell'illusione della fuga dei rapitori, o era lucida a sufficienza da sapere che si era immaginata tutto?

"Non... non ne sono sicura. Mi sa che ho combinato un casino."

Cookie scosse la testa e portò le mani al viso di Fiona, tenendolo fermo mentre le parlava. I suoi pollici accarezzarono la parte inferiore della mascella di Fiona mentre lui le parlava schiettamente.

"Tu non hai combinato un casino, Fee. Sono stato *io*. Avrei dovuto assicurarmi di essermi preso cura di te prima di partire. Temevo che sarebbe successo qualcosa del genere. Ma ho imparato la lezione. Non me ne andrò da nessuna parte prima di aver sistemato tutto. D'accordo?"

Fiona sentì che le lacrime cominciavano a scorrere, ma non riuscì ad arrestarle. "Mi dispiace. Non volevo causare tanti problemi. È solo che... Loro... Non riesco a distinguere le cose nella mia testa."

"Shhhh, insieme troveremo una soluzione. Per il momento, voglio che tu conosca una persona. Lei è con me. Non aver paura." Cookie gesticolò verso la porta e una donna bassa, ma dall'aria benevola, entrò nella stanza. Indossava un paio di jeans e sembrava incinta di circa cinque mesi. Ondeggiava un po' mentre camminava, ma la sua espressione era aperta e amichevole.

"Lei è la dottoressa Hancock. È venuta con me per aiutarti ad affrontare quello che sta succedendo. È con me."

Fiona spostò lo sguardo dalla donna, che si era fermata subito dopo essere entrata, a Hunter. In un basso sussurro, disse mestamente: "Nessuno mi stava inseguendo, vero? Mi sono sognata tutto, giusto? È per questo che hai portato una strizzacervelli con te. Sto impazzendo."

Cookie toccò con la fronte quella di Fiona e cercò di pensare a cosa avrebbe dovuto dire. Per fortuna, fu la dottoressa a rispondere per lui.

"Fiona, la mente è molto potente. Di certo avrai visto dei video di alcune persone che indossano quei visori per la realtà virtuale, giusto? Loro sanno di non essere sulle montagne russe, ma con quei visori non riescono a impedire al loro corpo di ondeggiare e muoversi come se fossero *davvero* sulle montagne russe. Tu hai avuto un'esperienza molto simile. Dentro di te, sapevi che quegli uomini che hai visto non stavano cercando te, ma in base a quello che ti è successo, la tua mente cosciente ha fatto quello che doveva fare per proteggersi. Tu non stai impazzendo. Sei assolutamente normale. Se non avessi reagito nel modo in cui hai reagito, io sarei ancora più preoccupata per te."

Fiona guardò nuovamente Hunter. "Mi dispiace. Mi dispiace tanto. Eri in missione…"

"Basta. Tu sei più importante di qualunque missione. Te l'ho già detto e continuerò a dirlo fino a quando non ci crederai. Scalerei montagne per te. Mi licenzierò oggi stesso, se hai bisogno di me. Tu. Sei La. Cosa. Più. Importante. Non scusarti più. Andiamo a casa. Parla con la dottoressa Hancock. Troveremo una soluzione. Insieme."

Fiona avvolse le braccia attorno ad Hunter e sospirò quando sentì le braccia di lui che la circondavano di nuovo. Annuì.

Cookie si alzò con Fee fra le braccia. L'aveva fatta girare in modo da avere un braccio attorno alla sua schiena e un altro sotto le sue ginocchia. "Chiudi gli occhi, Fee. Ci porto fuori da qui. Rilassati e basta. Fidati di me."

"Mi fido, Hunter. Sapevo che saresti venuto a prendermi e che sarei stata al sicuro." Fiona si strinse ad Hunter e tuffò il viso nel suo collo, chiudendo gli occhi come le aveva chiesto lui.

"Sei al sicuro, Fee. Sei al sicuro con me. Sempre."

———

Cookie trasportò Fiona nel suo appartamento mentre la dottoressa Hancock li seguiva da vicino. La donna aveva avuto un dialogo intermittente con Fiona mentre tornavano nel sud della California. Il medico voleva farsi un'idea di quali fossero le condizioni di Fiona e il modo migliore di darle l'aiuto di cui aveva bisogno.

Cookie avrebbe voluto mettersi a piangere quando aveva sentito Fiona dire alla dottoressa Hancock che lei aveva cercato di essere coraggiosa per *lui*. Cookie non avrebbe mai voluto che Fiona sopprimesse le proprie emozioni, ma le *aveva* detto un sacco di volte di essere rimasto colpito dal suo coraggio e dalla sua fierezza.

La portò nella loro stanza e la depose dolcemente sul letto. Fiona non si mosse. Era esausta dai suoi tentativi di nascondersi dai rapitori immaginari e dall'aver dovuto rispondere al telefono ogni quattro ore a Tex. Cookie sapeva di dovere tutto a Tex. Di qualunque cosa quell'uomo potesse avere bisogno, lui gliel'avrebbe procurato. Aveva tenuto la sua donna al sicuro. Era impossibile ripagare un debito del genere. Cookie non lo avrebbe dimenticato. Mai. Baciò Fiona sulla fronte e le scostò delicatamente i capelli dalla tempia. Dio, gli aveva fatto prendere un colpo.

Cookie uscì dalla stanza e tornò dove la dottoressa Hancock lo stava aspettando.

"Che ne pensa? Devo portarla in ospedale perché venga curata lì?" Non era quello che Cookie avrebbe voluto fare, ma lo avrebbe fatto, se il medico lo avesse ritenuto necessario.

"Non credo. Sembra più lucida con te vicino. Ma non puoi lasciarla da sola, Hunter. Se devi andare al lavoro o vieni chiamato in missione, dovrai farla ricoverare, per il suo stesso bene."

"Io non vado da nessuna parte. È già stato tutto autorizzato dal comandante. Se dovessero chiamarci per una missione, ci penseranno gli altri. Lui sa che Fiona è la cosa più importante."

"Va bene, d'accordo. All'inizio, Fiona avrà bisogno di sessioni quotidiane. Poi, a seconda dell'andamento, potremo diradarle lentamente. La buona notizia è che credo che lei *voglia* migliorare."

"Certo che lo vuole," disse accalorato Cookie.

"Non c'è nulla di certo, Hunter," disse mestamente la dottoressa Hancock. "Rimarresti sorpreso se sapessi quante donne non riescono a superare ciò che è accaduto loro, ciò che è stato fatto loro. Non riescono a superare gli abusi e precipitano in una vita di droghe e, a volte, di prostituzione. Dopo aver subito abusi sessuali, non sono più in grado di riadattarsi alla società." Dopo aver atteso per assicurarsi che Hunter comprendesse le sue parole, la dottoressa annuì, per poi proseguire. "D'accordo, resta con lei questa notte e portala da me domani mattina. Probabilmente comincerò ad avere degli incontri con lei da sola; poi, vedrò se lei accetterà anche la tua presenza. Dato che tu eri presente al momento del salvataggio e vi hai contribuito grandemente, credo che ciò sarà utile."

"Non ho parole per ringraziarla, dottoressa. Avrei dovuto chiamarla molto tempo fa."

"Sì, avresti dovuto farlo. Ma quello che è fatto è

fatto. Ora, Fiona riceverà un aiuto. E se può consolarti, credo che se la caverà. Avevi ragione. È *davvero* una dura. È *davvero* coraggiosa. Questo l'aiuterà a superare la situazione attuale."

Cookie accompagnò la dottoressa alla porta e la guardò salire a bordo di un SUV nel parcheggio. Era palese che suo marito la stava aspettando. Cookie rimase lì, mentre l'auto svaniva nella notte, pensando che era stato fortunato. Più che fortunato. Si voltò e rientrò, per andare da Fiona.

CAPITOLO DICIANNOVE

FIONA SORRISE A CAROLINE E ALABAMA. Una settimana dopo la sua "crisi di nervi," come la chiamava adesso, si sentiva molto meglio riguardo a tutto ciò che era accaduto. All'inizio, si era rifiutata di parlare con le due donne, pensando che la detestassero. Ma dopo diversi incontri con la dottoressa Hancock, aveva finalmente teso la mano alle sue amiche.

Grazie a Dio per la vera amicizia. Hunter l'aveva portata a casa di Caroline e lui, Wolf ed Abe avevano guardato chissà quale partita in televisione mentre le tre donne sistemavano tutto fra di loro in cantina.

Hunter si era rifiutato di abbandonarla nel corso dell'ultima settimana e dentro di sé, Fiona era grata. Gli aveva detto diverse volte che non aveva bisogno di una baby-sitter, ma lui aveva ribattuto dicendo che non le stava facendo da baby-sitter, ma che le dava sostegno e le prestava un orecchio amico quando lei ne aveva bisogno. Fiona aveva fatto un solo passo nella casa di Wolf prima di ritrovarsi avvolta fra le braccia di Caroline e Alabama. Avevano pianto e riso, prima ancora di parlare.

Avevano trascorso ore nel seminterrato a parlare di quello che era accaduto, ridendo e piangendo al tempo stesso. Quando Fiona aveva cercato di scusarsi, Caroline aveva perso la testa e aveva blaterato per dieci minuti pieni di rapitori e clienti ficcanaso e reti di commercio di schiavi, e lei non aveva più avuto il cuore di scusarsi.

Erano le undici di sera quando, finalmente, Wolf aprì di uno spiraglio la porta del seminterrato e gridò: "Si può scendere?"

Ridendo, le donne avevano risposto di sì.

Tutti e tre gli uomini scesero le scale e andarono ciascuno dalla propria donna.

Cookie sollevò Fiona e se la mise in grembo mentre si sedeva sul pavimento accanto al divano. Si appoggiò a quest'ultimo e Fiona si mise comoda fra le sue braccia, come faceva di solito.

Wolf si sedette sul divano accanto a Caroline e la attirò a sé in modo che lei avesse la testa appoggiata al suo petto.

Abe scelse la grossa poltrona e vi si sedette, facendo cenno ad Alabama di raggiungerlo. La donna andò da lui e gli si mise a cavalcioni, appoggiando le ginocchia su entrambi i lati del suo grembo e avvolgendosi addosso a lui come una bambola senza ossa.

"Eravamo preoccupati per te, Fiona," disse Wolf,

passando una mano su e giù lungo la schiena di Caroline.

"Lo so e mi dispiace."

"No, non dispiacerti. È così che si comportano gli amici. Tu sai di avere dei grandi amici qui, vero?"

"Sì. E voi non saprete mai quanto lo apprezzi. Non avevo mai avuto dei veri amici prima, solo conoscenti." Fiona adorava la sensazione delle braccia di Hunter attorno a lei. Rendeva parlare di argomenti spaventosi in qualche modo più facile.

"Ho già chiesto scusa a Caroline e Alabama. Ma mi dispiace che voi ragazzi siate dovuti tornare dalla vostra missione per venire a prendermi. Non avrei voluto che andasse così, davvero. Quello che fate è importante. Non riesco a immaginare cosa sarebbe successo se vi avessero fatto interrompere il *mio* salvataggio."

Senza alzare la voce, Abe rispose con calma. "Ti avrebbero salvata comunque, Fiona. Non operiamo in maniera indipendente. Se ci avessero fatto interrompere il tuo salvataggio, sarebbe stata chiamata un'altra squadra e tu saresti stata salvata comunque. Tutte le squadre di SEAL si coprono a vicenda."

"Ma..."

"Niente ma, Fiona. E, giusto per fartelo sapere, tu sei nostra, ora. Sei mia. Sei di Wolf, sei di Benny... sei di tutti noi. Se ti troverai nei guai, noi ci saremo."

Cookie accentuò la presa su Fiona mentre lei singhiozzava fra le sue braccia. La lasciò piangere. Lei aveva bisogno di sentire le parole di Abe. Di sentirle davvero.

"Per cui, se ti troverai nei guai, sarà come se le nostre donne si trovassero nei guai. Se tu mi chiamerai, io arriverò di corsa. Se Alabama chiamerà Cookie, lui andrà da lei. Quindi, come puoi vedere, Cookie è il tuo uomo, ma fa parte di un pacchetto."

Finalmente, Fiona sollevò lo sguardo. Aveva il viso arrossato e segnato dal pianto, ma cercò di sorridere ad Abe. Singhiozzò una singola volta, dopodiché si riprese.

"Come tutti sapete, ho parlato molto con la dottoressa Hancock questa settimana. Ho cercato di venire a patti con ciò che mi è accaduto, con ciò che accade tutti i giorni a donne di tutto il mondo. Ma l'unica cosa che non ero riuscita a fare era capire cosa di buono fosse derivato da quello che mi era successo. Sì, ho conosciuto Hunter e per questo ringrazierò per sempre Dio, ma faticavo a trovare qualcos'altro da aggiungere all'elenco. Fino a ora. Fino a voi. Non avrei mai sognato di trovare un uomo tutto mio, figuriamoci una famiglia piena di fratelli e sorelle."

"Potresti essere meno contenta quando cominceremo a farci gli affari tuoi, Fiona," la ammonì Wolf in tutta serietà.

Fiona ridacchiò. "Hai ragione, ma quando sarò in grado di pensarci su, mi ricorderò di quanto fossi sola e di quanto sia migliore la mia vita ora che ci siete voi, e ringrazierò la mia buona stella che siate entrati nella mia vita."

Un silenzio rilassato calò sul gruppo.

Cookie lo ruppe ridacchiando. "Se avete finito di provarci con la mia donna, adesso ce ne andiamo a casa."

Tutti risero e Fiona diede un buffetto sul braccio di Hunter.

Wolf si alzò, trascinando con sé Caroline. "Anche per noi è ora di andare a letto. Abe, voi ragazzi vi fermate qui?"

Abe guardò Alabama con le sopracciglia inarcate. Dato che Alabama aveva vissuto lì nel seminterrato per un po' mentre Abe si dava una regolata, sapevano di essere i benvenuti e spesso accettavano l'offerta di Wolf e Caroline di trascorrere lì la notte, piuttosto che guidare fino a casa.

"Sì, restiamo qui." Alabama biascicava. Era già mezza addormentata.

Cookie si alzò con Fiona fra le braccia. La portò fino alle scale e fuori dalla porta senza darle l'opportunità di salutare. Sapeva che lei avrebbe rivisto le sue amiche, molto probabilmente il giorno dopo. Il viaggio di ritorno a casa si svolse in silenzio. Cookie sperava che quella serata fosse stata un punto di svolta nella guarigione di Fiona.

Quando arrivarono a casa, Cookie si voltò verso di lei e le ordinò: "Ferma," mentre lei si allungava verso la maniglia. La donna gli sorrise e obbedì.

Cookie girò attorno all'auto, aprì la portiera e sollevò Fiona di peso.

"Ce la faccio a camminare, sai. Non devi trasportarmi a braccia."

"Tu pesi meno dello zaino che porto in missione. Ora, zitta."

Fiona non riuscì a far altro che sorridere e accoccolarsi ancora di più contro il suo uomo.

Cookie portò Fiona su per le scale, fino alla loro stanza. Ripetendo quella che stava diventando rapidamente un'abitudine, la depose delicatamente sul letto e le tolse le scarpe. Guardandola negli occhi, Cookie le slacciò i pantaloni e glieli sfilò dalle gambe.

Fiona giacque sul letto di Hunter e lo guardò mentre la spogliava con cura. Non avvertì nemmeno per un momento il disagio. Quello era Hunter. Non avrebbe mai fatto nulla per farle del male. Mai.

Fiona guardò Hunter togliersi la maglietta e gettarla verso il cesto dei panni sporchi nell'angolo della stanza. Poi, l'uomo si sedette sul letto, si chinò e si tolse gli stivali. A seguire venne il turno dei pantaloni e dei boxer. Solo una volta che fu completamente nudo si chinò su Fiona e le sfilò la maglietta. Fiona sollevò obbediente le braccia per permettergli di togliergliela. Una volta fatto, Hunter le passò le mani attorno alla schiena e le slacciò il reggiseno. Le sue azioni erano cliniche piuttosto che romantiche, ma lui la faceva sentire comunque amata.

Nel corso dell'ultima settimana, Fiona era venuta lentamente a patti con ciò che era accaduto. Come parte della terapia, la dottoressa Hancock le aveva suggerito di tornare al centro commerciale e al negozio in cui aveva avuto quell'"episodio". Lei non avrebbe voluto farlo, ma Hunter l'aveva incoraggiata e le aveva promesso che non l'avrebbe lasciata sola nemmeno per un momento.

Avevano passeggiato per il centro commerciale per ore. Lentamente, Fiona si era rilassata e si era goduta la giornata con Hunter. Anche quando un gruppo di uomini ispanici era passato loro vicino, lei non aveva dato di matto, ma naturalmente, era probabile che avere Hunter accanto avesse avuto un ruolo considerevole.

Dopo che erano passati vicino agli uomini, Hunter l'aveva indirizzata verso un corridoio vicino e l'aveva baciata fino a farla impazzire. Aveva detto che si trattava di una ricompensa perché Fiona si era "comportata bene." Lei si era limitata a ridere e lo aveva baciato di nuovo.

Hunter non l'aveva mai fatta sentire male o in colpa per ciò che era accaduto. La dottoressa Hancock lo aveva invitato a partecipare alle loro sessioni e Fiona doveva ammettere che all'inizio non ne era stata felice. Non avrebbe mai voluto che Hunter sapesse cosa le avevano fatto i rapitori, ma dopo alcune sessioni aveva dovuto ammettere che la dottoressa ci aveva visto giusto.

Hunter doveva sapere cos'era accaduto e doveva essere lei a dirglielo. Ciò aveva rafforzato la loro relazione come nient'altro.

Cookie aveva immaginato ciò che aveva passato

Fiona, ma sentirselo dire da lei, sentirsi dire cosa aveva provato e cosa aveva passato, aveva fatto sì che lui si rendesse conto di quanto fosse fortunato ad avere Fiona lì con lui. C'erano tantissime cose che sarebbero potute andare diversamente... gli uomini avrebbero potuto venderla, farle del male, provocarle un'overdose per sbaglio; e poi il salvataggio, la camminata attraverso la giungla, la sparatoria mentre attendevano l'elicottero, i proiettili che volavano, l'astinenza... Cookie sapeva che quell'elenco era molto lungo. Ma il senso era che erano lì. Ora. Insieme. Cookie sapeva che erano destinati a stare insieme; in caso contrario, tutte quelle cose sarebbero potute andare diversamente.

Mentre Fiona giaceva nel letto accanto ad Hunter, sapeva che non c'era altro posto in cui avrebbe voluto essere.

"Ti amo, Hunter."

Senza esitazione, Cookie rispose, senza dare troppo peso al fatto di aver udito quelle parole pronunciate dalle labbra di Fiona per la prima volta. "Anch'io ti amo, Fee. Tu sei il mio tutto."

Quella non era la notte in cui avrebbero fatto l'amore, ma Fiona sapeva che sarebbe accaduto presto. Hunter non aveva mai insistito e lei sapeva che non lo avrebbe fatto. Fiona aveva parlato con la dottoressa Hancock di sesso e del suo stato d'animo e sebbene la dottoressa le avesse raccomandato di procedere con calma, l'aveva anche incoraggiata a fare ciò che le sembrava giusto, quando le sarebbe sembrato giusto.

Fiona sapeva che avrebbe dovuto essere lei a fare la prima mossa e l'avrebbe fatta. Per il momento, lei e Hunter si stavano godendo la reciproca compagnia.

Fiona si accoccolò più profondamente nell'abbraccio di Hunter. Lui era sempre molto caldo, una delle moltissime cose che amava di lui. La sensazione del corpo nudo dell'uomo contro il suo era confortante piuttosto che spaventosa.

"Smettila di pensare, Fee. Dormi."

Fiona sorrise. Amava quell'uomo più di quanto credesse possibile. Mentre si addormentava, sorrise nell'udire Hunter mormorare: "Sei mia. Non ti abbandonerò mai. Non vivrai un'altra notte di paura in vita tua."

EPILOGO

Fiona giaceva sul petto di Hunter, ansimando e cercando di riprendersi. Cristo, rischiava la morte. Era il terzo orgasmo che lui le aveva provocato quella notte e lei non si era mai sentita meglio o più amata.

"Credo che tu mi abbia fatta fuori," finse di protestare, mentre Hunter cercava di riprendere fiato, sotto il suo corpo sazio.

Fiona guardò mentre un sorriso soddisfatto si allargava sul volto dell'uomo. Gli leccò ancora una volta il capezzolo e sorrise ancora di più al brivido che attraversò il suo corpo. Lo sentì guizzare dentro di lei.

"Ti amo, signor Knox."

"Ti amo, signora Knox."

Erano andati a Las Vegas e si erano sposati senza dirlo a nessuno. I loro amici, per protesta, non avevano rivolto loro la parola per due giorni, ma Fiona non avrebbe cambiato nulla del loro matrimonio. Non aveva voluto fare baccano. Per lei, il matrimonio era una naturale prosecuzione del loro amore. Ne aveva abbastanza di stare sotto i riflettori; aveva semplicemente voluto sposare Hunter e continuare a vivere.

All'inizio, Hunter aveva protestato. Avrebbe voluto darle un grande matrimonio e invitare tutti i loro amici, gli amici degli amici e gli amici degli amici degli amici. Solo quando Fiona gli aveva spiegato *perché* volesse una cerimonia intima, con loro due soli, lui aveva ceduto.

Ora, ogni volta che qualcuno cercava di lamentarsi perché si era perso il loro matrimonio, Hunter prendeva la persona in disparte e le spiegava in tono netto che non erano affari suoi perché avevano fatto quello che avevano fatto, e le intimava di non sollevare più l'argomento.

"Detesto parlare di qualcosa che non sia la tua virilità, considerato che siamo ancora uniti e a letto, ma sono preoccupata per Mozart," disse Fiona con voce assonnata.

"Lo so. Sono preoccupato anch'io."

"Perché è così ossessionato da quel tizio?"

"Non ne sono certo, ma credo che abbia qualcosa a che fare con sua sorella. So che lei è stata uccisa quando era piccola e che non hanno mai trovato il colpevole. Credo che sia quello il vero motivo per cui Mozart si è unito ai SEAL: la possibilità di rintracciare, prima o poi, quell'uomo, dato che la polizia aveva di fatto chiuso il caso."

"Credi che lo troverà?"

"Non ne ho idea, ma so che sta facendo del suo meglio."

"Credi che il tizio a cui sta dando la caccia nei pressi di Big Bear sia l'assassino?"

"Non lo so, ma è probabile. Mozart non commette molti errori, non quando si tratta di questioni così importanti."

Fiona annuì. "Ho una brutta sensazione."

"Anch'io. Ma prima che tu lo chieda, non intendo fare una chiacchierata con lui al riguardo," disse risolutamente Cookie a Fiona.

Fiona ridacchiò, immaginando Hunter e Mozart che "chiacchieravano" delle loro emozioni. La sua risata si trasformò in un gemito quando sentì Hunter indurirsi dentro di lei. Si divincolò, incitandola a fare qualcosa.

"Ancora, Fee?"

"Oh, sì, ancora."

"Sai, forse dovresti parlare alla dottoressa Hancock di questo tuo bisogno insaziabile," scherzò Hunter.

"Se io ho un problema, ce l'hai anche tu." Fiona si mise seduta in grembo ad Hunter e fece ruotare i fianchi, godendosi la sensazione della verga dura dell'uomo contro di lei. Gli mise le mani sul petto e si chinò su di lui.

"Hai proprio ragione. Vediamo se riusciamo a fare qualcosa al riguardo."

Cookie sorrise alla sua donna. Fiona aveva fatto passi da gigante dalla notte in cui lui l'aveva trovata tremante e terrorizzata in quella stanza d'albergo a San

Francisco. Non avrebbe mai dimenticato l'ansia che aveva provato quando aveva cercato di raggiungerla partendo dall'Africa. Da allora, Fiona non aveva avuto molte ricadute e nessuna grave come quella.

La prima volta in cui Fiona aveva iniziato una sessione di sesso quando erano tornati da San Francisco, Cookie aveva cercato di resistere, non credendo che lei avesse avuto tempo a sufficienza per assimilare tutto quello che le era accaduto. Fiona aveva insistito di stare bene e solo dopo che Cookie le aveva estorto la promessa di fermarsi se avesse provato anche solo il minimo disagio, lui aveva proseguito. Quella prima volta era stata speciale.

Cookie era stato con parecchie donne, ma nulla, in vita sua, era paragonabile alla prima volta in cui era penetrato nel corpo caldo, accogliente, umido di Fiona. Lei non aveva nemmeno sussultato; si era limitata a prendergli il viso fra le mani e a guardarlo negli occhi mentre la penetrava. Aveva risposto al suo "Stai bene, Fee?" con parole che Cookie aveva imparato a memoria. Fiona aveva detto: "Sto benissimo, Hunter. Quando mi tieni fra le braccia, non riesco a pensare ad altro che a te." Nonostante la ricaduta, Fiona era ancora la persona più forte che Cookie avesse mai conosciuto.

Rotolò in modo che Fiona fosse sotto di lei. Le scostò i capelli dal viso e glieli ravviò dietro l'orecchio.

"Mia."

"Tua," rispose subito Fiona con un sorriso.

Escludendo tutto e tutti dalla sua mente, se non il

compito di dare piacere a sua moglie, Cookie si chinò verso di lei. Non poteva chiedere nient'altro. Aveva già tutto lì fra le braccia.

*

Libro 4, *Il Matrimonio di Caroline* , in arrivo!

NOTE

CAPITOLO UNO

1. Letteralmente "giubbotto porta carichi". Sorta di imbracatura o giubbotto militare con la funzione di reggere e contenere l'equipaggiamento utilizzato in missione (ndt).
2. Equivalente dell'italiano "andare a quel paese," ma decisamente più volgare (ndt).

CAPITOLO UNDICI

1. Il sugo alla Alfredo è a base di burro e parmigiano, spesso con l'aggiunta di panna e altri ingredienti; il sugo alla marinara comprende pomodoro, origano, basilico e a volte altre erbe (ndt).
2. Il secondo nome e il cognome di Fiona, "Rain Storme", suonano molto simili a *rainstorm*, cioè "temporale". *Rain*, letteralmente, significa "pioggia" (ndt).

Rescuing Mary
Rescuing Macie (novella)

Delta Team Two Series

Shielding Gillian
Shielding Kinley (Aug 2020)
Shielding Aspen (Oct 2020)
Shielding Riley (Jan 2021)
Shielding Devyn (May 2021)
Shielding Ember (Sep 2021)
Shielding Sierra (TBA)

Badge of Honor: Texas Heroes Series

Justice for Mackenzie
Justice for Mickie
Justice for Corrie
Justice for Laine (novella)
Shelter for Elizabeth
Justice for Boone
Shelter for Adeline
Shelter for Sophie
Justice for Erin
Justice for Milena
Shelter for Blythe
Justice for Hope
Shelter for Quinn
Shelter for Koren
Shelter for Penelope

<u>SEAL of Protection: Legacy Series</u>

Securing Caite
Securing Brenae (novella)
Securing Sidney
Securing Piper
Securing Zoey
Securing Avery
Securing Kalee (Sept 2020)
Securing Jane (Feb 2021)

<u>SEAL Team Hawaii Series</u>

Finding Elodie (Apr 2021)
Finding Lexie (Aug 2021)
Finding Kenna (Oct 2021)
Finding Monica (TBA)
Finding Carly (TBA)
Finding Ashlyn (TBA)

<u>Ace Security Series</u>

Claiming Grace
Claiming Alexis
Claiming Bailey
Claiming Felicity
Claiming Sarah

<u>Mountain Mercenaries Series</u>

Defending Allye
Defending Chloe
Defending Morgan

Defending Harlow
Defending Everly
Defending Zara
Defending Raven

Silverstone Series

Trusting Skylar (Dec 2020)
Trusting Taylor (Mar 2021)
Trusting Molly (July 2021)
Trusting Cassidy (Dec 2021)

SEAL of Protection Series

Protecting Caroline
Protecting Alabama
Protecting Fiona
Marrying Caroline (novella)
Protecting Summer
Protecting Cheyenne
Protecting Jessyka
Protecting Julie (novella)
Protecting Melody
Protecting the Future
Protecting Kiera (novella)
Protecting Alabama's Kids (novella)
Protecting Dakota

BIOGRAFIA

L'autrice best seller del *New York Times*, *USA Today,* e *Wall Street Journal*, Susan Stoker ha un cuore grande come lo stato del Texas, dove vive, ma questa tipica ragazza americana ha trascorso gli ultimi quattordici anni vivendo nel Missouri, in California, in Colorado, e nell'Indiana. È sposata con un ex militare dell'esercito, che ora la segue in tutto il Paese.

Ha debuttato con la sua prima serie nel 2014, seguita dalla serie SEAL of Protection, che ha consolidato il suo amore per la scrittura, e la creazione di storie in cui i lettori possono perdersi.

Se ti è piaciuto questo libro, o qualsiasi libro, per favore considera di lasciare una recensione. Gli autori lo apprezzano più di quanto tu possa immaginare.

www.stokeraces.com
susan@stokeraces.com